천둥이

한만수 장편소설
천득이

초판 발행 2015년 4월 27일

지 은 이 한만수

펴 낸 이 최종숙
펴 낸 곳 글누림출판사

책임편집 이태곤
편   집 문선희 박지인 권분옥 이소희 오정대
디 자 인 안혜진 이홍주
마 케 팅 박태훈 안현진
관   리 구본준

주 소 서울시 서초구 동광로46길 6-6(반포4동 577-25) 문창빌딩 2층(137-807)
전 화 02-3409-2055(대표), 2058(영업), 2060(편집)
팩 스 02-3409-2059
전자메일 nurim3888@hanmail.net
홈페이지 www.geulnurim.co.kr
등록번호 제303-2005-000038호(2005.10.5)

정 가 14,000원
ISBN 978-89-6327-289-4 03810

출력/인쇄·성환C&P 제책·동신제책사 용지·에스에이치페이퍼

* 이 도서의 국립중앙도서관 출판예정도서목록(CIP)은 서지정보유통지원시스템 홈페이지(http://seoji.nl.go.kr)와
  국가자료공동목록시스템(http://www.nl.go.kr/kolisnet)에서 이용하실 수 있습니다.(CIP제어번호: CIP2015010258)

* 이 책은 〈충북문화재단기금〉에서 제작비 일부를 지원 받았습니다.

천둥이

한만수 장편소설

글누림

차 례

낙이사촉

해가 질 무렵이었다.

원조순댓국집 안에는 비릿한 냄새가 후끈후끈하게 고여 있었다. 여섯 개의 테이블이 꽉 차 보이는 좁은 홀에 벽걸이 선풍기가 뿜어내는 바람은 미지근했다. 베니어판을 잇대어 붙인 천장 구석은 자루처럼 축 늘어졌고, 노란색 파리 진드기는 행사장의 만국기처럼 줄을 지어 매달려 있다. 선풍기 바람이 파리 진드기를 스쳐 가면 새카맣게 달라붙어 있는 파리들의 날개가 파르르 떨다가 주저앉는다.

노란색 비닐장판을 깔아 놓은 술청 위에는 주인들에게 오랜 세월 동안 대를 물려가며 난도질을 당한 도마가 길게 누워 있었다. 도마 앞에는 잔술을 마시는 손님들이 안주로 먹는 고춧가루 섞인 왕소금과 양념이 말라붙은 깍두기 접시가 있었다. 순대를 찍어 먹었던 왕소금 접시는 잡채 토막과 고기 조각, 시커먼 돼지 피가 범벅이 되어 시꺼멓고 그 위에는 파리 몇 마리가 한가하게 앉아 있다.

9

"비 온다는 말 못 들어 봤지······?"

채소를 파는 청산상회 남편이 혼잣말로 중얼거리며 가게 안으로 들어왔다.

"비 온다는 말은 못 들어 봤지만, 오늘이 오십 년 만에 젤 덥다는 뉴스는 들었슈."

시장통 쪽으로 내놓은 탁자에는 순대, 돼지머리, 족발, 삶은 내장들이 담긴 광주리들이 늘어서 있다. 그 앞에서 능숙하게 족발의 살을 발라내고 있던 순댓국집 여자가 목소리만 들어도 누군지 알겠다는 듯이 대꾸했다.

"비가 오면 와서 걱정, 안 오면 안 와서 걱정······."

청산상회 남편도 드럼통처럼 펑퍼짐한 몸에 짤막한 키의 순댓국집 여자를 바라보지 않았다. 그는 냉장고 문을 열어 반 남은 소주를 꺼내 들고 술청 앞에 섰다. 왕소금 접시 옆에 엎어 놓은 맥주컵을 뒤집는 기척에 파리들이 잠깐 날아올랐다가 이내 다시 내려앉는다.

순댓국집 여자는 삶은 돼지머리 고기를 큼직하게 잘랐다. 그것을 다시 잘게 세 조각으로 잘라서 손바닥만 한 접시에 얹어 도마 앞에 내밀고 청산상회 남편을 바라본다. 청산상회 남편은 소주가 절반 정도 담긴 맥주컵을 엄지와 집게손가락만 이용해서 들었다. 시선을 천장에 두고 눈을 끔벅끔벅하며 천천히 술잔을 비웠다. 땀 서너 방울이 묻어 있는 마른 목에 비해 유난히 튀어나온 목젖이 꿈틀거렸다. 잔뜩 찡그린 얼굴로 술잔을 내려놓고 돼지머리 고기를 손가락으로 집어 살찐 파리 한 마리가 앉아 있는 왕소금에 척척 묻혔다. 돼지머리 고기를 우물우물 씹으며 남은 소주를 들고 냉장고 앞으로 걸어갔다.

"그 술값은 계산 안 한 거유."

순댓국집 여자는 살을 발라낸 족발 뼈를 일회용 용기에 담았다. 그 위에 살코기를 두툼하게 덮어서 능숙하게 랩으로 포장했다. 그것을 광주리에 내놓고 청산상회 남편을 바라본다. 엉덩이를 덮은 흰색 반팔 와이셔츠 밑으로 칠부바지를 입었다. 다리는 황새다리처럼 야위었지만 장딴지는 칠십 대 노인이라고 믿어지지 않을 만큼 힘줄이 툭툭 불거져 나왔다.

"이따 와서 계산할 걸세."

청산상회 남편은 술청 앞으로 가서 남은 돼지머리 고기 두어 점을 손으로 집어 한꺼번에 소금을 묻혔다. 소금덩어리가 씹히는 느낌이 들면서 몹시 짜다. 얼굴을 찡그리며 문 앞으로 가서 걸음을 멈추고 돼지머리 고기를 우물우물 씹으며 하늘을 쳐다봤다. 구름 한 점 없는 서쪽 하늘이 붉게 타오르고 있다. 오늘 밤도 열대야에 편하게 자기는 다 틀렸다는 생각이 들었다.

바람이 불 때마다 뜨거운 기운이 얼굴을 훅훅 덮는 변동시장 안은 찜통이 따로 없었다. 난전의 상인들은 천막 밑에서 팥죽 같은 땀을 흘리며 물건을 파느라 바빴고, 손님이 없는 가겟집은 손뼉을 치며 호객행위를 하느라 얼굴을 시뻘겋게 달구고 있었다. 물건 가격이 비싸니 싸니 핏대를 올리는 상인의 목소리며, 짐을 잔뜩 실은 오토바이 엔진소리에, 광약장수가 마이크로 떠드는 소리가 뒤섞인 시장 안은 수백 마리의 매미가 한꺼번에 울어대는 것처럼 징징거렸다.

'첨보는 할망군데?'

청산상회 남편은 시장 초입 쪽으로 무심코 시선을 돌렸다. 지팡이를 짚은 쪼글쪼글한 노파와 구 척 장신의 사내가 붉은 노을을 등으로 받으며 걸어오고 있었다. 짠맛이 남아 있는 혀를 짭짭거리며 발뒤꿈치를 들었다. 이른 아침부터 쥐구멍에 생쥐 들락거리듯 순댓국집에 들러 마셨던 잔 소주의 취기가 한꺼번에 몰려와서 몸이 앞뒤로 흔들거렸다. 천천히 순댓국집 문설주를 잡으며 눈을 질끈 감고 고개를 좌우로 흔들었다. 벽걸이 선풍기 바람에 비릿한 순대 냄새가 코끝을 스쳐갔다.

청산상회 남편은 문설주를 잡고 있던 손을 놓고 밖으로 나가서 노파와 사내를 향해 정면으로 섰다. 얼굴을 스쳐가는 바람이 뜨끈뜨끈했다. 흙먼지가 폴싹 일어났다가 맥없이 주저앉았다. 난전을 뒤덮은 천막을 붉은 혀로 핥아 내고 있는 노을을 등 뒤로 받으며 걸어오는 노파를 똑바로 바라보기 위해 눈을 비비고 나서 꼭 감았다가 떴다.

난전의 천막 밑에서 냉동 동태를 토막 내고 있는 남자, 그 옆에서 도라지와 더덕을 라면박스 위에 올려놓고 파는 노파, 산더미처럼 쌓아 놓은 짝퉁 운동화 더미에서 자기 발에 맞는 운동화를 찾고 있던 이십 대 여자, 냄비 뚜껑을 광약으로 반질반질하게 윤을 내며 목에 건 마이크에 쉬지 않고 음담패설을 늘어놓던 광약장수, 건어물포에서 점잖게 웃으며 오징어 다리를 뜯어내고 있던 여자, 그 광경을 못 본 척하며 중국산 마른 명태를 내미는 건어물포 주인이 약속이나 한 것처럼 한곳으로 시선을 고정시켰다.

키가 백오십 센티 정도도 안 되어 보이는 쪼그랑망태 노파는 반질반질 윤이 나는 딱총나무 지팡이를 들고 있었다. 햇볕에 그을린 얼굴은 그물을 뒤집어쓴 것처럼 주름살이 쪼글쪼글했고, 눈은 쥐눈처럼 작았다. 바짝 마른 옥수수염 같은 머리카락은 파마를 했던 흔적이 있었는데 꽁지머리를 하고 있었다. 빨랫줄에 널려서 일 년쯤은 비바람을 원도 한도 없이 맞은 것 같은 블라우스는 매미 허물 같았고, 무명치마는 달랑 끌어올려 입은 탓에 무릎뼈가 훤하게 드러났다. 흰색 양말에 파란색 고무슬리퍼를 신은 그녀 뒤에는 키가 2미터가 넘어 보이는 구 척 장신의 우람한 사내가 두 팔을 길게 늘어트리고 구부정한 자세로 노파를 따라오고 있다.

쪼그랑 노파는 청산상회 남편 눈에는 들어오지 않았다. 그녀 뒤에 서 있는 구 척 장신의 남자 얼굴을 바라보며 놀란 입을 턱 벌렸다. 어림짐작으로 손을 번쩍 들어야 구 척 장신의 턱을 만질 수 있을 것처럼 키가 컸다. 머리털 나고 처음 보는 거인이 신기하기도 했지만, 한편으로는 꿈을 꾸고 있는 것 같아서 눈을 비비고 다시 바라봤다.

순댓국집 여자는 양손을 허리에 얹은 청산상회 남편이 무언가에 홀린 것 같은 표정으로 서 있는 옆모습을 보고 손수건을 접었다. 턱 밑으로 뚝뚝 떨어지는 땀을 닦으며 문 밖으로 상체를 내밀었다.

"대단하구먼."

그녀의 눈에도 노을을 등지고 있는 쪼그랑망태 노파의 모습은 보이지 않고 엄청나게 큰 남자가 천천히 걸어오고 있는 모습만 보였다. 자신도 모르게 마른침을 꼴깍 삼키며 밖으로 나갔다.

명태처럼 삐쩍 마른 청산상회 남편과, 드럼통처럼 짤막한 키에 우람하게 살이 찐 순댓국집 여자가 쪼그랑망태 노파 앞을 가로막았다. 노전에서 생선 파는 남자가 꽁꽁 언 동태덩어리를 분해하기 위해 땅바닥에 패대기치려고 두 손으로 불끈 들어 올렸다가 멈추고 시선을 돌렸다. 동태를 계산하기 위해 지갑을 열고 막 돈을 꺼내려는 손님, 봉지에 풋고추를 담아주고 있던 채소장수, 엄마 손을 잡고 핫도그를 먹고 있던 아이, 손님과 오천 원짜리 돈을 줬니, 안 받았니 하며 멱살잡이를 하고 있던 양말장수, 바닥에 떨어져 도르르 굴러가는 귤을 잡으려던 과일 난전 앞의 중년 여자도 동작을 멈추고 한 컷의 스냅사진 속으로 잠겨 들었다.

노파와 동행하고 있는 사내는 멀리 시장 끝에서 발뒤꿈치를 들지 않아도 한눈에 띌 만큼 키가 컸다. 사내는 전봇대처럼 키만 큰 것이 아니고 덩치도 우람해서 삼국지에 나오는 항우나 관우가 재림한 것은 아닌지, 다시 눈을 씻고 쳐다봐야 할 정도였다. 하지만 사내의 자세는 언월도를 휘두르거나 반월도로 바람을 가르며 용맹스럽게 적진을 향하여 말을 타고 달리는 장수처럼 보이지는 않았다. 덩치는 엄청나게 컸으나 어깨뼈가 툭 튀어나온 팔은 지나치게 길었고, 엉덩이는 오리처럼 툭 튀어나와서 몸 전체가 묘하게 비대칭을 이루고 있었다. 그의 모습은 마구간이나 청소하고, 병사들의 밥을 지을 수 있도록 물지게나 지고 다닐 정도로 볼품없다 못해 기묘하기까지 했다.

쪼그랑 노파가 딱총나무 지팡이를 두 손으로 잡고 멈춰서 청산상회 남편을 바라봤다. 이곳으로 이사를 오기 전에 살았던 아랫동네의 김 주사처럼 바람만 세게 불어도 날아가 버릴 것처럼 삐쩍 마른 노인이 입술을 꾹 다물고 서 있었다. 낮술을 마셨는지 양쪽 볼이 빨갛게 물든 노인 옆에는 드럼통처럼 허리가 없고 뚱뚱하게 살이 찐 사십 대 여자가 소매가 없는 검은색 원피스를 입고 서 있었다.

청산상회 남편은 쪼그랑 노파와 시선이 마주치는 순간 자신도 모르게 순댓국집 여자를 바라봤다. 정신이 나간 얼굴로 사내를 바라보고 있던 순댓국집 여자는 청산상회 남편이 자신의 살찐 옆구리를 쿡 찌르는 감촉에 고개를 돌렸다.

순댓국집 여자와 청산상회 남편이 순댓국집 안으로 토끼처럼 냉큼 뛰어 들어간 후에야 쪼그랑 노파는 아무 일도 없었다는 얼굴로 다시 걸음을 옮기기 시작했다.

사내는 어깨를 약간 숙인 자세로 허리를 움츠린 채, 관절염이라도 걸린 것처럼 무릎을 완전히 펴지 않았다. 로봇처럼 무릎을 약간 구부린 각도를 유지하고 있었고 발바닥은 땅을 슬쩍슬쩍 스치는 것처럼 걸었다.

구경꾼들의 입이 딱 벌어질 정도로 큰 발에는 샌들을 신었다. 샌들은 시장 안의 신발가게나 구두점에서 파는 것이 아니다. 타이어 고무 같은 재질을 발 크기로 오려서 바닥을 만들고 적당한 굵기의 밧줄로 발걸이만 대충 만든 것으로 조잡하기 이를 데 없었다.

샌들을 신은 발이 바닥에 닿는 모양도 보통 사람들과 달랐다. 보통 사람들처럼 발 앞꿈치가 먼저 바닥에 닿은 다음에 뒤꿈치를 내리는 순서가 아니다. 발바닥 전체가 한꺼번에 지면에 닿는 통에 이제 걸음마를 배우는 아이들이 걸을 때처럼 척척 소리가 났다. 게다가 턱을 앞으로 살짝 내민 자세로 걷는 모습이 우스꽝스럽기까지 했다.

삽시간에 모여든 수십 명의 구경꾼들은 그 기묘한 커플이 어디에서 갑자기 나타났는지를 두고 설왕설래를 하기 시작했다. 청산상회 남편이 소주 냄새를 풀풀 풍기면서 그들이 시장 입구 쪽에서 걸어오는 것을 직접 봤다고 점잖게 말했다. 그러자 시장 초입에서 천안상회라는 양품점을 하는 엄 사장은 '그럴 리가 없다, 만약 그렇다면 내가 못 봤을 리가 없다'며 청산상회 남편의 주장을 뭉개버렸다. 천안상회 옆에서 천냥백화점을 하는 최 사장은 가만히 생각해 보니 가게 앞을 지나가는 모습을 본 것 같기도 하다면서 청산상회 편을 들어주었다. 누군가는 어젯밤에 아무도 모르게 이 시장 안으로 들어온 그들이 어딘가 숨었다가 이제야 나타난 것이 아니냐며 목소리를 낮췄다. 또 다른 사람은 그럼 하늘에서 떨어진 것이냐고 맥없이 물었다. 그때까지 천안상회를 째려보고 있던 청산상회 남편이, 만약 그들이 시장 입구 쪽에서 걸어 들어오지 않았다면 자신의 손바닥으로 장을 지지겠노라며 땡볕에 익어서 바짝 마른 땅에 가래침을 칵 뱉었다.

구경꾼들의 시선을 사로잡는 쪽은 키가 사내의 허리춤밖에 닿지 않는 허리 굽은 노파가 아니다. 그렇다고 노파가 서너 걸음을 걸을 때 한 걸음으로 성큼 따라붙는 구 척 장신도 아니다. 사람들은 그 두 명을 나누어서 개별적으로 보지 않고 한 컷의 사진처럼 바라봤다.

삽시간에 구경꾼들을 수십 명이나 모은 쪼그랑 노파의 이름은 박분녀(朴糞女)였다. 그녀가 살던 지방의 산골 동네에서는 천득어미라고 불렸다. 그녀를 따르고 있는 아들의 이름은 호적상으로는 황천덕이지만 이사 오기 전의 지방 사투리로 천득이라고 불렸던 까닭이다.

천득어미는 자신들을 에워싸고 있는 수십 명의 구경꾼 때문에 기가 죽어 어깨를 움츠리거나 고개를 외로 숙이고 걷거나, 흘끔흘끔 눈치를 살피며 걷지 않았다. 충청도 산골에 살 때도 콩이나 참깨와 들깨, 옥수수, 산에서 캔 더덕이나 약초를 낼 생각으로 천득이를 데리고 읍내에 나가면 십여 명의 사람들이 금방 모여들기 일쑤였다. 도시는 읍내보다 훨씬 많은 사람들이 살기 때문에 더 많은 구경꾼들이 모여드는 것은 당연하다고 생각했다.

"천득아 호떡 사 줄까?"

천득어미가 호떡과 도넛, 꽈배기 등을 팔고 있는 분식센터 앞에서 걸음을 멈췄다. 천득어미는 천득의 얼굴을 바라보려면 서너 걸음 뒤로 물러서야 될 정도로 키가 작고 왜소했다. 하지만 목소리는 걸음마를 시작한 어린 아들의 손을 잡고 시장에 함께 나온 어머니처럼 정겹고 부드러웠다.

천득은 히죽 웃는 얼굴로 입을 꾹 다문 채 고개만 끄덕거렸다. 호기심이 번들거리는 눈빛으로 천득을 바라보고 있던 수십 명의 사람들은 사내가 벙어리일지도 모른다고 생각했다.

천득의 나이는 구경꾼들의 어림짐작으로 볼 때, 서른은 되어 보였다. 그는 걸음걸이가 부자연스러워 보이기는 했지만 덩치로 치자면 5만 인구가 산다는 변동 전체에서 따를 자가 없는 군계일학이었다. 그런데도 천득어미의 입에서 흘러나오는 목소리는 대여섯 살 먹은 아들을 대하는 말투다. 구경꾼들은 씨름판에 나가기만 하면 천하장사 벨트는 독차지한 것이나 다름없어 보이는 거구를 어린아이 취급하는 이유가 너무 궁금해서 분통이 터질 지경이었다.

사십 대의 분식센터 여자는 천득의 엄청난 덩치에 가슴이 덜덜 떨렸다. 연신 마른침을 삼키며 바쁘게 호떡을 구워냈다. 원래 두 개에 천 원씩 팔지만 천득의 덩치에 놀라서 엉겁결에 세 개가 담긴 접시를 내밀었다.

천득어미는 분식센터 여자에게 호떡 세 개를 종이에 한꺼번에 싸 달라고 말했다. 분식센터 여자는 덜덜 떨리는 손으로 호떡을 신문 지에 싸서 그녀에게 내밀었다. 천득어미는 유난히 붉은 혀를 고양 이처럼 날름거리며 갈색 입술을 핥았다. 사람들이 쳐다보든 말든 돈을 꺼내려고 치마를 걷어 올렸다. 삐쩍 마른 하체를 감싸고 있는 것은 촌로들이 입는 고쟁이가 아니다. 월남바지도 아니었고 팬티도 아니었다. 다리가 날씬한 이십 대 여자들이나 입고 다닐 만한 눈이 부시도록 새빨간 반바지였다.

구경꾼들은 그녀가 새빨간 반바지를 입었든, 비키니팬티를 입었 든 관심이 없었다. 서산에 해가 걸려 있기는 하지만 벌건 대낮에 치 마를 걷어 올려도 눈을 가리거나 뒷걸음칠 사람도 없었다. 천득어 미는 여자가 아니라 늙어빠진 노파일 뿐이었다.

천득어미는 빨간 반바지 주머니에서 뚤뚤 말은 지폐 뭉치를 꺼냈 다. 만 원짜리 서너 장에 오천 원짜리가 섞여 있는 지폐에서 천 원 짜리 한 장을 꺼내어 분식센터 여자 앞으로 내밀었다. 분식센터 여 자는 황송하다는 표정으로 굽실거리며 두 손으로 돈을 받았다.

분식센터 앞에서 호떡 세 개를 한꺼번에 먹고 있는 거인의 모습 은 멀리서도 보였다. 더 많은 사람들이 금방 벌떼처럼 모여들어서 백여 명이 순식간에 천득 모자를 반타원형으로 에워쌌다.

"야가, 우리 천득이유. 참 잘생겼쥬? 나는 야 어머유. 내가 살던 우리 동리 사람들은 날 보고 천득어미라고 불렀슈. 우리 천득이가 정신이 쫌 모질라기는 하지만 아는 참 착해유. 나이가 서른 살인데 이날 이때까지 남한테 해코지하는 거 단 한 번도 못 봤슈."

천득어미가 갑자기 쥐눈처럼 작은 눈을 반짝이며 구경꾼들을 향해 돌아섰다. 양손으로 잡은 지팡이를 턱 버티고 서서, 구부러진 허리 때문에 턱을 바짝 치켜올리고 구경꾼들을 천천히 돌아다보며 목이 잔뜩 쉰 목소리로 말했다. 말을 끝내고 작고 얇은 갈색 입술을 꾹 다물고 다시 구경꾼들을 바라봤다. 누가 시키지 않았는데도 구경꾼들 모두가 흠칫 놀라며 뒤로 한두 걸음 정도 물러섰다.

"천득이!"

"아까도 이름을 불렀잖아. '천득아, 호떡 사 줄까?'라고 말여."

"이름이 희한하구면."

사람들은 바라보기 민망할 정도로 쪼글쪼글하고 볼품없는 천득어미의 몸에서, 저처럼 장대한 자식이 태어날 수 있을까 하는 점에는 의문을 갖지 않았다. 원래 자식은 어머니만 닮으라는 법은 없다. 그들은 천득어미의 남편이 장대할 가능성이 얼마든지 있다고 생각하며 끼리끼리 소곤거렸다.

뜨거운 호떡 세 개를 한꺼번에 베어 먹느라, 두꺼운 입술을 좌우로 바쁘게 비틀고 있는 천득의 목은 통나무처럼 굵고 짧았다. 짧게 깎은 곱슬머리 밑의 이마는 좁은데 광대뼈는 넓게 퍼져 있어서 얼굴 전체는 육각형에 가까웠다. 콧구멍이 훤히 보이는 들창코에 입은 크고 입술은 두꺼워서 험악해 보였다. 하지만 노파를 닮아서 작고 동그란 눈은 선해 보였고, 언뜻 아무 생각 없이 사는 사람처럼 보이기도 했다. 천득의 눈을 가만히 바라보고 있으면 천득어미의 말대로 착하기는 하지만 평생 모자란 놈이란 말을 들으며 살 것처럼 보였다.

"큼! 그런데 어디서 왔습니까? 이 동네 사시는 분 같지는 않은 것 같은데……."

시장 안에서 잉꼬떡집을 하는 김병수가 용기를 내서 잔기침을 하며 물었다.

"촌에 살다가 어제 이사 왔슈. 저짝에 있는 태평면옥 이층집으로……."

천득어미가 시장에서 유일한 2층 건물인 태평면옥을 지팡이로 가리켰다.

구경꾼들은 자신도 모르게 일제히 지팡이 끝을 따라서 시선을 돌렸다. 태평면옥은 이름처럼 냉면을 파는 식당이 아니고 중국음식점이다. 시장 사람들은 태평면옥이 있는 빨간색 2층 벽돌집을 병원집이라고 불렀다.

지금도 붉은 벽돌 벽에 박혀 있는 대리석 판에는 '평화의원'이라는 글씨가 남아 있었는데, 과거에 변동시장이 북적북적할 때는 병원 건물이었다. 변동시장의 쇠퇴와 함께 원장은 큰길 편의점 앞에 2층 건물을 지어 이사를 갔다. 그냥 건물만 옮긴 것이 아니라 시장에서 번 돈으로 진료과목을 정형외과, 내과, 비뇨기과로 확대했다. 돈을 벌어 준 병원집은 팔리지 않아서 아래층을 중국음식점에 세를 놓았고 2층에 있는 입원실들은 원룸으로 개조해서 사글세를 놓았다.

철둑을 등지고 있는 사글셋방은 귀신이 나올 것처럼 어둡고 낡은 데다, 기차 소음 때문에 사람 살 곳이 못 된다는 소문이 도는 곳이다. 상인들 중에는 병원집 2층을 드나드는 사람들이 많았는데, 선화보살이라는 무당이 2층에 살고 있는 까닭에 점을 보러 가기 위해서였다. 그래서 2층에는 선화보살 이외에도 태평면옥의 아이들, 한 달 전에만 해도 방글라데시인들과 네팔인들이 합숙을 하고 있었는데, 일제 단속에 걸려서 강제 출국당한 후에 지금도 그 방은 비어 있을 것이라고 사람들은 알고 있었다.

"이사를 왔으모 팥죽을 돌리든지 떡을 돌려야 되는 거 아이가?"

상인들은 그들이 병원집에 산다는 말을 듣고 나니 조금은 만만해 보이기 시작했다. 옆구리에 검은색 비닐봉지 십여 매를 매달고 있는 청산상회 노파가 남편 옆에 서 있다가 입술을 삐죽거렸다.

"벼룩의 간을 빼 먹지. 부조는 못할망정 어디 팥죽 얻어먹을 데가 없어서 그 집으로 이사 온 사람한테……."

"그냥 해 본 말이다, 안 하나."

천득어미는 구경꾼들이 빈정거리는 말을 무시해 버리고 다시 걷기 시작했다. 그녀가 지팡이를 앞세워 바가지만 한 엉덩이를 좌로 우로 흔들며 깨그작깨그작 걸어가면, 천득은 아이처럼 연신 좌우를 두리번거리며 로봇 같은 자세로 저벅저벅 그 뒤를 따랐다. 궁금증이 완전히 풀리지 않은 구경꾼들은 호기심이 얼굴에 번들거리는 표정으로 우르르 뒤를 따랐다.

옛날과 다르게 지금은 덩치를 앞세워 한몫하는 시대는 아니다. 덩치가 크다고 해서 무조건 씨름을 잘하는 것도 아니고, 격투기 챔피언이 될 수 있는 것도 아니다. 씨름은 상대방의 힘을 역이용하는 두뇌플레이게임이고, 격투기는 적의 약점을 찾아낼 수 있는 예리하고 빠른 분석력이 필요한 게임이라 말할 수 있다. 조직폭력배로 활동하고 싶어도 요즈음은 그들도 하이테크 쪽으로 사업 방향을 전환하고 있기 때문에 부동산 중개사 자격증이나, 세무사와 법무사 자격증 같은 것이 없으면 출세하기 힘들다. 그런데도 덩치만 컸지 영락없는 바보처럼 보이는 자식을 온 시장에 자랑하고 다니는 천득어미의 저의는 무엇인지가 구경꾼들의 일괄된 궁금증이었다.

"천득아! 엄마가 두부 사 오라고 하면, 꼭 이 집에서 사 와야 한다. 알겠지?"

천득어미가 채소와 콩나물, 두부 등을 파는 부식가게 앞에서 걸음을 멈췄다.

"두…… 두부! 나도 알아. 두부."

천득이 노란 플라스틱 상자에 담겨 있는 두부를 손가락질하며 자랑스럽게 대답했다.

구경꾼들은 천득이 벙어리가 아니라는 사실을 두 귀로 확실하게 확인하고는 일제히 고개를 끄덕였다.

"그려, 엄마가 두부를 사 오니라, 하고 심부름을 시키면, 저기 있는 호떡 파는 가게 앞에서 이짝으로 쭉 걸어와서 여기설랑 두부를 사란 말여. 아줌마, 야가 우리 아들 천득이유. 앞으로 콩나물하고 두부는 이 집에서 대놓고 먹을 모양잉께, 좀 싸게 줘유."

천득어미는 달랑 천 원짜리 두부 한 모를 사면서, 막노동판 십장이 앞으로 인부들이 먹게 될 식당을 정하는 얼굴로 당당하게 말했다.

"아! 예, 예, 그러면요. 당연히 싸게 줘야죠."

부식가게 여자는 구 척 장신 천득을 두려운 표정으로 바라보고 있었다. 천득어미 말에 깜짝 놀란 얼굴을 하고는 자신도 모르게 굽실거렸다.

천득어미는 두부 한 모가 들어 있는 검은색 비닐봉지를 천득에게 들게 한 후에 또 걸었다. 구경꾼들은 눈덩이처럼 불어났다. 구경꾼들 중에는 저녁 찬거리를 사러 나온 주부들보다 장사하는 상인들이 더 많았다.

찬거리를 사러 나온 주부들 중에 남편이 일찍 퇴근하는 쪽은 아쉬움이 잔뜩 담긴 표정으로 뒷걸음을 쳤다. 상인들도 생업을 내팽개치고 천득이 모자를 마냥 따라다닐 수는 없었다. 남편 알기를 명절 대목에 천 원짜리 한 장쯤으로 아는 아내는 남편에게 가게를 맡기고, 아내를 쥐 잡듯 하는 남편은 궁금증에 입술이 하얗게 타고 있는 아내에게 가게를 맡긴 후 바쁘게 부채질을 하며 그들의 뒤를 따랐다.

생선가게 주인은 진작부터 백여 명의 무리를 이끌고 오는 천득어미와 천득이를 멀리서부터 목마른 눈빛으로 바라보고 있는 중이었다. 변동시장 안에서 사람을 끌어 모을 재주를 가진 직업은 약장수와 정치인과 종교인밖에 없었다. 그중 약장수는 직업 특성상 무리를 끌고 다니지 않는다. 선거철도 아니니 정치인도 아닐 것이다. 설령 무슨 꿍꿍이를 가진 정치인이 변동시장을 방문했다고 하더라도 백여 명의 무리를 이끌고 다닐 리는 없었다. 무엇보다 그들이 사람들과 악수를 하지 않는 것을 보니 분명 정치인은 아니라는 판단이 들었다. 정치인이 아니면 무슨 종단의 교주일 것 같았다. 도대체 얼마나 신통방통한 교주이길래 저리도 많은 사람들이 추종자로 따라다닐까 궁금했던 그는, 장인 생신 때문에 아내가 가게를 비우지만 않았다면 벌써 달려가고도 남았을 것이었다.

가까이서 본 천득어미와 천득이는 종교 집단의 교주로 보기에는 제복을 입지 않았을 뿐만 아니라 너무 초라해 보였다. 오히려 궁금증이 더 증폭된 생선가게 주인은 목구멍이 따갑도록 목이 말랐다.

천득어미가 생선가게 앞에서 멈췄다. 생선가게 주인은 자신도 모르게 멈칫하며 놀란 표정으로 가게 안으로 들어갔다.

생선가게 앞 가판대 위에는 꽁치, 고등어, 오징어, 갈치 등이 오천 원, 삼천 원 더미로 플라스틱 바구니에 담겨 있었다. 천득어미는 달랑 꽁치 한 마리를 손가락으로 들어 보였다.

"천득아, 엄마가 생선 사 오라고 하면 꼭 여기 와서 사야 한다. 알겠지?"

천득어미가 천득을 올려다보며 꽁치를 흔들어 보였다.

"천득 씨?"

오십 대의 생선가게 주인은 천득이의 위아래를 더듬어 보며 조심스럽게 가게 밖으로 나왔다.

"천득이여. 천득이. 내…… 이름 황천득."

천득이 뒷짐을 진 채 턱 버티고 서서 제법 덩치가 단단해 보이는 생선가게 주인을 바라보며 히죽 웃었다.

"아…… 천득 씨?"

"내참! 처…… 천득 씨가 아니고 그냥 천득이란 말여. 천득이."

"잘 알아들었습니다. 천득 씨."

생선가게 주인은 천득이 좀 모자란다는 정보를 입수하지 못했다. 천득이 코웃음을 치자 주눅 들어 애매하게 웃으며 괜히 손바닥을 슥슥 비볐다.

"드…… 등신이구먼, 천득 씨가 아니고 천득이란 말여."

"아……! 네…… 처…… 천득 씨."

천득이 한심하다는 표정으로 하는 말에 생선가게 주인이 쩔쩔매는 모습을 보고 구경꾼들이 와르르 웃어 젖혔다. 생선가게 주인은 얼굴이 시뻘겋게 달아올랐지만 천득의 엄청난 덩치에 짓눌려 뒷걸음치며 더듬거렸다.

"어…… 엄마, 저 아저씨 참말로 드…… 등신이구먼."

천득이가 생선가게 주인을 한심하다는 얼굴로 바라보다 천득어미에게 말했다. 구경꾼들이 다시 한 번 노을을 품은 뜨끈뜨끈한 바람이 녹아들도록 한껏 웃어 젖혔다. 생선가게 주인은 쥐구멍이라도 있으면 들어가고 싶은 얼굴로 땀을 뻘뻘 흘리다 맥없이 웃었다.

"야는 그냥 천득이라고 부르면 돼유. 그라고 나는 야 엄마되는 천득어미유."

천득어미가 얇고 작은 갈색의 입술을 들먹거리면서 자랑스럽게 말했다.

"아! 천득이."

천득어미 말이 끝나자마자 생선가게 남자뿐만 아니라 웃음을 멈춘 구경꾼들도 어른 아이 할 것 없이 약속이나 한 것처럼 일제히 '천득이'라고 읊조렸다.

천득어미는 검은색 비닐봉지에 담긴 꽁치 한 마리도 천득의 손에 들려 준 후에 다시 걷기 시작했다. 구경꾼들은 행여 천득이 이름을 잊어버리기라도 할 것처럼 천득이, 천득이, 천득이라고 중얼거리면서 다시 모자를 따라가기 시작했다.

천득의 정체를 알아버린 구경꾼들의 숫자는 더 이상 늘지는 않았다. 오히려 눈에 보이도록 많은 사람들이 옆으로 새거나 뒤돌아 갔다. 그들이 과일 난전에서 사과를 딱 한 개만 사는 광경을 지켜보고 나서는 더 많은 사람들이 뒤로 처졌다.

천득어미가 멈춘 곳은 슬레이트 지붕에 세워 놓은 간판과, 유리창에 '파리패션'이라고 쓰여 있는 곳이었다. 파리패션은 그럴듯한 상호와 다르게 구제옷을 취급하는 곳이다. 세탁소처럼 처마 밑에 쭉 걸어 놓은 청바지, 원피스, 코트, 가죽잠바, 티셔츠, 이상야릇한 디자인의 재킷에는 삼천 원에서 오천 원의 가격표가 붙어 있었다.

사십 대 초반의 파리패션 주인 여자는 의자에 앉아서 선풍기 바람을 맞으며 낮잠을 자고 있다가 천득어미가 들어오는 인기척에 잠침을 닦으며 고개를 돌렸다. 천득이 앞에 서 있는 천득어미는 미처 보지 못하고 가게 천장에 닿을 만한 크기의 천득을 보고는 깜짝 놀라 벌떡 일어섰다. 파리패션을 창업한 이래 가장 많은 손님들이 문앞을 가로막고 있다는 것에 또 한 번 놀랐다.

"야가, 입을 만한 바지가 있는 줄 모르겄구먼."

천득은 옷 같은 것에는 관심이 없다는 얼굴로 가게 안에서 움직이지 않았다. 천득어미가 천천히 걸어 다니면서 벽에 걸려 있는 옷들을 들척거렸다.

"저…… 저분이 입으실 옷 말씀이신가요?"

여자가 엄청난 덩치의 천득을 바라보며 귓속말로 물었다.

"그려, 우리 천득이."

"지난번에 잘못 들어온 바지가 한 벌 있기는 한데……."

가게 안에 걸려 있는 옷은 모두 외국인들이 입던 옷이라 비교적 사이즈가 크거나, 디자인이 이국적인 것들이었다. 파리패션 여자는 괜히 가슴이 벌렁벌렁 떨렸다. 가슴라인이 깊게 파인 티셔츠를 입은 것도 아닌데, 왼손바닥으로 가슴라인 부분을 누르고 구석에서 청바지 한 장을 꺼내서 천득어미에게 내밀었다.

"오늘 재수가 엄청 좋구먼. 이기 얼매래유?"

여자가 내민 청바지는 미국의 덩치 큰 프로레슬러들이 입었음직한 빅 사이즈의 청바지였다. 낡기는 했지만 2, 3년은 충분히 입을 수 있을 것 같았다. 천득어미는 합죽합죽 웃으며 청바지를 양손으로 번쩍 치켜들고 천득이의 하체에 갖다 대 보았다. 그런대로 기장이 맞을 것 같다는 생각에 여자 쪽으로 고개를 돌리고 합죽 웃었다.

"원래는 삼천 원을 받아야 하는데 처…… 천 원만 주세요"

여자는 가게 앞을 꽉 메운 구경꾼들 때문에 진땀이 났다. 가게에 있는 옷들은 모두 구제품이라서 저울로 달아 구입해 온 것들이었다. 그 옷들과 섞여 들어온 청바지는 사이즈가 너무 커서 언젠가는 쓰레기통으로 직통할 옷이었다. 쓰레기를 버리는 데도 돈이 들어가는데 쓰레기로 버릴 옷을 제값 받았다가는 괴물처럼 보이는 덩치의 압력에 당장 내일이라도 가게 문을 닫게 될지도 모른다는 생각이 든 여자는 팔푼이처럼 자꾸 실없이 웃었다.

"오늘 땡 잡았구먼. 천득아, 청바지는 반드시 요기서 사야 하능겨. 알겠지?"

"처…… 천 원?"

천득이 신기한 얼굴로 청바지를 자신의 하체에 맞춰 보며 물었
다.

"그려, 이 돈 한 장 주고 산 거여."

천득어미가 천 원짜리 한 장을 천득이 눈앞에 흔들어 보였다.

"조…… 좋아, 아주 좋아!"

천득이는 구제품은 물론이고 고향에 살 때 읍내 자동차 정비업체
에서 걸레로 쓰던 청바지도 입어 본 적이 없었다. 그는 히죽히죽 웃
는 얼굴로 청바지를 어깨에 턱 걸쳤다.

"처…… 천 원이면 공짜나 다름없어요. 공짜……."

여자가 천득의 어깨에 걸쳐 있는 청바지를 얼른 걷어서 착착 접
었다. 청바지의 부피는 꽤 커서 코트 한 벌이 들어갈 만한 봉지에
담아야 할 정도였다. 천득어미는 커다란 비닐봉지에 두부와 꽁치를
집어넣었다. 그녀는 그것을 천득의 손에 들게 하고 다시 시장을 걸
었다.

변동시장의 끝에 있는 중앙상회는 곡물을 파는 가게다. 김밥집이
나 식당으로 들어가는 중국산 찐쌀부터 시작해서, 보리쌀은 물론이
고, 갖가지 콩과 팥, 좁쌀에 수수, 참깨와 들깨 등을 팔았다.

중앙상회에서 파는 곡물은 슈퍼와는 다르게 무게 단위로 포장이
되어 있지 않았다. 주인이 직접 저울로 달아서 비닐봉지에 담아 파
는데 백 프로 중국산이다. 시장 상인들은 그곳에서 파는 곡물이 중
국산이라는 걸 알고도 사다가 김밥을 말거나, 떡을 만들거나, 참기

름을 짜고 강정을 만들어 팔았다.

　중앙상회 주인 팽 회장은 변동시장 내에서 가장 많은 감투를 쓰고 있었다. 우선 그는 변동시장 친목회장 겸 번영회장이다. 그리고 변동 착하게 살기 운동 회장이며, 조기축구회 명예회장에, 이웃사랑 운동본부 회장이기도 했다. 그는 손님들이 곡물에 대해 틀림없는 중국산 같다고 의구심을 나타내면 안목이 대단하시다며 씩 웃어 버리고, 손님이 아무 말이 없으면 실실 웃는 얼굴로 덤을 많이 주며 국산으로 속여 팔기 때문에 꽤 짭짤하게 수입을 올리고 있다.

　마침 천득이와 천득어미가 그곳에 도착했을 때는 중국산 찐쌀을 적재한 1톤짜리 냉동탑차가 도착해 있을 때였다. 40킬로짜리 찐쌀 포대에는 아무런 표시가 없어서 내용물이 무엇인지는 주인만 알고 있었다. 분명한 것은 40킬로짜리 찐쌀 무게는 오십 대 후반의 팽 회장이 혼자 하차하기에는 무리가 있다는 것이었다. 그래서 팽 회장은 젊은 트럭운전사에게 어서 쌀을 내려 달라고 독촉을 하고 있었고, 트럭운전사는 하차 비용은 운임에 포함이 되어있지 않으므로 그냥은 내려 줄 수가 없다며 버티고 있는 중이었다.

　팔짱을 끼고 있던 팽 회장과 껌을 질겅질겅 씹던 트럭운진사는 거구의 사내와 도토리만 한 노파가 이상한 걸음걸이로 가까이 다가오는 모습을 보자 동시에 시선을 돌렸다.

　"천득아, 앞으로 쌀은 이 집에서 사 와라. 알겠지?"

　천득어미는 등산을 시작해서 마침내 정상에 도착했다는 얼굴로

말했다. 천득이는 말없이 히죽 웃으며 냉동탑차 안에 있는 찐쌀 포
대를 바라봤다.

"쥔 양반, 저기 뭔지 모르겄지만, 가게 안으로 옮겨야 할 것들인
가유?"

천득어미가 지팡이로 찐쌀 포대를 가리키며 팽 회장에게 물었다.

"그…… 그렇기는 한데."

팽 회장은 천득의 기세에 눌려 자신도 모르게 뒷걸음질 치며 고
개를 끄덕거렸다.

"천득아, 이 가게는 앞으로 우리가 맨날 쌀을 사다 먹어야 할 곳
잉께 니가 저 쌀 포대들을 좀 옮겨 줘라."

천득어미가 지팡이로 찐쌀 포대를 찍어서 타원형을 그리며 가게
안을 가리켰다.

천득은 잠자코 들고 있던 비닐봉지를 그녀에게 맡기고 냉동탑차
앞으로 로봇처럼 척척 걸어가서 40킬로짜리 찐쌀 포대 두 개를 세
웠다. 구경꾼들은 숨을 멈추고 눈동자를 반짝반짝 빛내며 천득을
지켜봤다. 천득은 쌀 포대가 아닌 돼지저금통이 가득 들어 있는 포
대를 낚아채는 것처럼 찐쌀 포대를 양쪽 옆구리에 가볍게 꼈다.

팽 회장은 너무 놀라서 벌린 입을 다물지 못하고 눈만 끔뻑끔뻑
거리면서 천득을 지켜봤다. 구경꾼들 틈에서 '야! 역시! 굉장하네!'
라는 탄성이 한꺼번에 터져 나왔다.

"어디다 갖다 두면 되는 거유?"

"이…… 이쪽으로."

팽 회장은 천득어미가 지팡이로 옆구리를 찌르는 통에 깜짝 놀라며 뒷걸음을 치다 가게 문턱에 걸려 벌렁 나동그라졌다. 그래도 깔깔거리며 웃는 사람들이 없었다. 팽 회장이 게처럼 옆으로 뿔뿔뿔 기어가서 찐쌀 포대를 놓아야 할 곳을 알려주었다.

냉동탑차 안에는 40킬로짜리 찐쌀 포대가 모두 20포대가 있었다. 그 밖에는 콩이며 팥, 땅콩이 각각 한 포대씩 있었다. 천득은 그것들을 거의 몇 분 만에 옮겼다.

"저…… 수고비를 얼마나 줘야?"

팽 회장은 천득이가 냉동탑차를 비우는 동안 도대체 하차비는 얼마를 주어야 할지 고민하고 있었다.

트럭운전사는 팽 회장이 천득어미에게 하는 말을 듣고 나서야 천득이가 나타나지 않았다면 이만 원 정도는 우습게 벌 수 있었을 텐데 하는 아쉬움에 쓰게 웃었다.

"수고비는 뭘…… 한동리 사는 사람들끼리."

천득어미가 살던 충청도 산골에서는 이 정도 노동을 해 주고 나서는 수고비 같은 것은 애당초 기대하지도 않았다. 그건 땀 흘리며 일 거들어 주고 나서, 느닷없이 멱살 붙들고 싸우자며 달려드는 행위와 진배없었다. 하지만 여기는 도시였기에 천득어미는 갈색얼굴을 홍조로 물들이며 고개를 외로 틀었다.

"처…… 천 원, 천 원짜리 한 장만, 줘."

천득이 뒷머리를 긁으며 부끄럽게 말했다.

"천 원만 달라는 말이십니까?"

팽 회장이 자신의 귀를 의심하며 반문했다.

"잠깐만 일루 와봐."

천득어미는 겉으로는 내색하지 않았지만 천득의 말에 깜짝 놀랐다. 천득의 손을 잡고 가게 구석으로 갔다.

"앉아 봐라."

천득어미의 말에 천득이 바닥에 쪼그려 앉았다. 비로소 둘의 눈 높이가 비슷해졌다. 그녀는 구경꾼들이 호기심에 찬 눈빛으로 자신들을 바라보고 있다는 것을 알고 등을 돌리며 돌아섰다.

"너, 천 원짜리가 뭔지 알기는 아냐?"

천득은 도시로 이사를 나오기 전까지 직접 돈을 내고 물건을 사 본 적이 없었다. 천득어미는 '이놈이 영 등신은 아니구먼.'이라고 생각하면서도 걱정스러운 얼굴로 속삭였다.

"응, 처…… 청바지."

"그게 아니고, 천 원짜리가 돈이라는 걸 아냐 이거여."

"드…… 등신이구먼, 어…… 어머는 그것도 몰라? 천 원짜리는 돈여, 돈! 청바지 살 때 샀잖아. 천 원 주고……."

"그려. 천 원짜리가 돈이라는 걸 알면 됐다. 하늘에 계신 느 아버지가 보살펴서 그런지, 내가 자식을 헛키우지는 않았구먼."

천득어미는 천득의 대답에 감격했다. 천득이 고향을 떠나면 더 무시당하고 바보 취급을 받을 줄 알았다. 천득이가 이렇게 똑똑해질 줄 알았다면 진작 고향을 떠날 것을 그러지 못한 것이 안타깝고 한스러웠다. 쭈글쭈글한 눈매에 뜨거운 눈물 한 방울이 맺히는 것을 느끼며 돌아섰다.

"야는, 천 원만 줘도 돼유."

천득어미가 구부정한 허리를 간신히 일으켜 세우고 자랑스럽게 합죽 웃었다.

"그…… 그럽시다. 뭐."

팽 회장은 초등학교를 졸업하고 곧장 상회의 점원으로 취직해서 이날 이때까지 장사로 뼈가 굳은 인물이다. 처음 장사를 배울 때는 장사라는 것이 무조건 물건을 싸게 가져와서 손님에게 야박하도록 이윤을 많이 남기는 것이 최고라고 생각했다. 그러나 세월이 흘러 어느 정도 장사기술을 터득하고 나니 장사라는 것이 그렇게 단순한 것만이 아니었다. 매출을 많이 올리려고 소소한 것들을 덤으로 주거나, 싸게 파는 것은 앞으로 남고 뒤로 밑지는 지름길이라는 것을 알았다. 그 반대로 덤으로 준 것을 포함해서 단돈 백 원이라도 이문을 남기는 것이 능사였다. 천득이가 이 더운 날씨에 땀 한 방울 흘리지 않고 찐쌀 포대를 불끈불끈 들어서 가볍게 나르는 폼으로 봐서는 담뱃값이나 주면 될 것이라고 생각했었다. 천 원이면 공짜나 마찬가지라는 생각에 얼굴이 화끈거리는 것을 느끼면서도 얼른 천 원짜리 한 장을 내밀었다.

선어부비취

변동시장이 북적대던 1970년대만 해도 소독약 냄새를 풍기던 평화의원 원장실이 지금은 돼지기름 냄새가 진동을 하는 주방으로 변했다. 희미한 형광등이 켜져 있던 치료실에는 양파와 단무지, 밀가루 등이 어지럽게 널려 있고, 유니폼을 입은 간호사들이 접수를 받고 진료비 계산을 하던 카운터 뒤에는 50도가 넘는 중국산 고량주가 종류별로 가득 진열되어 있었다. 치료를 받으러 온 환자들이 기다리고 있던 대기실은 붉은색 페인트칠을 한 원형 테이블이 자리를 차지했다. 2층으로 올라가는 계단에는 화분과 수석이 어지럽게 널려져 있었다. 그 대신 건물 외벽에 2층으로 올라갈 수 있는 철제 계단이 설치됐다.

순댓국집 여자는 육중한 몸으로 계단을 오르려니 숨이 찼다. 일곱 계단 정도 올라가다가 난간을 붙잡고 멈춰서 숨을 길게 내쉬었다. 눈 아래로 내려다보이는 변동시장을 잠시 바라보다가 다시 힘겹게 몸을 움직였다. 계단을 밟을 때마다 철판끼리 서로를 갉아먹느라 이가 갈리는 소리가 튀어 나왔다.

건물 뒤에는 경부선 철로 부지를 가로막은 건물 1층 높이의 플라스틱 방음벽이 서 있었다. 햇볕을 받아서 번쩍번쩍 빛을 내고 있는 낡은 방음벽의 패널은 드문드문 이가 빠지고 부러져서 그 틈새로 길게 누워 있는 철도가 보였다. 흐드러지게 피어 있는 망초꽃 사이에는 드문드문 장미나무가 황량하게 서 있었는데 한두 송이씩 매달린 새빨간 장미꽃은 작열하는 햇볕에 불덩이처럼 익어가고 있었다.

새마을 열차가 불쑥 나타나서 악을 쓰며 햇빛 속으로 달려갔다. 기차가 달려가는 소리에 계단이 덩달아 몸을 부르르 떨었다.

계단 끝에 올라선 순댓국집 여자는 1년 365일 오픈되어 있는 회색 철문 앞에서 걸음을 멈췄다. 새마을 열차는 보이지 않는데 후끈후끈한 열기를 동반한 바람이 불어와 그녀의 머리카락을 헝클어트렸다.

그녀는 문이 열려 있는 복도를 바라봤다. 복도 천장 가운데 붙어 있는 5촉짜리 전등 불빛은 대낮인데도 음산한 분위기를 풍기고 있는데 지린내까지 코를 찔렀다. 방문이 삐죽이 열려 있는 곳에서 카세트라디오의 노랫소리가 흘러나오고 있는 복도는 후덥지근했다.

'가만있어 봐, 저 방이 천득인가 하는 좀 모자란 총각하고 제 어미가 사는 방인가?'

순댓국집 여자는 코를 감싸 쥐고 선화보살 방을 지나쳤다. 활짝 열려 있는 화장실 문부터 닫고 반대편으로 돌아섰다.

'어머!'

순댓국집 여자는 삐죽이 열려 있는 문 뒤에 숨어서 방 안을 살짝 살피다가 깜짝 놀라며 뒤로 물러났다. 화끈할 정도로 얼굴이 빨갛게 물드는 것을 느끼며 가슴을 쓸어 내렸다. 길게 한숨을 쉬고 나서 다시 문 안쪽으로 살짝 고개를 내밀었다. 사흘 전에 봤던 천득이는 팬티만 입고 침대에 누워 있었다. 무슨 운동을 했는지 떡 벌어진 어깨와 가슴, 팔뚝의 근육이 남편과는 상대가 안 될 정도로 발달되어 있었다. 팬티 밑으로 보이는 넓적다리는 시장 안에서 허리가 가늘기로 소문난 파리패션 여자보다 굵어 보였다.

"뉘요?"

책상 앞에 앉아서 쇼핑봉투에 풀칠을 하고 있던 천득어미가 인기척에 고개를 들었다. 병원용 철제 침대에 누워있던 천득이도 상체를 일으켰다.

"아…… 아니에요."

순댓국집 여자는 못 볼 것을 봤다는 얼굴로 더듬거리며 얼른 돌아섰다. 드럼통 같은 몸매가 무색할 정도로 한아름이나 되는 젖가슴을 바쁘게 덜렁거리며 선화보살 방 앞으로 갔다.

선화보살은 신당 겸 살림방에서 낮잠을 자고 있었고 회전으로 조작해 놓은 선풍기만 저 혼자 한가하게 돌아가고 있었다. 순댓국집 여자가 잔기침을 하자 선화보살이 하품을 하며 게으르게 일어났다.

순댓국집 여자가 손에 쥐고 있던 손수건을 사각으로 접어서 이마와 턱 밑, 귓등의 땀을 닦으며 방바닥에 앉았다.

"얼굴이 왜 그래? 뭔가 보고 놀란 사람처럼 보이네?"

"저…… 저쪽 방에 사는 사람들 봤어?"

"누구? 천득이네? 그 집에서 못 볼 걸 봤남?"

"그…… 그게 아니고, 천득이엄마가 쇼핑봉투처럼 보이는 걸 풀칠하고 있던데, 그게 뭐여?"

"난 또 천득이가 팬티만 입고 있는 모습을 보고 흥분해서 그러나 했지……."

"그럼 보살님도 봤단 말여?"

순댓국집 여자가 화들짝 놀라며 선화보살의 말을 끊었다.

"맨날 팬티만 입고 있으니까 안 볼 수가 없잖아. 그리고 쇼핑봉투 붙이는 것은 부업여. 내가 소개를 해 줬구먼, 우리 집에 오는 손님 중에 인쇄소 사장이 있거든. 그 양반한테 말을 해서 부업거리를 만들어 줬지. 한 장 붙이는데 이십 원씩이니까 노인네가 하기에는 딱 좋지 뭐. 치매 예방도 되고……."

선화보살은 별일 아니라는 얼굴로 길게 하품을 하며 자리에서 일어섰다. 주전자를 들고 구석에 있는 주방 앞으로 갔다. 입원실이었을 때는 세면기로 사용했던 자리에 설치된 싱크대의 수도꼭지를 틀었다.

"아무리 정신이 모자라다고 하지만 사내잖아, 한두 살 먹은 아도 아니고 다 큰 청년이 대낮에 팬티만 입고 설치면 되나? 보살님도 여잔데……."

순댓국집 여자는 놀란 가슴이 진정되는 것을 느끼며 선풍기 앞으로 기어가서 회전을 고정시켰다.

"덩치만 크면 뭐해? 내가 볼 때는 여자도 모르는 반편이 같던데……."

선화보살은 제단에 물을 올리고, 향을 사른 후 절을 했다. 이어서 방울을 흔들면서 최영장군을 부르기 시작했다.

'그런 걸 보면 조물주는 참말로 공평해……'

순댓국집 여자는 천득이 여자를 모르는 바보라는 말에 맥이 빠지는 것을 느끼며 손수건으로 땀을 닦았다. 살이 찌고 나서는 여름만 되면 땀이 비 오듯 쏟아지는 바람에 하루에도 손수건을 몇 번씩 빨아야 했다.

그녀는 결혼 초만 해도 부시족 여인들처럼 살이 없었다. 그녀의 남편은 비쩍 마른 허벅지며 가늘고 긴 팔을 볼륨 있게 만들 작정으로 그녀에게 하루 세 끼 순대국밥을 먹게 했다. 그녀는 순대국밥을 질리도록 먹었지만 살이 찌지 않았을 뿐만 아니라, 첫째 아이는 함량 미달로 태어났다.

"자고로 산모는 엉덩이가 푸짐해야 아이도 건강한 법이다."

이번에는 시부모까지 그녀의 살찌기 운동에 합세했다. 덕분에 그녀는 제법 통통하게 살이 올랐다. 시부모와 남편은 둘째 아이는 틀림없이 우량아를 낳을 것이라고 믿었다. 그녀는 시부모와 남편의 기대를 무너트리지 않고 신생아 평균 몸무게보다 무려 두 배 가까운 6킬로나 되는 아이를 출산했다.

"봐라! 어른 말을 잘 들으면 자다가도 떡이 생기는 법이다."

그녀의 시부모는 매우 기쁜 나머지 시장 사람들 모두에게 순대국밥을 공짜로 대접했다. 그것도 평소에 파는 순댓국과 다르게 순대와 내장, 머리고기를 듬뿍 집어넣은 특+특으로 대접했다.

그녀가 애기엄마라는 호칭을 벗어나서 순댓국집이라는 별칭을 받기 시작한 것은 그 무렵이었다. 처음에는 출산을 했으니 시간이 지나면 살이 빠질 줄만 알았다. 이미 중독이 되어 버린 순댓국을 계속 먹은 것도 그러한 이유에서였다. 그녀의 남편도 아내가 원래 살이 찌지 않는 체질이라는 생각에 고칼로리의 순댓국을 계속 먹어도 말리지 않았다.

"이제 순대국밥을 끊어야 할 때가 온 것 같군."

어느 날 새벽녘에 귀가한 남편은 곤하게 잠들어 있는 아내를 깨우지 않을 작정으로 조용히 침실의 불을 켰다. 침대에 누워있는 아내를 보자 희멀건 암퇘지 한 마리를 보는 것 같은 기분에 몸서리치며 중얼거렸다.

순댓국집은 남편의 말대로 더 이상 순대국밥을 먹지 않겠다고 결심했다. 그러나 이미 중독이 된 순대국밥은 끊을 수가 없었다. 그 중독 증상은 남자들이 담배를 끊었을 때 오는 금단현상과 비교할 수 없을 정도였다. 저녁에 잠을 자려고 눈을 감으면 온몸이 부들부들 떨리면서 순대국밥이 생각났다. 순대국밥을 지우려고 고개를 흔들면 다진 양념을 듬뿍 넣은 얼큰한 순댓국이 반짝반짝 빛을 내며 우주선처럼 비행해 오는 것 같아서 도통 잠을 이룰 수가 없었다.

그녀는 더 이상 순대국밥을 먹으면 안 된다고 이불로 얼굴을 가리고 이를 갈며 진저리를 쳤다. 하지만 결국 유혹을 이겨내지 못하고 남편 모르게 밤바람을 헤치며 가게로 뛰어갔다. 도둑처럼 가게에 들어가자마자 가스레인지의 불을 켰다. 익숙한 솜씨로 순댓국을 말아 자글자글 끓여서 후후 불어가며 한 그릇을 뚝딱 해치웠다. 목까지 차오르는 포만감에 배를 문지르며 식당의 불을 끄고, 어둠 속에서 빙긋빙긋 웃으며 가겟방으로 들어가 단잠에 빠져 들었다.

그녀의 남편은 아내가 순대국밥을 끊어도 계속 살이 쪄 가는 모습을 보자 슬슬 바깥으로 나돌기 시작했다. 남편이 바깥으로 나도는 횟수가 늘어갈수록 그녀도 거리낌 없이 순댓국밥을 먹기 시작했고 살은 더 늘어만 갔다. 그녀의 몸무게는 무럭무럭 늘어 50킬로 아래로 맴돌던 신혼시절의 몸무게가 90킬로를 육박했다.

그녀는 검은색이 살찐 몸매를 가려준다고 믿었다. 그래서 사계절 내내 저승사자처럼 검은 천으로 푸짐한 몸을 감쌌다. 여름에는 땀의 배출을 가능한 한 원활하게 하려고 소매가 없는 원피스를 주로 입었다. 검은색 바탕에 시뻘건 장미가 드문드문 그려진 원피스도 그녀의 넘치도록 출렁거리는 살을 감춰줄 수는 없었다. 본격적으로 그녀 혼자 장사를 시작하고 나서는 몸무게가 120킬로를 넘겼다. 양쪽 볼이 축 늘어진 턱으로부터 시작해서 팔뚝이며 아랫배, 옆구리와 엉덩이 같이 살이 겹칠 수 있는 부분이면 빈틈없이 살주름이 일어났다.

선화보살은 이마 위로 내려온 머리카락을 끌어올리며 평소에는 밥상으로 사용하고 손님이 오면 응접상으로 사용하는 상 앞에 앉았다.

사십 대 초반의 순댓국집 여자는 드럼통 같은데, 그녀보다 서너 살이나 많은 선화보살의 허리는 홀쭉하고 엉덩이는 기형적으로 보일 정도로 유난히 풍만하다.

"엄청 덥구먼……."

선화보살이 엽전을 쥐고 흔들면서 눈을 감았다.

"내가 여길 왜 왔는지는 말하지 않아도 알 테구……."

"허허! 내가 몇 번이나 말했어? 바람난 것이 아니고 시방 정신이 제정신이 아니라고 했잖여. 뭔 말이냐 하면, 물에서 빠져 죽은 처녀 귀신이 자꾸 같이 놀자고 꾀어 내고 있단 말이지. 그래서 허구한 날 저수지에 낚싯대를 늘어놓고 있는 거란 말여."

선화보살이 엽전을 찰랑찰랑 흔들다 상 위에 자르르 던졌다. 손가락으로 엽전을 이리저리 헤집으며 말했다.

"또, 또, 또 그 소리. 그 소리 또 한 번만 듣게 되면 딱 백번 듣는 말여. 내 말은 언제쯤 그 물에 빠져 죽은 처녀 귀신인가 하는 넌이,

그 인간한테서 떨어져 나갈 거냐 이거잖아. 벌써 부적을 몇 장이나
썼는데도……."

선화보살은 시장 상인들 사이에 그런대로 용하다는 말은 듣고 있
는 편이었다. 순댓국집 여자는 '다른 사람은 몰라도 나한테는 아무
런 효험이 없다'는 말을 입 안으로 삼키며 선화보살을 바라봤다. 땡
볕 아래에서 장사를 하지 않아서인지 기미 한 점 없이 뽀얀 선화보
살의 피부는 삼십 대 못지않게 팽팽했다.

"저수지에 첫 얼음이 얼면 해 있는 날에도 낚시 가방 어깨에 메
고 나가는 일 없게 될 거야."

"사람 돌겠구먼. 저수지에 얼음이 얼길 기다리려면 아직도 오륙
개월 이상은 기다려야 한다는 말이잖아."

"기다리기 지루하면 샛서방을 두는 것도 나쁘지 않겠네."

선화보살이 다시 엽전을 끌어모아 밥상 위에 자르르 던졌다. 손
가락으로 엽전을 한 개씩 모으면서 혼잣말로 중얼거렸다.

"내가 보살 정도의 몸매나 얼굴만 돼도 벌써 애인을 뒀지. 어떤
놈이 나 같은 년을 여자로 보겠어. 오죽하면 제 마누라 알기를 마당
에서 기르는 개보다 못하게 생각하는 인간을 남편이라고 믿고 돈
벌어다 바치면서 살겠어?"

"나 같으면 서방이 마누라 알기를 개보다 못하게 여긴다면 당장
이혼하겠구먼."

"나도 골백번은 더 생각해봤어. 하지만 이놈의 살덩어리가 내 몸

에 붙어 있는 한, 방법이 없잖아."

"용기를 내 봐. 최영장군님이 그라시는데 샛밥 먹을 일이 생긴다는구먼. 샛밥 먹을 일이 생긴다면, 그 뭐여. 군침 흘리는 남정네가 생긴다는 말이잖아."

"샛밥이야 너무 많이 먹어서 탈이지. 살을 빼려면 다이어트를 해야 하는데, 다이어트를 하려면 당장 순대 장사를 접어야 하고, 순대 장사를 접게 되면 먹고 살 길이 막막하잖아."

"순대 장사를 한다고 죄다 그렇게 살이 찌는 건 아니지. 독하게 맘먹고 살 한번 빼 봐, 시장 남정네들이 죄다 군침을 흘리게 살을 빼 보라 이거여."

"시장 남자들이 나한테 군침 흘리기를 기다리는 것보다, 내 손에 장을 지지는 것이 빠르지."

순댓국집 여자는 선화보살의 말을 액면 그대로 받아들이지는 않았지만, 그렇다고 흘려듣지도 않았다. 제 눈에 안경이라고 뚱뚱한 여자를 좋아하는 남자가 있을지도 모른다고 생각하며 한숨을 내쉬었다. 돌이켜 보니 남편과 한방에서 자기는 하지만 이불을 각자 덮고 자는 형편이라서 남편의 물건이 어떻게 생겼는지 기억도 나지 않았다. 그저 앞이 캄캄할 뿐이다.

천득어미가 노을을 등에 지고 변동시장에 홀연히 나타나서 돌풍을 일으킨 지 일주일이 지났다.

천득이를 앞세운 천득어미가 시장에 다시 나타났다.

변동시장 상인들은 그동안 천득이 모자를 까마득하게 잊고 있었다. 하지만 그들이 다시 모습을 보이자 상인들은 마치 먼 곳에 살고 있는 사돈이 오랜만에 장에 온 것처럼 싱글벙글 웃는 얼굴로 천득이 모자를 에워쌌다.

천득은 파리패션에서 구입한 천 원짜리 구제 청바지를 입은 차림이지만, 천득어미는 첫날과 똑같은 차림으로 천득이를 데리고 다녔다. 그들을 따라다니는 상인들의 공통 관심사는 과연 천득이를 진짜로 천 원짜리 한 장으로 부려먹을 수 있느냐는 것이었다.

요즈음은 경기가 안 좋아서 장사로 돈을 모은다는 것은 풀 뜯어먹은 개가 하품을 할 일이나 다름없었다. 부부가 달려들어서 현상 유지만 하면 장사가 잘되는 집이라는 소리를 들었고, 겨우 인건비만 뜯어 쓰면 그럭저럭 장사가 된다는 말을 듣는 형편이었다.

그러나 경기가 안 좋다고 해서 하루 종일 파리채만 들고 있으라는 법은 없었다. 원래 하던 짓도 멍석을 깔아 놓으면 안 한다는 말처럼, 둘이 있을 때는 입에서 군내가 나도록 한가하지만, 부부 중 어느 한쪽이 출타를 했을 때는 손님들이 밀려들기 일쑤였다. 그런 일 이외에도 시장에서 장사를 하다 보면 갑자기 일손이 필요한 경우가 다반사였다. 갑작스러운 소나기에 가판대에 진열해 놓은 물건을 급하게 가게 안으로 들여놓아야 하거나, 부부가 자리를 비울 수는 없는데 급하게 배달을 해야 하는 경우, 계획에 없던 덤핑 물건을 감쪽같이 창고에 들여놓아야 하는 경우 등 갑자기 인력이 필요할 때는 얼마든지 있었다. 목마른 사람이 샘을 판다고 그때마다 퀵서비스나 용역회사에 연락해서 급하게 인력을 쓰다보면 터무니없이 비싸게 시급을 지불할 때가 있었다. 그러나 호떡 2개를 살 수 있는 돈, 아이스크림 한 개 값도 안 되는 돈, 달랑 오이 한 개 살 수 있는 돈, 단골들에게는 수시로 에누리해 줄 수 있는 단돈 천 원에 천득이 같은 장사를 부려먹을 수 있다는 소식은 변동시장 반세기 역사에 처음 있는 빅뉴스가 아닐 수 없었다.

천득어미는 천득이를 데리고 현대슈퍼 안으로 들어갔다. 현대슈퍼 주인은 카운터에서 남의 가게에 온 사람처럼 강 건너 불구경 하는 얼굴로 그들을 바라봤다. 천득어미는 고향에 살 때 가끔 가 본 읍내의 슈퍼와는 확실히 규모가 다른 현대슈퍼 안을 천천히 돌아다녔다. 천득은 손가락을 입으로 빨지 않을 뿐이지, 동물원에 처음 온 아이들의 표정으로 이것저것 구경하느라 정신이 없었다.

현대슈퍼 앞에 있는 구경꾼들 사이에는 팔도건강원과 잉꼬떡집, 대영상회 주인들이 삼각형으로 마주서서 천득을 흘끔흘끔 바라봤다.

"박 사장이 한번 심부름을 시켜 봐."

대영상회가 천득이에게서 시선을 옮기지 않고 옆에 서 있는 팔도건강원에게 속삭였다.

"에이, 천득이 덩치 좀 봐. 괜히 말 한마디 잘못했다가 이빨이 하나도 남아돌지 않으면 대영상회가 책임질래?"

"우리 끗발에는 테스트 해 볼 군번이 못 된다는 거 소방대장이 잘 알고 있잖아. 소방대장이 변동 의용소방대를 대표로 나서서 테스트 한번 해 봐. 잉꼬떡집에서는 잔심부름 시킬 일이 많잖아."

팔도건강원이 잉꼬떡집의 옆구리를 찔렀다. 사십 대의 잉꼬떡집은 중학교를 졸업하고 부모님 밑에서 떡 만드는 기술을 배웠다. 그는 고등학교나 대학교를 졸업하고 번듯한 직장인이 되지 못하는 대신 꼭 부자가 되겠다는 결심으로 밤낮을 모르고 일을 했다. 그 덕분에 33평짜리 아파트를 한 채 샀고 적금이니 예금이니 뭐니 해서 금융자산도 오천만 원 정도는 된다. 떡집도 그런대로 장사가 되는 편이어서 먹고살 걱정이 없어지자, 인간이라는 것이 짐승처럼 먹고사는 것이 전부는 아니라는 생각이 들기 시작하면서 슬슬 회의감이 들기 시작했다. 중학교 다닐 때는 비루먹은 강아지처럼 빌빌 싸던 동창 중에 넥타이 매고 출근하는 은행원도 있고, 하루걸러 결석을 밥 먹듯이 하던 땡땡이가 제복을 입은 경찰관이 됐는가 하면, 집안이 가난해서 3년이나 늦게 중학교를 졸업한 초등학교 동창은 동사무소 직원이 되어 있었다.

그들과 비견할 만한 그 무엇이 없을까 찾아보던 그는 관변단체 쪽으로 시선을 돌렸다. 자유수호협회, 조국사랑운동본부, 지붕고쳐주기운동본부 등 단체에 회원으로 가입해 보니 넥타이 맬 일도 생기고, 양복 윗주머니에 꽃송이를 달 일도 생겼다. 유지들과 함께 하얀 장갑을 끼고 동네사람들 앞에서 으스댈 때는 세상 사는 맛이 났다. 문제는 경력이 짧다 보니 회장이 될 수 있는 길이 너무 멀다는 것이었다.

하루는 작심하고 장급이 될 수 있는 단체는 없는지, 이웃 동네를 벤치마킹해 보기로 했다. 이웃 동에는 있고, 변동에는 없는 단체를 하나하나 체크하던 중에 변동에 의용소방대가 없다는 것을 깨달았다. 부랴부랴 상인들과 아는 친구, 동네 동생들까지 동원시켜서 변동 의용소방대를 창설한 것이 한 달 전일이다.

"그려, 저 인간이 좀 모자라 보이기는 하지만 떡 배달 같은 것은 잘할 거 같은데."

"그런 일이라면 변동시장을 대표로 할 중앙상회 번영회장님도 있고, 팔도건강원 총무님도 있는데 왜 저이가 나서야 하는데요? 경호 아빠는 배짱도 좋으니까 앞장서 보시지?"

떡쌀을 담그다가 구경 나온 잉꼬떡집 아내가 끼어들었다. 그녀는 남편이 소방대장이 되겠다고 할 때 머리카락이 죄다 쥐어뜯기는 한이 있더라도 적극적으로 말리지 못한 것을 천추의 한으로 여기고 있는 중이다. 남편 말처럼 소방대장이 되면 이런저런 언줄로 해서 매상이 갑절이나 오를 줄 알았다. 하지만 막상 소방대장이 되고 나니 떡 장사가 잘되기는커녕, 툭하면 경로잔치에, 무슨 무슨 궐기대회에다가 불조심 캠페인, 소방서 행사, 학교 체육대회 등에 참석한다며 제복을 입고 가게를 비우는 통에 혼자 떡 만들랴, 배달하랴,

장사하느라 골병이 날 지경이었다. 남편을 바라보면 미워죽겠는데, 대영상회에게 불난 집에 부채질하느냐는 얼굴로 쏘아 붙였다.

"내가 변동시장의 새로운 역사를 써 봐?"

잉꼬떡집은 아내가 참견하니 자존심이 상했다. 명색이 변동의 의용소방대장이다. 대원들이 어디선가 보고 있을지도 모르는데 여자가 남편을 우습게 알고 설친다는 생각에 결단을 내렸다. 마침 천득어미가 계산대 앞에서 15개에 천 원씩 파는 요구르트를 계산하고 있었다. 잉꼬떡집은 구경꾼들을 헤치고 앞으로 나갔다.

"봉지 값이 뭐유?"

천득어미가 비닐봉지를 흔들어 보이며 기가 막힌다는 얼굴로 물었다.

"요…… 요구르트를 담아 가지고 가는 봉지를 사시려면 이십 원을 내셔야 하는데……."

현대슈퍼 주인은 범죄추방운동본부 변동 지회장이다. 그 직함으로 시간만 있으면 변동파출소 순경들과 어울리기를 즐겨했다. 그답지 않게 거인 같은 덩치의 천득을 바라보며 기어들어가는 목소리로 대답했다.

"허, 질바닥에 내버려도 누가 주서가지도 않을 이 봉지 하나에 이십 원을 달라는 말유? 내가 조선천지 안 다닌 데 없이 다 댕겨 봤어도 가게에서 봉지 값 받는 데는 첨 봤구면. 우리가 촌에서 이사 왔다고 깔보는 게비구면. 천득아, 내 말 잘 들어. 앞으로 여기서는 절대로 물건을 사면 안 된다. 알겠지?"

천득어미는 이해할 수 없다는 얼굴로 고개를 잘래잘래 흔들며 지 팡이를 앞세웠다.

잉꼬떡집은 주춤 뒤로 물러섰다. 중앙상회에서 봤을 때는 꼬질꼬 질한 천득어미였지만 마음은 대범한 할머니였다. 그러나 오늘은 그 렇지가 않았다. 20원이 아깝다는 얼굴로 벌벌 떠는 쩨쩨하고 볼품 없는 늙은이의 모습이다. 그녀에게 천 원을 줄 테니 자신의 일을 도 와달라고 했다가는 천득의 해머와 같은 주먹이 먼저 날아올 것 같 았다.

"소방대장 뭐햐, 빨리 말하지 않구선."

"저…… 할머니."

잉꼬떡집은 시장 번영회 총무인 팔도건강원이 등을 떠미는 통에 엉겁결에 앞으로 나갔다. 그냥 뒷걸음치기가 민망해서 뒷머리를 긁 적이며 천득어미에게 말을 걸었다.

"제가 요 옆에서 떡집을 하고 있습니다. 바쁘지 않으면 아드님이 우리 떡집 일을 잠깐 좀 도와줬으면 합니다. 물론 수고비는 당연히 드릴 생각입니다. 아주머니와 아드님이 원하시는 대로……."

"아이고! 한동리 사람들끼리 먼 놈의 수고비래유. 바쁘면 서로 돕 고 살아야지. 그라고 우리 천득이는 그냥 일을 해 줬으면 해 줬지, 돈 바라고 남 도와주는 일을 하는 성미는 아뉴. 무슨 일인지 어디 가 봅시다."

"어려운 일은 아닙니다. 쌀 몇 포대를 옮기면 되는 일입니다."

"그건 일이라고 할 수도 없구먼."

"그래도…… 요즘처럼 각박한 세상에 공짜로 일을 해 주면 명색이 변동 의용소방대장인 제가 부담이 가서 일을 시켜 먹을 수 있겠습니까? 그러니까 일을 시키기 전에 먼저 수고비부터 확실하게 정하는 것이……."

잉꼬떡집은 의용소방대장이라는 단어에 은근히 힘을 주어 말했다.

"처…… 천 원만 줘. 천 원!"

천득어미와 잉꼬떡집이 주고받는 말을 가만히 듣고 있던 천득이 어깨를 좌우로 흔들며 웃었다.

"천 원?"

잉꼬떡집은 대단한 공을 세웠다는 표정으로 반문하며 나이가 비슷한 대영상회를 바라보았다. 대영상회가 손가락으로 브이 자를 만들어 흔들며 히히 웃었다.

"엄마, 이 사람 드…… 등신 아녀? 처…… 천 원짜리도 모르는 모양이구먼. 이것이 천 원짜리여."

천득이 팽 회장에게 받은 천 원짜리를 잉꼬떡집 눈 앞에 흔들어 보였다.

상인들이 일제히 서로의 얼굴을 바라보았다. 천 원! 단돈 천 원짜리 한 장에 뭐든 시킬 수 있는 슈퍼맨 같은 만능일꾼이 생겼다. 상인들의 눈빛은 묘한 긴장감 속에 먹이를 노려보는 하이에나처럼 빛나고 있었다.

청산상회 남편이 아직도 입안에 남아 있는 소금의 짠맛에 입을 짭짭거리고 있다가 슬금슬금 천득이 앞으로 갔다.

그는 이른 아침에 도매상에서 리어카로 채소를 사온 후에는 가뭄에 콩 나는 식으로 주문 들어오는 배달 일로 하루를 소일한다. 배달이 많지 않다 보니 시간은 지겹도록 남아돌았다. 다 늙은 아내와 함께 멀뚱히 앉아 채소전을 지킬 수도 없고 해서, 부지런히 순댓국집을 드나들며 잔 소주 마시는 재미로 하루해를 쪼개는 것이 일과다.

"자네가, 병원집으로 이사를 왔다는 천득인가?"

청산상회 남편이 술 냄새를 풍기면서 아름드리 나무기둥 같은 천득의 등을 손가락으로 콕콕 찔렀다.

"야가 우리 천득이유."

천득이 등을 돌리는 사이에 천득어미가 말했다.

"배추 서른 포기를 전주식당까지 배달해 줄 수 있겠나?"

청산상회 남편은 천득의 키가 너무 커서 뒤로 몇 걸음 물러섰다. 전봇대를 바라보는 표정으로 천득이를 올려다보며 옆구리에 양손을 턱 얹었다.

"한동네 사람들끼리 서로 바쁘면 돕고 살아야지. 전주식당이 워디 있는 거유?"

"식당은 나하고 같이 가면 되는 거고, 수고비는 참말로 천 원만 주면 되는 건가?"

청산상회 남편이 술에 취한 목소리로 묻는 말에 구경꾼들은 천득어미의 얼굴에 시선을 집중시켰다. 그들은 입술을 야무지게 다물거나, 반쯤은 벌리고, 혹은 마른침을 꼴깍꼴깍 삼키면서도 하나같이 눈을 반짝반짝 빛내며 천득어미를 바라봤다.

"아이구, 배추 몇 포기 날라주는 건데 먼 놈의 수고비……."

천득어미는 도시로 이사 온 것이 백번 잘했다는 생각이 들었다. 고향에서는 천득이 돈을 받기로 하고 노동을 해 본 경험은 없었다. 공씨 문중 사람들이 시제를 지내러 와서 천득에게 온갖 허드렛일을 다 시키고 나서도 산지기 아들에, 팔푼이라는 명목을 앞세워 백 원짜리 동전 한 닢 주는 일이 없었다. 그러나 도시에서는 쌀 이십여 포대를 옮겨 주었을 뿐인데도 천 원씩이나 내밀었다. 도시 사람들은 거래는 확실히 하는 걸 좋아하고, 천득을 인간적으로 대우해 준다는 결론을 내렸다. 천득어미는 드디어 천득이도 돈을 벌게 된다는 생각에 말꼬리를 흐리며 청산상회 남편의 눈치를 살폈다.

"누가 카는데 최소한 천 원은 줘야 된다 카든데."

남편이 걱정이 돼서 따라온 청산상회 노파도 천득어미의 눈치를 살피며 천득을 바라봤다. 가까이서 본 천득은 키가 더 커 보였다. 손바닥도 솥뚜껑만 했다. 그 손바닥으로 수박을 내려치면, 수박이 산산조각 날 것처럼 단단해 보여서 슬그머니 겁이 나기도 했다.

"처…… 천 원 줘. 천 원짜리."

천득이 들창코를 벌름벌름거리며 솥뚜껑만 한 손을 내밀었다.

"아이구, 천득아. 네가 달라고 하지 않아도 주실 분잉께 어여 일이나 도와 드려라."

"아녀, 아녀. 계산은 확실히 하는 것이 좋지. 자, 천득아. 이거 천 원짜리다."

청산상회 남편이 얼른 주머니에 꼬깃꼬깃하게 뭉쳐 두었던 천 원짜리를 대충 펴서 내밀었다.

천득은 청산상회 남편이 내미는 돈을 낚아채서 침을 발라 곱게 폈다. 돈을 절반으로 착 접어서 주머니에 넣은 천득은 돈이 들어 있는 부분을 툭툭 치고 청산상회 남편을 바라보며 행복하게 웃었다.

"두 번은 갔다 왔다 해야 할 거여."

구경꾼들이 청산상회 앞을 에워쌌다. 청산상회 남편은 배추가 다섯 포기씩 들어있는 포대를 바퀴가 한 개 달린 손수레에 세 포대나 실었다. 평소보다 한 포대를 더 얹은 것이었다. 아직 남은 포대는 여섯 포대였는데, 그것을 손바닥으로 툭툭 치고 나서 팔짱을 척 끼며 뒤로 물러섰다.

"저러다 손잡이가 부러지고 말지."

천득은 말없이 남아 있는 여섯 포대를 손수레 위에 척척 얹었다. 손수레에 배추 포대의 높이가 천득의 어깨까지 닿았다. 구경꾼 중의 한 명이 걱정스러운 목소리로 중얼거렸다.

"가…… 가자."

천득이가 손잡이를 잡고 힘을 주었다. 손수레는 꿈쩍도 하지 않았다. 끙! 하고 힘을 주자 손수레 손잡이가 휘어지면서 받침대가 들렸다. 천득이 고개를 옆으로 돌려서 앞을 바라보며 말했다.

구경꾼들은 하나같이 벌린 입을 다물지 못했다. 배추 45포기를 길이 1미터 폭 70센티 남짓한 손수레에 실은 광경은, 쌀 포대를 양쪽 허리에 한 개씩 끼고 나르는 모습과는 달랐다. 손수레의 손잡이를 들어 올릴 수 있는 높이는 보통사람들의 키에 맞춰졌다. 하지만 천득의 팔은 키에 비례해서 비정상으로 보일 만큼 길었다. 허리를 숙이고 손잡이를 들고 있는 모습이 어쩐지 불안해 보였으나 당사자인 천득은 활짝 웃고 있었다.

"그, 그려. 어여 가자구."

청산상회 남편이 놀랄 틈도 없이 잽싸게 손수레 앞으로 갔다.

"비켜! 비키라구!"

청산상회 남편은 얼큰하게 취기도 오르겠다, 천득이 같은 거인이 자신의 말을 고분고분 들으니 신이 났다. 마치 천득이 자신의 아들이나, 직원이라도 되는 것처럼 신이 난 목소리로 앞을 가로막고 있는 구경꾼들에게 고함을 질렀다. 구경꾼들은 일제히 양쪽으로 길을 터줬다.

청산상회 남편이 술 냄새를 풀풀 풍기며 앞장섰다. 천득어미는 지팡이를 짚으며 손수레 뒤를 따랐다. 천득이는 어깨를 구부정하게 숙인 자세로 무릎을 굽히고 걸음을 척척 내딛으며 청산상회 남편의 뒤를 천천히 따라갔다. 그 모습은 마치 서커스 단원들이 곰을 데리고 거리 선전을 하는 것처럼 보였다. 어떻게 보면 청산상회 남편과 천득어미가 부부처럼 보이고, 중간에 낀 천득이 황소처럼 보이기도 해서, 그들은 장에 황소를 팔러가는 노부부처럼 보이기도 했다.

전주식당 여자가 천득의 키와 힘에 놀라서 자신도 모르게 소주 한 병을 안주와 함께 얼른 내놓았다.

"우리 천득이는 술도 못 마시고, 담배도 안 피워유. 나는 가끔 한 잔씩 하지만……."

천득어미가 손을 내저으며 의자에 앉았다.

"에이, 저 덩치에 술도 한 잔 못한다는 것이 말이나 되나? 자네도 한잔 해. 그 덩치에 요만한 잔으로는 병아리 눈물 같아서 성이 안 찰 테니까, 맥주잔으로 한잔 해 봐."

청산상회 남편이 천득어미에게는 소주잔에 따라주고 나서 자신의 맥주잔에는 절반 정도의 술을 채웠다. 남은 술을 맥주컵에 모두 따라 천득이 앞으로 내밀었다. 전주식당 안에까지 따라 들어와서 천득을 지켜보고 있던 구경꾼들은 침을 삼키며 천득을 지켜봤다.

"어…… 엄마, 수…… 술 마셔도 되는 거여?"

"너도 어른잉게 마시고 싶으면 한잔 마셔봐."

천득은 술 냄새부터 맡았다. 고개를 갸웃거리고 나서 얼굴부터 찡그리고 맥주컵을 단숨에 비워버렸다. 상인들은 맥주컵의 소주가 천득의 입으로 쭉 빨려 들어가는 광경을 지켜보면서 '그러면 그렇지' 하는 얼굴로 고개를 끄덕거렸다. 정육점을 하는 남자는 저만한 덩치면 소주 한 병이 아니라 한 짝이라도 마실 것이라는 생각에 일부러 소주 한 병을 주문했다.

천득은 그 술마저 잉꼬떡집이 휴대전화로 문자를 확인하는 사이에 가볍게 비워 버렸다. 구경꾼들이 서로의 얼굴을 바라보며 저건 인간이 할 짓이 못 된다는 표정으로 고개를 살래살래 흔들었다.

"아무리 덩치가 그림에서만 본 항우장사만하다고 해도 저렇게 술을 마시고도 머리카락 한 올 흔들리지 않네."

"자네, 선어부비취라는 말 들어 봤는감?"

"중국 술 이름인가?"

"착한 어부는 술에 취하지 않는다는 말일세."

"자네는 유식해서 먹고 싶은 것도 많겠구먼."

구경꾼들 중에 두런두런 주고받는 말소리는 현대슈퍼가 헛기침을 하며 앞으로 나서는 통에 이내 잠잠해지고 말았다.

"창고 정리하는 걸 도와주면 천 원을 주겠소"

현대슈퍼가 내가 언제 주눅 들었냐는 얼굴로 아랫배에 힘을 단단히 주고 큰 소리로 말했다. 팔도건강원이 기다렸다는 얼굴로 염소 중탕하는 것을 도와달라며 선금 천 원을 내밀었다. 대영상회는 신발가게라서 정리할 일도 없고, 심부름을 시킬 일도 없었다. 그러나 천득에게 재미삼아 천 원을 주고 세 번째로는 자신의 가게로 와 달라고 부탁했다. 그 말에 상인 몇 명이 우르르 몰려들어서 천 원씩을

내밀며 코끼리를 에워싼 하이에나들처럼 달려들며 천득의 옷깃을
여기저기서 잡아당겼다.

이튿날이다.

천득어미는 본격적으로 천득이를 내보낼 계획을 세웠다. 그녀가
천득이를 키운 교육방식은 이론보다는 실천이었다. 뜨겁다는 것을
가르쳐 주기 위하여 뜨거운 냄비를 직접 손끝으로 만지게 했고, 똥
을 만지면 안 된다는 것을 알려주기 위하여 똥냄새를 직접 맡게 했
다. 남의 것을 훔치거나 말없이 가져오면 안 된다는 점을 인식시켜
주기 위해서는 일부러 가게에서 물건을 제멋대로 가져오도록 만든
뒤에 주인에게 들켜서 흠씬 두들겨 맞도록 내버려 두었다.

"여기서는 너도 돈을 벌어야 햐. 고향에서처럼 누가 너를 데리고
가서 밥 주고 과자 사 주는 집이 없단 말일씨. 순전히 니가 노력을
해야 돈이 생기는 거여. 돈이 있어야 쌀도 사고 천득이가 좋아하는
꽁치도 살 수 있단 말여. 내 말 무슨 말인지 알겠지?"

천득어미는 아침상을 물리고 나서 천득이의 손을 잡았다. 그녀는
무겁도록 듬직한 그의 손가락을 어루만지면서 간곡하게 말했다.

"처…… 천 원, 이…… 일하면 처…… 천 원 줘."

"그려, 심부름을 할 때마다 천 원씩 줄 겨. 만약 심부름이나 일을
시키고 천 원을 안 주면 위틱할껴?"

"드…… 등신, 처…… 천 원. 천 원 받아. 천득이는 천 원 받아."

"옳지, 말은 나서 제주도로 보내고, 사람은 서울로 보내야 한다더니 그 말이 꼭 맞는 말이구면. 우리 천득이가 도시로 와서 사니까 철이 들었네 그려. 사람들이 일 시키고 돈 안 주면, 그 집 귀신이 되는 한이 있더래도 천 원씩을 받아야 혀. 알겠지?"

"처…… 천득이 돈 벌러 갈 거여."

천득이가 히죽히죽 웃으며 먼저 일어섰다.

"그려, 어미는 안 나갈 테니까 너 혼자 나가서 돈 벌어 오니라."

천득은 천득어미에게 빠이빠이하듯 손짓을 해 보이고 문 밖으로 나갔다. 천득어미는 복도가 울리도록 척척거리는 천득의 발자국 소리가 들리지 않게 되자 재빠르게 밖으로 나갔다.

2층 계단 앞에서 보니 천득이는 아무런 망설임도 없이 시장 안으로 걸어가고 있었다. 그녀는 계단 난간을 붙잡고 바쁘게 아래로 내려가서 천득의 뒤를 밟기 시작했다. 천득을 알아보는 사람들이 하던 일을 멈추고 천득을 향해 손을 들어 보이거나, 큰 소리로 '천득아!'라고 부르고 나서 뭐가 그렇게 재미있는지 목젖이 보이도록 웃어 젖혔다.

천득이 멈춘 곳은 어제 배추를 옮겨주고 천 원을 받은 청산상회 앞이었다. 멀리서 지켜본 천득어미는 천득이 머리로 찾아갈 곳은 청산상회밖에 없을 것이라고 생각하며 가만히 지켜봤다.

"자네 왔구먼. 마침 잘 왔네. 오늘도 배추 배달할 것이 있는데 할 수 있는가?"

노파와 함께 박스에서 오이를 꺼내 몇 개씩 플라스틱 바구니에 담고 있던 청산상회 남편이 반갑게 일어섰다.

"처…… 천 원! 천 원 줘."

천득이 뻣뻣하게 버티고 서서 솥뚜껑 같은 손바닥을 청산상회 남편 앞으로 내밀었다.

"허! 장바닥에서 삼십 년 동안 장사를 해 먹는 우리보다 계산이 더 정확하네?"

청산상회 남편이 소주 냄새를 풀풀 풍기며 웃었다. 금방 주변에 있던 상인들이 하나둘 모여 들었다. 천득은 구경꾼들이 모여들어도 눈 하나 꿈쩍하지 않았다.

천득이는 침을 삼키면서 청산상회 남편이 천장에 줄을 매서 매달아 놓은 광주리 안에서 꺼내 가지고 오는 천 원짜리만 바라봤다.

청산상회 남편은 천득에게 배추가 다섯 포기씩 들어 있는 망을 손가락으로 가리키며 손수레에 실으라고 지시했다. 천득이 배추를 손수레에 옮기는 동안 머슴을 부리는 주인 양반처럼 뒷짐을 지고 '에헴!'거리며 헛기침을 했다.

"천득아, 배추 배달하고 나면 딴 데 가지 말고 우리 가게로 와라. 심부름 값은 지금 선불로 줄 테니까."

천득이 배추포기를 잔뜩 적재한 손수레를 불끈 들어 올렸다. 구경하고 있던 팔도건강원이 천 원짜리를 내밀며 말했다.

천득은 돈을 받기 위해 손수레를 한 손으로 잡고 반대쪽 손을 내밀었다. 그 통에 손수레가 한쪽으로 기울면서 배추가 쏟아졌다.

"이 등신이, 비싼 배추를 죄다 걸레로 만들어 버렸네. 우짜면 좋겠노?"

청산상회 노파가 박스에서 오이를 가려내다 말고 쫓아 나와서 오이로 천득의 등을 두들기며 화를 냈다.

"천득이는 원래 등신이잖아. 문제는 박 사장여. 박 사장이 하필이면 천득이가 수레를 들고 있을 때 돈을 줘설랑…… 에이!"

청산상회 남편이 천득이를 두둔하며 기분 나쁜 얼굴로 팔도건강원을 팽하니 외면했다.

"허! 영감님, 해장술에 취하셨나? 남이야 서 있을 때 돈을 주든, 앉아 있을 때 돈을 주든 뭔 상관이슈. 천득이한테 돈을 줄 때 영감님한테 결재 받고 주란 법이라도 있는 거유?"

팔도건강원의 말에 구경꾼들이 빙글빙글 웃으며 청산상회 남편의 반응을 지켜봤다.

"난 박 사장 똑똑한 사람으로 봤는데, 인제 알고 보니 천득이하고 동급이구먼."

천득이는 팔도건강원과 청산상회 남편이 다투든지 말든지 쳐다보지도 않고 배추를 손수레에 다시 실었다. 배추를 다 싣고 나서 어디로 가면 좋겠냐는 얼굴로 청산상회 남편을 멀뚱히 바라봤다.

"천득이하고 동급이라면? 내가 등신이란 말유?"

"그걸 왜 나한테 물어 봐? 내가 말 안 해도 잘 알고 있는 양반이.

어여 가자."

청산상회 남편은 손가락으로 코를 잡고 코를 풀었다. 소를 부리듯 천득의 등을 툭 치고 나서 앞장을 섰다.

"에이, 똥이 무서워서 피하나, 더러워서 피하지……."

팔도건강원은 금방 얼굴이 시뻘겋게 달아올랐다. 생각 같아서는 청산상회 남편의 뒷덜미를 잡아서 내려치고 싶었지만 그럴 수가 없어서 가소롭다는 얼굴로 중얼거렸다.

"똥도 똥 나름이지……. 호랭이 똥도 똥이고, 개똥도 똥이니께."

청산상회 노파가 무거운 오이박스를 드느라 인상을 쓰며 비웃는 말에 팔도건강원은 벌린 입을 다물지 못했다.

삼신할머니도 무심하시지는 않구면.

천득어미는 멀찍이서 천득을 지켜보고 있다가 눈물 한 줄기가 뜨겁게 흐르는 것을 느끼며 돌아섰다.

양자택일

하루, 이틀, 닷새가 지나는 사이에 천득은 아침에 출근을 하듯 시장에 모습을 드러냈다.

시장만큼 정보가 활발하게 유통되고 있는 곳은 드물다. 오만가지 상품을 다양하게 팔고 있어서 유사업종끼리만 교환이 되는 정보가 있기는 하지만, 이익이나 매출과 관련된 정보는 업종에 관계없이 댓바람에 퍼져 나갔다. 생선을 한 마리씩 파는 것보다 묶음으로 파는 것이 매출과 이익의 향상을 가져올 수 있다는 정보는, 생선가게에만 국한되지 않았다. 채소가게, 그릇가게와 과일가게, 심지어는 정육점에서도 한 근씩 끊어 파는 것보다 세 근에 얼마씩 파는 것이 보편화될 정도로 이익과 관련된 정보는 업종에 상관없이 빠르게 퍼져나간다.

천득이가 중앙상회에 이어서 잉꼬떡집에서도 돈 천 원을 받고 쌀포대를 옮겨주었다는 소문도 파다하게 퍼져 나갔다. 원래 소문은

전염병 같아서 시간이 흐를수록 들불처럼 커져 가는 법이다. 중앙
상회 앞의 1톤짜리 냉동탑차는 5톤 트럭으로 변했고, 잉꼬떡집에서
의 쌀 몇 포대는 수십 포대로 부풀려져서 빠르게 퍼져 상인들의 귀
와 입을 즐겁게 했다.

상인들은 아침부터 천득이를 스스럼없이 불렀고, 천득은 오래전
부터 그렇게 살아왔던 것처럼 히죽히죽 웃으며 과일상자를 배달했
고, 창고 정리를 도우며, 식당의 화장실을 청소했고, 순댓국집에서
는 시뻘건 돼지 피를 두 손으로 휘휘 저었고, 쌀가마니를 옮겨주고,
팔도건강원이나 불로장수원에서는 땀을 뻘뻘 흘리며 중탕기 앞에
쪼그려 앉아서 손바닥에 물집이 생기도록 늙은 호박을 썰어주고는
천 원씩을 받았다.

소나기가 억수같이 쏟아져도, 날씨가 너무 더워서 그냥 서 있기
만 해도 땀이 줄줄 떨어져도 천득이는 아침이면 어김없이 시장에
나타났다. 하루 종일 이 가게, 저 가게의 심부름과 일을 해 주다가
캄캄해져도 일이 있으면 집에 가지 않았다. 어느 때는 밤 11시까지
중앙상회에서 일을 하고 새우깡을 안주 삼아서 막소주 한 병에 취
해 콧노래를 부르며 집으로 가기도 했다.

한 달 정도 지나사 상인들은 천득이가 자기 가게 앞을 언제쯤 지
나가는지, 몇 시쯤이면 어디를 가야 천득이를 만날 수 있는지 터득
하기 시작했다.

천득은 아침에 집을 나오자마자 청산상회로 갔다. 청산상회 노파

가 주는 오이 한 개, 혹은 상품성이 떨어진 피망이나 가지 같은 것을 주면 우걱우걱 씹어 먹으며 심부름을 해 주고 나서 순댓국집으로 갔다. 순댓국집은 이틀에 한 번씩 순대를 만드는데, 천득이는 순대재료를 섞는 일이나 굳어버린 돼지 피를 잘게 부수는 일을 했다. 그 다음에 잉꼬떡집에 가서 배달을 해 주고, 현대슈퍼로 가서 일을 도와주거나 배달을 해 주는 등 나름대로 일정한 코스에 맞춰 동선을 정해놓고 움직였다.

오전부터 햇볕이 쨍쨍해서 그림자가 먹물로 그려 놓은 것처럼 선명했다. 아직 손님들이 오기에는 이른 시간이라서 변동시장은 조용했다. 시장 통로는 한적했고 상인들도 바쁠 것 없다는 얼굴로 조용히 움직였다.

시장통닭집 안은 전기세를 아끼느라 불을 켜지 않아서 어두컴컴했다. 통통하게 살이 찐 시장통닭집 여자가 검은색 비닐 앞치마를 입고 어둠 속에서 살찐 육계를 손가락 사이에 끼고는 밖으로 나왔다. 그녀는 한아름이나 되는 통나무 도마 위에 생닭을 툭 던졌다.

"오늘이 초복이잖아, 복날에는 뭐니 뭐니 해도 닭이 최고지."

칠십 대 후반으로 보이는 노인은 누렇게 변한 와이셔츠 단추를 모두 열어놓은 차림이다. 그 안에 러닝셔츠를 입었는데 갈비뼈가 앙상했다. 그는 합죽합죽 웃으며 목젖이 꿈틀거리도록 침을 삼키며 말했다.

시장통닭집 여자는 무표정한 얼굴로 직사각형의 식도를 번쩍 치켜들었다. 칼날에 햇빛이 반짝 머물러 있던 직사각형의 무쇠칼이 닭의 목을 내려쳤다. 살점 몇 점이 파편처럼 튀면서 모가지가 무 조각처럼 싹둑 잘려나갔다. 그녀는 태어나는 순간부터 단 한 번도 웃어 본 적이 없는 여자처럼 표정의 변화가 없었다. 식도로 퍽! 퍽! 퍽! 생닭을 내려칠 때마다 살점은 설렁탕 깍두기 크기로 잘라져 나갔고 그 사이에 살점이 튀고 뼛조각은 으깨졌다. 콧잔등에 착 달라붙어 있는 살점을 떼어내는 것을 마지막으로 생닭은 스물 몇 개의 조각으로 분리되었다.

시장통닭집과 길고 작은 창고를 사이에 두고 있는 가게가 원조순댓국집이다.

순댓국집 여자는 순대를 만들고 있었다. 커다란 양은대야에는 소금으로 씻어 놓은 희멀건 돼지 창자가 비누칠해 놓은 빨래처럼 담겨 있었다. 수도꼭지 앞에 쪼그려 앉아서 대파를 씻고 있는 뒷모습은 절구통과 흡사했다. 파를 씻기 위해 어깨를 숙일 때마다 절구통이 통째로 바닥을 찧는 것처럼 들썩거렸다.

천득은 맥주컵에 가득 담긴 투명한 소주를 갈증난 사람이 냉수 마시듯 비워 버리고 손가락으로 큼직한 생간을 집었다. 핏물이 뚝뚝 떨어지는 생간에 왕소금을 척척 묻혀서 입안에 넣고 우물우물 씹었다. 핏물이 벌겋게 배어 있는 왕소금과 생간에 파리 몇 마리가 잽싸게 달려들었으나 개의치 않았다.

순댓국집 여자는 씻은 파를 도마 위에 얹고 나서 손등으로 이마의 땀을 뿌렸다. 칼질을 할 때마다 우람한 팔뚝살이 출렁거렸다. 그녀는 술청 밖으로 나와서 천득의 곁으로 갔다.

"술 다 마셨으면 어서 창고에 가서 돼지 피나 가져와."

그녀는 순댓국집을 하는 남자에게 시집와서 본격적으로 장사를 이어받은 후에는 시장 밖을 나가 본 적이 거의 없었다. 시장은 창살 없는 감옥과 같아서 하루하루가 무미건조했다. 남편의 덩치와 비교해서 거의 두 배가 넘는 천득은 만지면 그저 기분이 좋아지는 장난감 같은 존재였다. 손바닥에 호 입김을 불어서 천득의 크고 단단한 엉덩이를 힘껏 내려쳤다. 성적인 감흥은 일어나지 않지만 묘한 카타르시스가 젖가슴에서 출렁거렸다.

천득은 씩 웃으면서 접시에 있는 돼지 생간 서너 점을 한꺼번에 모아 쥐고 소금을 쓱쓱 묻혔다. 입안 가득 찬 돼지 생간을 우적우적 씹는 사이에 피즙이 입술 밖으로 배어 나왔다. 천득은 손등으로 피즙을 쓱 닦아내 버리며 일어섰다.

순댓국집과 시장통닭집 사이에 있는 창고 안에는 새벽에 도축시장에서 받아 온 핏물이 15리터짜리 양철 식용유통에 담겨져 있었다. 천득은 먼저 황토색의 커다란 대야를 창고 밖으로 내놨다.

찜통 안처럼 푹푹 찌는 날씨라서 가만히 서 있기만 해도 땀이 줄줄줄 흘러내렸다. 시장 안은 괴기하리만큼 조용했으나 식용유통에 담겨 있는 돼지 피를 대야에 쏟는 순간 피비린내가 진동을 했다. 식용유통은 몸 가득히 담고 있던 돼지 피를 쏟아 내면서 쿨럭쿨럭 배를 떨었다.

돼지 피가 들어 있는 식용유통은 모두 다섯 통이다. 그것을 모두 대야에 담는 사이에 등이 시퍼런 쇠파리 떼가 모여 들었다. 어린아이 두 명이 들어앉아서 목욕을 해도 좋을 만한 크기의 대야 속에 돼지 피가 출렁출렁거렸다. 그 옆을 지나가는 사십 대 초반의 여자는 보는 것만으로도 역겹다는 얼굴로 코를 싸매 쥐고 종종걸음을 쳤다.

"천득이, 해장부터 천 원 벌었네?"

시장통닭집 여자가 일회용 커피를 마시면서 천득이 옆으로 슬금슬금 다가갔다. 키 작은 연인처럼 옆에 서서 싱긋이 웃으며 천득의 엉덩이를 슬슬 쓰다듬으며 다정하게 물었다. 천득에게 어떤 색정을 느껴서는 아니었다. 그녀의 행동은 덩치만 거인처럼 컸지, 어린애나 다름없는 천득이 귀여워서 쓰다듬는 것에 불과했다.

"등신…… 이만큼 벌었어."

천득은 하얗게 웃으며 피 묻은 손으로 주머니에서 천 원짜리 대여섯 장을 꺼내 보였다.

"그래, 천득이 눈에는 사람들이 죄다 등신으로 보이지?"

"아…… 아니. 등신만 드…… 등신으로 보여."

천득은 시장통닭집 여자가 할 말이 없다는 표정을 짓든지 말든지 피가 담겨져 있는 대야를 들기 위해 허리를 숙이며 양손을 벌렸다.

쇠파리 몇 마리가 천득의 얼굴로 달려들었다. 천득이 얼굴을 흔들었으나 쇠파리는 날아가지 않았다. 천득의 얼굴이 시뻘건 피에 설핏 비쳐지는 순간, 목에 퍼런 힘줄이 투득 불거졌다. 대야의 부피나 높이로 봐서 두 명이 양쪽에서 마주 들어야 할 무게다. 그런데도 세숫대야 드는 것처럼 가볍게 들고는 순댓국집 안으로 유유히 들어갔다.

순댓국집을 나온 천득은 요즘 들어 재미를 붙인 과일백화점 쪽으로 방향을 잡았다. 큰길가에 있는 과일백화점으로 가려면 시장을 빠져나가야 한다. 과일백화점 사장 오대수가 빨리 오라고 한 것도 아닌데 천득은 땀이 나도록 바쁘게 걷다가 누군가 부르는 소리에 돌아섰다. 현대슈퍼가 숨찬 목소리로 그를 불렀다.

천득은 과일백화점에 대한 미련도 없이 현대슈퍼가 있는 곳으로 바쁘게 걸어갔다. 슈퍼 안에는 에어컨이 돌아가고 있어서 시원했다.

"덥지? 아이스크림 하나 줄까?"

현대슈퍼 아내가 계산대 안에 앉아 있다가 천득을 반갑게 맞이했다.

"아이스크림 주면 수고비 천 원 안 줘도 되지?"

현대슈퍼는 남자 키치고는 작은 키가 아니다. 그런데도 머리가 천득의 어깨를 넘지 못했다. 천득의 얼굴을 올려보며 싱긋이 웃었다.

"처…… 천 원. 천 원짜리 줘, 하…… 한 장 줘야 하는 거야."

천득은 히죽히죽 웃으며 현대슈퍼 아내를 따라갔다. 현대슈퍼 아내가 천득에게 아이스크림을 꺼내주고 그의 엉덩이를 슬쩍 두들겼다. 천득은 아이스크림을 무 씹어 먹듯 와작와작 씹어 먹으며 히죽 웃었다.

"천득아, 그 아이스크림 천오백 원짜리라는 거 알고 있어?"

"아이스크림 한 개 얼마나 한다고, 천득이 수고비를 깎아요?"

현대슈퍼는 어차피 빈말해 본 것에 불과해서 아내가 입술을 삐죽거려도 상대하지 않았다. 그는 천득에게 그만큼 일을 더 시키면 손해 볼 것은 없다고 생각하며 천득을 데리고 창고 안으로 들어갔다.

창고의 반대편 문을 열면 안채의 마당이 나온다. 현대슈퍼는 슈퍼로 통하는 문은 닫아 놓고, 마당 쪽의 문을 활짝 열었다. 창고 안에는 덤핑 장사들에게 사들인 음료와 주류, 각종 공산품들이 어지럽게 쌓여 있다.

"나 혼자는 이틀 이상은 걸릴 거야. 하지만 천득이 네가 하면 한나절이면 끝낼 수 있으니까 바쁘게 서둘러 봐."

현대슈퍼는 안채로 들어가서 음료수 병에 담겨 있는 얼음물을 들고 왔다. 천득의 기운이 제아무리 장사라고 해도 더위는 견뎌내지 못할 것이었다. 음료 박스 몇 개를 옮겼을 뿐인데도 땀투성이가 된 천득에게 얼음물을 따라 주며 회심의 미소를 지었다.

팔도건강원의 아내는 땀을 삐질삐질 흘리며 시장을 한 바퀴 돌았다. 빨리 천득을 데리고 가야 하는데 오늘따라 그의 모습이 보이지 않았다. 청산상회 노파가 가게 앞에서 배추 손질을 하고 있었다. 그 앞에서 걸음을 멈췄다.

"천득이 못 봤어요?"

"우린 아침 일찍 배달 건 때문에 불렀었는데…… 여보, 천득이 어데로 갔노?"

청산상회 노파가 때마침 순댓국집에서 잔 소주를 마시고 만삭의 여자처럼 가슴을 뒤로 눕히고 어기적어기적거리는 걸음으로 다가온 남편에게 물었다.

"잉꼬떡집에 가 봐."

그녀는 청산상회 남편에게서 풍기는 소주 냄새에 코를 찡그리며 돌아서서 잉꼬떡집으로 향했다.

"글쎄, 우리 집에서 일 끝나기도 전에 정육점에서 대기하고 있다가 데리고 갔는데…… 근데, 이 인간은 어디서 뭘 하고 있는 거여. 새벽에 비상훈련이라고 나간 양반이 여즉까지 함흥차사여. 하여튼 의용소방대장 사표를 내던지, 내가 집구석을 나가든지 해야지. 열통 나서 못 살겠구먼……."

팔도건강원 아내는 잉꼬떡집 아내의 신경질 섞인 목소리를 뒤로 하고 정육점을 향하여 잽싼 걸음을 놀렸다. 우라지게 더운 날씨다. 벌써 시장을 두 바퀴나 돌고 나니 목도 마르고 지쳐서 탈진해 버릴 것 같았다. 하지만 천득이를 데리고 가야 홍삼추출기며, 포장기계의

위치도 바꾸고 새 기계를 들여 놓을 자리를 확보할 수가 있다.

천득은 그새 서울정육점을 더듬어서 팔도건강원과 경쟁 관계에 있는 불로장수원을 거쳐 중앙상회에서 쌀 배달을 하고 순댓국집으로 갔다.

"현대슈퍼 사장이 끌고 가는 걸 봤는데, 거길 한번 가 봐요."

순댓국집 여자는 마침 점심 장사 때라서 정신없이 바빴다. 그 옆의 시장통닭집 여자가 한가하게 하품을 하고 나서 현대슈퍼를 손가락으로 가리키며 말했다.

"염병! 개똥도 약에 쓸라면 눈에 안 보인다더니……."

팔도건강원 아내는 더위 속을 헤맸더니 입에서 쓴 냄새가 풀풀 풍겼다. 아무리 바빠도 냉수 한 그릇은 마시고 가야겠다는 생각에 시장통닭집 안으로 들어갔다. 어두컴컴한 가게 안에서 시장통닭집 여자가 따라주는 물마저 오늘따라 미지근했다.

"글쎄, 우리 집에서 나간 지 두어 시간 넘었는데……."

현대슈퍼 아내는 혼자 계산대를 지키느라 정신이 없었다. 팔도건강원 아내가 묻는 말에 자기도 모르게 창고 쪽을 바라봤다. 팔도건강원 아내도 그녀의 시선을 따라 창고 쪽을 바라봤다. 현대슈퍼 아내는 팔도건강원 아내의 눈치를 슬쩍 살피고 나서 시치미를 뚝 뗐다.

"시장통닭집에서 그러는데 현대슈퍼 사장하고 같이 가는 걸 봤다드만, 어디로 갔는지 기억이 안 나? 잘 생각해 봐."

"글쎄 나는 은행에 잔돈 바꾸러 갔다가 아까 막 와서 잘 모르겠어요."

"그럼, 사장님은 어디 계셔?"

"배달 갔나? 아니면 경찰서 범죄추방협회 회의를 갔나? 나한테 어디 간다 말을 안 하고 가서 잘 모르겠는데요."

"에이, 새 기계 벌써 도착했겠네."

계산대에 손님이 몰려들었다. 팔도건강원 아내는 생각 같아서는 좀 더 자세히 묻고 싶었지만 새 추출기가 도착했을지도 모른다는 생각에 바쁘게 걸음을 옮겼다.

역시나 팔도건강원 앞에는 이미 새 추출기를 실은 트럭이 도착해 있었다. 팔도건강원 아내는 천득이를 데리고 오지 못한 것이 자신의 죄라도 되는 얼굴로 바쁘게 서두르며 가게 안으로 들어갔다. 팔도건강원이 땀을 뻘뻘 흘리며 추출기 회사 직원과 운전사와 함께 추출기를 옮기고 있었다.

"젠장, 천득이 찾아오라고 했더니 어디서 수다 떨다 이제야 나타나는 거야?"

"시장 안을 두 바퀴나 돌았슈. 천득이를 썼다는 가게마다 물어보고 다니느라 더위를 먹었는지 목이 말라 죽겠슈."

"제까짓 것이 뛰어 봐야 부처님 손바닥 안이지. 가게마다 물어봤다면 천득이가 어디 있다는 걸 알아내는 것은 식은 죽 먹기잖아. 변동시장 한 바퀴가 십 리나 되는 것도 아니고, 어느 구석에 처박혀 있는지 모른다는 것이 말이나 된다고 생각해?"

팔도건강원은 더 이상 천득이의 힘은 필요 없었다. 하지만 천득이가 있었다면 젖 먹던 힘까지 쏟아내며 땀을 흘리지 않았을 것이라 생각하니 은근히 화가 났다. 목에 걸려 있는 수건으로 얼굴의 땀을 닦아내며 아내를 노려봤다.

"시장통닭집에서 그러는데 현대슈퍼 사장이 끌고 갔다잖유. 근데 현대슈퍼에서 땅으로 꺼졌는지, 하늘로 치솟았는지 어디로 갔는지 모른다는 거유. 내 생각에는 분명히 현대슈퍼에서 일을 시키고 있는데, 그 여우 같은 여편네가 숨기고 있는 것이 틀림없어……"

팔도건강원 아내는 생각 같아서는 이가 시리도록 시원한 물 한 컵을 마신 후에 일을 도와주고 싶었다. 그러나 그렇지 않아도 더워 죽겠는데 남편 심기를 더 불편하게 해서 좋을 것이 없다는 생각에 갈증을 참으며 부지런히 추출기가 들어 있는 박스를 해체하기 시작했다.

여름 해가 서산에 걸려 있을 무렵이다.

천득이는 순댓국집 여자가 싸준 순대와 돼지 간이 든 검은색 비닐봉지를 들고 척척 걸어서 2층 계단으로 올라갔다. 2층으로 올라가니 철로 쪽에서 불어오는 바람이 땀에 젖은 옆구리를 시원하게 적셨다. 손바닥으로 목의 땀을 쓱 문질러 뿌리고 안으로 들어갔다.

"천득이 오늘은 일찍 퇴근하네?"

마침 화장실에 가기 위해 방에서 나오던 선화보살이 천득이와 마주쳤다. 물가에 피서라도 나온 것처럼 헐렁한 반바지에 반팔 모시셔츠를 입은 차림으로 천득에게 말을 걸었다.

"수…… 순대하고…… 수, 술 마셔."

천득이 자랑스러운 얼굴로 순대가 들어 있는 비닐봉지를 선화보살에게 벌려 보였다.

"천득이 술꾼 다 됐구먼. 요새는 저녁마다 술잔치네. 어여 가 있어. 내가 술 가져갈 테니까."

선화보살은 그렇지 않아도 한잔 하고 싶었다는 얼굴로 마른침을 삼켰다.

"어…… 엄마, 처…… 천득이가 도, 돈 벌어 왔다. 수…… 순대도 있다."

천득은 콧노래를 부르며 천득어미가 기다리고 있는 방 앞으로 갔다. 천득어미는 쇼핑봉투에 풀칠을 하고 있었다. 천득은 아침부터 심부름이며 일을 해 주고 받은 반으로 접은 천 원짜리 뭉치를 주머니에서 꺼내 그녀에게 주었다.

"어이구, 우리 천득이 인제 장가만 가면 되겠구먼. 덥지? 어여 씻고 와라."

천득어미가 하루 종일 쇼핑봉투를 붙여 봤자 만 원 벌이가 힘들었다. 천득이 내민 돈은 얼추 2만 원은 넘어 보였다. 쭈글쭈글한 얼굴 가득 웃음을 머금고 수건을 내밀었다.

천득은 콧노래를 부르며 땀에 젖고 먼지에 절어 시커멓게 된 와이셔츠와 러닝셔츠를 훌렁훌렁 벗어 젖혔다. 청바지도 벗어 버리고 팬티 바람으로 밖으로 나갔다.

"어이구, 천득이 이놈 몸 좀 보게. 항우장사가 울고 가겠어."

선화보살이 이 홉들이 소주 두 병을 들고 오다 화장실로 가는 천득의 엉덩이를 철썩 소리가 나도록 때렸다. 천득은 커다란 손가락으로 선화보살이 때린 엉덩이를 슬슬 긁으며 화장실로 들어갔다.

"오늘처럼 더운 날은, 요놈 몇 잔을 마셔야 더운 줄 모르고 잠이 오는 법여."

천득어미는 따로 상을 차리지 않았다. 인쇄소에서 쇼핑봉투를 포장해 온 종이를 방바닥에 깔고, 찬장에서 소주잔을 내리면서 흐믈흐믈 웃었다.

편의점과 2차선 도로를 사이에 둔 건너편은 2층 건물이 버티고 서 있다.

변동시장에서 '평화의원'으로 돈을 꽤 많이 번 원장이 지은 건물이다. 2층에는 '평화정형외과의원'이라는 간판이 붙어 있고, 아래층의 절반은 통유리에 파도가 넘실거리는 수평선이 선팅 되어 있었다. 그 수평선에서는 돌고래도 아니고, 귀신고래들이 솟구쳐 올라오는 그림이 붙어 있었는데 그곳은 '바다이야기'라는 게임장이다.

바다이야기와 계단을 사이에 두고는 '과일백화점'이다.

가게 안쪽에는 전기장판이 깔려 있는 침상이 있었다. 여름에도 전기 코드를 꼽지 않고 그냥 장판 대용으로 깔아 놓은 것이다. 오대수는 그곳에 비스듬히 누워서 부슬부슬 내리는 빗줄기 건너편으로 보이는 스마일편의점을 물끄러미 바라봤다.

편의점은 비가 오는데도 간간이 손님들이 드나들었다. 하지만 과일백화점은 아침부터 참외 한 개조차 팔지 못했다. 비가 오는 날은 공치는 날이라는 것을 모르는 건 아니지만 장사라는 것이 비 온다고 안 열고, 햇볕 좋은 날만 골라서 여는 것도 아니다. 억수같이 소나기가 쏟아지는 날도 과일 찾는 손님이 있기 마련이어서 비 온다고 1년 365일 문을 닫을 수는 없는 노릇이었다.

하늘을 보니 비가 금방 그칠 것 같지 않았다. 오대수는 한숨이 저절로 나오는 것을 느끼며 게으르게 일어나서 냉장고 앞으로 갔다.

"천득아!"

오대수는 냉장고에서 소주를 꺼내들고 돌아섰다. 무심코 거리를 바라보니 천득이 비를 맞으며 태엽을 감아 놓은 병정인형처럼 척척 걸어가고 있는 모습이 보였다. 대낮부터 혼자 술 마시는 것이 심심했던 그는 잘 됐다는 얼굴로 고함쳤다.

"어디 갔다 오냐?"

"배…… 백조여관, 싸…… 쌀 배달."

천득이 과일백화점 안으로 들어가 얼굴의 빗물을 손바닥으로 훔쳐내며 더듬거렸다.

"오늘 같은 날은 배달비를 따불로 받아야 되는 거 아니냐?"

오대수는 일회용 종이컵 가득 소주를 따라서 천득에게 내밀었다.

"따…… 따불?"

"오늘처럼 비가 오는 날은 천 원씩 받지 말고 이천 원씩 받으란 말야. 아쉬운 놈이 우물 판다고 이천 원으로 올려도 심부름 시킬 놈은 시키게 되어 있거든."

오대수는 말로만 하면 천득이 이해를 못 할 것 같아서 천 원짜리 두 장을 펼쳐 보이며 말했다.

"드…… 등신, 천 원이여. 천 원!"

"어이구, 너 같은 놈한테 재테크 비결을 알려줘 봐야, 나만 등신 소리 듣지. 술이나 처마셔, 임마."

오대수는 한심하다는 표정으로 천득을 바라보던 시선을 거두고 종이컵 가득 술을 따랐다. 과일가게라서 안주는 지천으로 깔려 있었다. 천득의 몫으로 물러 터져서 팔 수 없는 사과를 내밀고 바나나 껍질을 까며 침상에 걸터앉았다.

"천득아, 내 말 좀 들어 봐라. 너, 시장 바닥에서 허리 휘도록 일해주고 돈 천 원씩 받는 것보다 차라리 여기 취직해라. 그럼 내가 점심 사 주고 한 달에 삼십만 원씩 줄게."

"드…… 등신, 나는 천 원짜리란 말여. 천 원 몰라?"

"야, 이 자식아! 너 자꾸 멀쩡한 사람 등신 만들래?"

오대수는 바나나를 안주 삼아 소주를 마셨더니 취기가 확 살아올랐다. 자신도 모르게 빈 소주병을 눕혀서 천득의 배를 후려 갈겼다. 천득이 아프다면서 벌떡 일어섰다. 순간 천득이 엄청난 힘으로 자신을 날려 버릴지도 모른다는 두려움이 번뜩 살아오는 것을 느끼며 자신도 모르게 반대편으로 물러섰다.

"아파!"

천득은 천득대로 얼굴을 찡그리고 배를 문지르면서 밖으로 나갔다.

저…… 저놈, 완전히 등신 아냐?

오대수는 깜짝 놀란 얼굴로 천득의 뒷모습을 지켜봤다. 천득은 길 건너 스마일편의점 앞으로 가고 있었다. 편의점 앞에는 점주 김국태가 팔짱을 끼고 서 있었다. 뒤늦게 놀란 가슴을 쓰다듬다가 슬그머니 주먹이 쥐어지는 순간 큰 소리로 웃어 젖히기 시작했다.

천득은 집에서 아침을 먹고 나와서도 순댓국집에서 순댓국 한 그릇을 게 눈 감추듯 비워 버렸다. 청산상회 남편이 따라준 소주 반병까지 비운 뒤라서 얼굴이 시뻘겋게 달아올랐다. 순댓국집 여자에게 잘 먹었다는 말도 하지 않고 밖으로 나가는데, 왼쪽에서 불로장수원 아내의 가는 손가락이 천득의 굵직한 손가락을 잡았다. 거의 동시에 반대편에서는 잉꼬떡집이 천득이 옆으로 다가왔다.

"천득이, 여기 있었네? 우리 가게 좀 가자."

천득의 손가락을 먼저 잡은 쪽은 불로장수원 아내다. 그러나 천득이에게 먼저 말을 한 쪽은 잉꼬떡집 아내다.

"지금 뭔 소리 하는 거야? 내가 먼저 찍었는데."

불로장수원 아내가 기도 안 막힌다는 얼굴로 잡고 있던 천득이 손가락을 자기 쪽으로 잡아끌었다.

"영수 엄마, 아침 잘못 먹었어?"

잉꼬떡집 아내가 대뜸 쏘아 붙였다.

"아침을 잘못 먹다니?"

불로장수원 아내가 자기 손가락보다 서너 배는 굵은 천득의 손가락을 한 손으로 잡고 있다가 두 손으로 손목을 잡으며 물었다.

"천득이가 남대문시장에서 파는 싸구려 블라우스야? 내가 먼저 찍었으니 내 것이라고 말하게?"

"이 여자야말로 아침에 해장술을 마셨나? 어디서 술주정이야. 말이면 다 말인 줄 알아? 내가 먼저 가자고 이렇게 손을 잡고 있는 것이 안 보여?"

불로장수원 아내가 잡고 있는 천득의 손을 들어 보이며 바락 쏘아 붙였다.

"어머머! 영수 엄마, 지금 나한테 뭐라고 했어? 내가 영수 아빠처럼 식전부터 해장술이나 마시고 다니는 여잔 줄 알아?"

본격적으로 장사를 하기에는 이른 시간이다. 채소전이나 생선가게, 부식을 파는 가게만 조용하게 바쁜 시간이기도 하다. 순댓국집 앞에서 사십 대 중반의 불로장수원 아내와, 사십 대 초반의 잉꼬떡집 아내의 목소리가 커지기 시작하자 구경꾼들이 슬금슬금 모여 들었다. 시장을 보러 온 사람들은 보이지 않고 구경꾼들 거의가 상인들이었다.

"천득아, 내가 먼저 손 잡았지?"

"무슨 소리야. 천득아, 내가 먼저 우리 집에 가자고 말했지? 자, 선불로 천 원 줄게."

잉꼬떡집 아내가 주머니에서 천 원짜리 한 장을 부랴부랴 꺼내서 천득의 손에 쥐어 주었다.

"어이구, 모르는 사람들이 들으면 나는 공짜로 데려다 일 시키려는 줄 알겠네. 자, 천득아, 나도 선불로 줄게."

천득은 양쪽에서 번갈아 돈을 내밀자 히죽히죽 웃으며 모두 받았다. 일단 주머니에 들어 있는 천 원짜리 몇 장을 꺼냈다. 두 여자에게서 받은 돈과 가지고 있던 돈을 합하여 반으로 착 접은 다음 주머니 속에 집어넣었다. 그것에 그치지 않고 돈이 청바지 주머니에 잘 들어갔는지 손바닥으로 툭툭 쳐주고 나서야 만족스러운 미소를 지었다.

"장사 초칠 일 있어? 남의 집 앞에서 해장부터 뭔 일이야?"

순댓국집 여자는 팔짱을 끼고 구경만 하고 있는데 청산상회 남편이 앞으로 나섰다.

"세상에 이런 경우가 어디 있어요? 제 말 좀 들어 보세요"

불로장수원 아내가 잡고 있던 천득의 손을 놓으며 청산상회 남편 앞으로 다가가 입에 거품을 물었다.

"천득아, 가자."

잉꼬떡집이 콧방귀를 끼며 불로장수원 아내의 뒤통수를 째려보다가 천득을 잡아끌었다.

"응, 가자."

"가긴 어딜 가!"

불로장수원 아내가 서둘러 다시 천득의 손을 잡고 자기 쪽으로 끌었다. 이에 질세라 잉꼬떡집도 천득의 반대편 손을 잡아당겼다. 졸지에 양손을 잡힌 천득은 해장술에 빨갛게 달아오른 얼굴로 눈을 끔벅끔벅하며 구경꾼들을 바라봤다.

"와카노? 멀쩡한 총각 가랑이 찢을 일 있노?"

청산상회 노파가 나서서 잉꼬떡집이 잡은 천득의 손을 놓게 했다. 이어서 불로장수원 아내의 손도 놓게 하고 소리를 지르자 구경하던 여자들이 서로를 바라보며 '총각! 천득이가 총각인가!' 하고 주고받는 말에 구경꾼들은 일제히 배를 움켜쥐고 웃음을 터뜨렸다.

"천득이는 좋겠네. 해장부터 두 여자가 서로 자기 집으로 데리고 가겠다며 싸우고 있으니."

"그게 무슨 말여?"

"나도 몰라. 천득이한테 물어 봐."

남자들이 작은 목소리로 이죽거리는 말에 슬그머니 주저앉던 웃음이 다시 와르르 터져 버렸다. 천득이는 덩달아서 히죽히죽 웃었다.

"내 말 좀 들어 봐. 잉꼬떡집은 천득이 데리고 가서 뭔 일을 시킬 거여? 그리고 불로장수원에서는 천득이가 할 일이 뭐여?"

청산상회 남편은 구경꾼들처럼 웃지 않고 마른입을 짭짭 다시고 나서 그녀들에게 번갈아 물었다.

"조금 있으면 쌀 차가 오기로 했슈. 이십 킬로짜리 쌀이 백 포 가량 오는데 그걸 하차시키려고……."

"팔도건강원이 얼마 전에 추출기를 새로 들여놨잖아요. 그래서 우리도 할 수 없이 오늘 추출기 몇 대를 신형으로 교체할 생각유. 그러자면 가게 안에 청소도 해야 하고 추출기도 밖으로 내놔야 하고 해서 천득이를 데리러 왔더니, 아 글쎄 잉꼬떡집이 갑자기 나타나서 이 난리를 피우지 뭐에요."

"난리라니, 난리라니?"

잉꼬떡집 아내가 금방이라도 머리카락을 휘어잡을 기세로 대들었다.

"허허! 이거 암만 해도 천득이 땜시 무슨 대책이라도 세워야겠구먼. 하루라도 조용할 날이 없으니 이거야 원. 내 말 들어 봐. 아여, 잉꼬떡집 쌀 하차하는데 몇 시간이나 걸리남?"

청산상회 남편은 그녀들 사이로 들어가서 다시 중재를 시작했다.

"천득이가 하차를 한다면 한 삼십 분이면 내리겠지."

잉꼬떡집 아내가 불로장수원 아내를 계속해서 노려보며 대답했다.

"불로장수원은 천득이 일 시키는데 얼마나 걸려?"

"한두 시간…… 하지만! 장사라는 것이 밑지고 팔아도 기분 문제잖유. 두 눈 멀쩡히 뜨고 등신 소리 들을 수는 없슈."

불로장수원 아내는 기어들어가는 목소리로 대답하다가 가까이 다가오는 남편을 발견했다. 갑자기 옆구리에 두 손을 턱 얹고 잉꼬떡집을 노려봤다.

"천득이 데리고 오라고 했더니 여기서 뭐 하는 거여?"

불로장수원이 구경꾼들 틈을 헤치고 들어가서 대충 감이 잡힌다는 얼굴로 잉꼬떡집 아내를 노려봤다. 잉꼬떡집 아내가 콧방귀를 뀌며 시선을 홱 돌렸다. 잉꼬떡집 아내의 꼬락서니가 꼴사나웠지만 화낼 수가 없어서 아내를 다그쳤다.

"내가 데리고 가려는데 갑자기 저 여자가 나타나서 자기 집에 먼저 가야 한다고 저 지랄로……."

응원군을 얻은 불로장수원 아내가 삿대질까지 섞어 가며 남편에게 일러 바쳤다.

"야! 뭐, 지랄?"

불로장수원 아내의 말이 끝나기도 전에 잉꼬떡집 아내가 눈꼬리를 치켜뜨며 말을 끊었다.

"이봐, 제수씨, 보아하니, 영수 엄마가 먼저 천득이를 찍은 거 같은데 양보하쇼. 오늘 장사 시작도 안 했는데 해장부터 기분 잡치게 초치지 말고"

불로장수원은 잉꼬떡집 아내 따위는 상대할 가치도 없다는 얼굴을 하고는 멀뚱히 서 있는 천득의 손을 잡았다.

"영수 아빠, 말 다했어요? 해장부터 초를 치다니? 누가 초를 쳤는데? 여기 서 있는 증인들이 없으면 참말로 내가 초를 쳤는 줄 알겠네."

잉꼬떡집 아내가 선뜻 달려들지는 못하고 발을 동동 구르며 악을 썼다.

"해장부터 뭔 구경이 났남?"

쉬는 날에 저녁을 먹은 후, 산책하는 듯한 얼굴을 한 잉꼬떡집이 반바지에 슬리퍼를 질질 끌고 구경꾼들 사이를 파고들었다.

"여보! 마침 잘 왔어. 아, 글쎄 저 사람들 둘이서 날 아주 화투판의 흑싸리 껍질로 여기고 막 무시하는데……."

"형님, 너무하는 거 아뇨?"

아내의 말이 끝나기도 전에 잉꼬떡집이 불로장수원에게 거칠게 쏘아붙였다.

"아무것도 모르는 주제에 마누라 역정 드는 데는 선수구먼."

불로장수원이 대꾸하기도 전에 그의 아내가 싸늘하게 내뱉었다.

"그렇게 똑똑한 양반이 삼 년 전에 빌려간 돈도 안 갚아?"

잉꼬떡집이 기가 막힌다는 얼굴로 빈정거리며 콧방귀를 뀌었다.

"자네, 지금 뭐라고 했나? 삼 년 전에 빌려간 돈? 내가 왜 자네 돈을 빌려? 요즘 돈 좀 벌었다는 소문이 돌더니, 벌써부터 똥오줌 못 가리는 거 아녀?"

불로장수원이 아내를 뒤로 밀어내고 한 걸음 앞으로 나가서 황당하다는 얼굴로 잉꼬떡집을 노려봤다.

싸움은 새로운 방향으로 전개되어 갔다. 구경꾼들은 이른 아침부터 쨍쨍 내리 쬐는 햇볕을 피할 생각도 안 하고 빙글빙글 웃거나, 침을 찍찍 내갈기거나, 웃음을 빙긋 머금은 얼굴로 두 부부의 싸움을 지켜봤다. 초장부터 싸움을 말리려 들던 청산상회 남편은 어느 사이에 순댓국집 안으로 들어가서 소주잔을 비우고 있었다.

"허! 나 혼자 있었으면 꼼짝없이 돈 오천 원 날릴 뻔했구먼. 아! 형님하고 나하고 현대슈퍼하고 민방위 훈련 나갔다가 오는 길에 큰 길가에서 짜장면 한 그릇씩 먹었잖아. 그때 형님이 지갑을 안 갖고 왔다 해서 내가 대신 내줬잖아. 형님이 가게 가서 준다고 한 것이 벌써 삼 년이 넘었어. 삼 년이……"

잉꼬떡집의 말에 구경꾼들은 서로의 얼굴을 바라보며 웃어야 할지, 울어야 할지 모르겠다는 기묘한 표정을 지으며 웅성거렸다.

"더러운 놈! 그 돈 때문에 나를 만나도 인사를 안 하고 일부러 시선을 외로 꼬고 먼 산을 바라보는 척했구먼. 자! 오천 원이 아니라, 만 원이다. 만 원 처먹고 팔순 구순까지 벽에 똥 처바르고 잘 살아라! 에이, 치사한 놈."

불로장수원이 지갑에서 만 원짜리 한 장을 꺼내 땅바닥에 내던지고 침을 퉤퉤 뱉었다. 구경꾼들은 '잉꼬떡집 다시 봐야겠다'는 둥, '장사하는 사람이 그렇게 계산이 늦어서 어떻게 장사를 하나, 받을 돈은 받을 돈이고, 쓸 돈은 쓸 돈이지 그걸 분간 못하면 사람이냐'는 둥 웅성거리며 잉꼬떡집을 바라봤다.

"형님, 참말로 이러기요?"

잉꼬떡집이 두 눈을 부릅뜨고 불로장수원 앞으로 다가갔다.

"너야말로 의용소방대장 되더니 눈에 보이는 것이 없냐? 돈 달라고 해서 돈 줬는데, 그것도 이자까지 백 프로 붙여 줬는데 뭔 말이 그렇게 많아?"

잉꼬떡집은 떡을 많이 먹어서 떡살이 많이 붙었고 불로장수원은 보약을 많이 먹어서 덩치가 좋았다. 불로장수원이 잉꼬떡집 같은 것은 한 방에 날려 버릴 수 있다는 얼굴로 그에게 바짝 붙어 서서 손가락으로 그의 가슴팍을 쿡쿡 찔렀다.

"천득아, 내 좀 보자."

잉꼬떡집과 불로장수원이 금방이라도 한바탕 싸움을 할 것처럼 으르렁거리고 있을 때였다. 청산상회 노파가 쫄랑쫄랑 걸어와서 천득이의 옆구리를 손가락으로 쿡쿡 찔렀다. 천득은 소리 없이 웃으며 청산상회 노파 뒤를 따라서 척척 걸어갔다. 잉꼬떡집과 불로장수원에게 관심이 쏠려 있던 구경꾼들은 천득을 쳐다보지도 않았다.

"어허! 변동시장 인심이 언제부터 이렇게 됐나? 변동시장 인심이 이까짓 만 원짜리밖에 안 되는 거여!"

뒤늦게 나타난 팽 회장이 개탄하는 목소리로 바닥에 떨어져 있는 만 원짜리를 주워 자기 주머니에 넣고는 잉꼬떡집과 불로장수원의 손을 잡고 이끌며 순댓국집 안으로 들어갔다. 구경꾼들은 맥이 빠진다는 얼굴로 뿔뿔이 흩어지기 시작했다.

호시탐탐

한여름에는 하루해가 백 리나 되는 것 같아도 해가 지면 장사도 파장이 된다.

가게를 대충 정리한 남자들은 두세 명씩 중앙상회로 향했다. 중앙상회 안에는 이미 십여 명의 시장 번영회 회원들이 나와 있었다. 그들은 쌀 포대에 걸터앉거나, 가겟방 문턱에 엉덩이를 걸치고 앉거나, 의자에 앉거나, 가게 앞에 쪼그려 앉아 시간이 되길 기다리며 어둠이 내려앉은 시장통을 무심히 바라봤다. 몇몇은 책상에 판을 벌리고 고스톱을 치고 있었다.

"더운데 시원한 음료수 한잔씩 하지."

번영회 총무 팔도건강원이 음료수와 일회용 종이컵을 들고 들어왔다.

"박 사장, 참말로 너무하는 거 아녀?"

팔도건강원이 마대뭉치에 앉아 있는 대영상회에게 음료수를 따라주고 있는데 현대슈퍼가 화가 난 얼굴로 들어섰다.

"이 사람이 엊저녁에 마신 술이 아직 덜 깼나? 다짜고짜 너무하다니? 뭐가 너무하다는 건가?"

"아! 농협마트가 싸면 얼마나 싸다고 거기서 음료수를 사 오는 거여?"

현대슈퍼는 생각만 해도 화가 난다는 얼굴로 팔도건강원이 들고 있는 음료수 병을 낚아채서 병째 쿨쿨 마셨다.

"현대슈퍼야말로 이까짓 음료수 몇 병 팔아서 얼마나 벌겠다고, 여기까지 따라와서 행패여?"

"허, 지나가는 개가 웃겠구먼. 장사라는 것이 일 원이 남아도 팔고, 기분에 따라서는 밑지고도 파는 것이 장사여. 내가 이까짓 음료수 몇 병 못 팔아서 이러는 줄 알아? 박 사장도 장사를 하고 있응께, 내 기분 알 거 아녀?"

"똥 싸고 앉아 있네. 내가 그까짓 몇 푼 아끼려고 농협마트에서 사 온 줄 알어? 마침 농협상품권이 들어왔길래 할 수 없이 거기로 간 거지."

"남들이 들으면 우리 슈퍼에서는 농협상품권을 안 받는 줄 알겠네."

"아! 현대슈퍼는 농협상품권을 받기는 하지만, 현금으로는 일 원짜리 한 개도 거슬러 주지 않잖아."

"현대슈퍼가 무슨 자선사업체야? 농협상품권을 돈으로 바꿔주게.

그리고 농협마트에서도 이십 프로 이상은 현금으로 지불하지 않잖아. 그럼 우리 슈퍼나 농협마트나 개찐 또찐 아닌가?"

"그려, 오만 원에 이십 프로면 만 원여. 돈 만 원짜리 한 장도 일 원이나 마찬가지로 생각하는 사람잉께, 천득이를 다섯 시간씩이나 부려먹고 달랑 천 원짜리 한 장만 내밀지⋯⋯."

"야! 너 지금 말 다했어? 내가 언제 천득이를 다섯 시간이나 부려먹었어? 증거 있어?"

"이 새끼 봐라. 야라니! 내가 네 친구여? 너 이 새끼, 육십오 년 뱀띠잖여, 나보다 네 살이나 어린 놈이 야라니? 요즘 돈 좀 벌었다는 소문이 돌더니 눈에 보이는 것이 없냐?"

팔도건강원이 현대슈퍼의 멱살을 부여잡고 흔들며 입술에 거품을 물었다. 현대슈퍼도 지지 않겠다는 얼굴로 팔도건강원의 멱살을 움켜잡고 씩씩거렸다. 때마침 배달을 나갔다가 들어온 팽 회장이 달려들어서 둘을 뜯어말렸다.

원래 싸움은 말릴수록 판이 커지는 법이다. 팔도건강원이 팽 회장의 손을 거칠게 뿌리치고 주먹을 날렸다. 하지만 잉꼬떡집이 재빠르게 주먹을 잡았다. 현대슈퍼는 대영상회가 등 뒤에서 가슴을 껴안고 있는데도 허공에 대고 주먹을 휘두르다 못해 발까지 날렸다. 그때서야 상황이 심상치 않게 돌아가는 것을 느낀 회원들은 이러다 큰 싸움 나겠다며 우르르 달려들어서 둘의 등을 이쪽저쪽 구석으로 떠밀며 데리고 갔다.

"언제부터 변동시장이 이렇게 삭막해졌나? 내가 알기로는 우리 변동시장 번영회 회원들끼리는 콩 한 쪼가리도 나눠 먹을 정도로 친하게 지냈는데, 요즈음은 찬바람이 쌩쌩 부는 것이 마치 서로 못 잡아먹어서 원수진 사람들끼리 사는 거 같아."

팽 회장이 바닥보다 높이 있는 저울 위로 올라갔다. 손뼉을 쳐서 시선을 끌어모으고 입을 열었다.

"제 말이 바로 그 말입니다. 솔직히 톡 까놓고 말해서, 내가 현대 슈퍼에서 물건을 팔아주기 싫어서 농협……."

"잠깐! 박 총무님은 이따 조용히 현대슈퍼하고 화해술이나 마실 궁리나 하고 계셔. 우리가 오늘 모인 목적부터 서로 회의를 하는 것이 중요하니까. 내 말이 틀렸습니까?"

팽 회장은 팔도건강원의 말을 점잖게 끊어 버리고 나서 회원들에게 시선을 돌렸다.

"내 생각에는 천득이 땜시 변동시장 분위기가 이상하게 돌아가고 있는 것 같습니다. 천득이가 시장 안에 들어오기 전에는 이런 일이 없었습니다."

천냥백화점이 껌을 질겅질겅 씹고 있다가 손을 번쩍 들고 말했다.

"동감입니다. 바쁠 때만 천득이를 부려 먹으면 되는데, 인건비가 싸다는 이유로 이 집 서 집에서 아무 때나 불러대는 통에 시장 인심이 그전보다 안 좋아진 건 사실유."

천냥백화점의 말이 끝나자마자 잉꼬떡집이 말을 이었다.

"현대슈퍼는 내가 시간을 재보니까 딱 다섯 시간 동안 일을 시키더구먼. 천득이가 순댓국집에서 점심 얻어먹고 나올 때가 딱 두 시 삼십 분인데, 현대슈퍼에서 나온 시간은 일곱 시 삼십 분이더라고요. 그게 말이나 된다고 생각합니까?"

구석에서 성난 황소처럼 씩씩거리고 있던 팔도건강원이 현대슈퍼를 노려보다 손가락으로 손목시계를 가리키며 또박또박 말했다.

"돈 천 원 주고, 한 시간을 시켜먹든 하루 종일 황소처럼 부려먹든 그건 능력 아닌가?"

구석에서 누군가가 작은 목소리로 옆 사람에게 속삭였다.

"그래서 머리 나쁜 놈은 몸이 고생이라는 말이 생겨난 거 아니겠어?"

옆 사람이 제법 심각한 목소리로 중얼거렸다.

"솔직히 천득이 같은 인간한테 천 원도 과하지 뭐. 막말로 종일 일 시켜먹고 세끼 밥에 소주나 한 병 안겨줘도 '고맙습니다' 하고 절을 수십 번이나 할 걸."

쌀 포대 위에 양반다리를 하고 앉아 있는 변동정육점 주인이 술기운이 있는 목소리로 말했지만 어느 한 명 반박하는 이는 없었다.

"박 사장, 인생을 그렇게 사는 것이 아냐. 박 사장이야말로 요즘 중국산 냉동 개를 국산으로 속여서 개소주 만들어 파느라 밤새는 줄 모른다고 하지만, 내가 언제 그것 때문에 박 사장 인간성 더럽다고 욕하는 거 봤어?”

현대슈퍼는 자신을 두둔하는 사람들의 말을 듣고 나니 팔도건강
원이 갑자기 가소로워졌다. 피식 웃기까지 하면서 어린아이를 꾸중
하는 목소리로 말했다.

“야! 너 참말로 뜨거운 맛 좀 볼래!”

팔도건강원이 더 이상 참을 수 없다는 얼굴로 고함을 지르며 몸
부림을 쳤다.

“허! 잘하면 토막 내서 개소주로 만들겠다는 기세네.”

현대슈퍼는 가소롭다는 얼굴로 콧방귀를 뀌며 피식 웃었다.

“너, 이 새끼 더 이상은 못 참아!”

팔도건강원은 화가 머리 꼭대기까지 치솟는 것을 느끼며 앞으로
뛰어 나갔다.

“어어! 참아요.”

팔도건강원 옆자리 의자에 앉아 있던 천냥백화점이 팔도건강원
의 앞을 가로막는다는 것이 그만 발을 잘못 디뎌서 엎어지고 말았
다. 팔도건강원은 천냥백화점 등을 타고 반원을 그리면서 나동그라
졌다.

“저, 저, 저, 저……”

엎어지는 천냥백화점에 팔도건강원이 걸려 바닥으로 나동그라진
것은 거의 순간적으로 일어난 일이었다. 그 광경을 지켜보고 있던
사람들은 웃어야 할지, 울어야 할지 반쯤 벌린 입을 다물지 못하고

있었다. 그때 시장 안에서 가장 나이가 많은 청산상회 남편이 혀를 차는 소리가 침묵을 깨뜨리자, 사람들은 약속이나 한 것처럼 일제히 웃음을 터뜨렸다.

"젠장! 쌈 말리려다 턱쪼가리 아작날 뻔했네."

천냥백화점이 옷을 털고 일어나서 턱을 문지르며 안도의 한숨을 내쉬었다.

"저 혼자 잘 먹고 잘 살겠다는 놈들이 큰소리치는 꼴 보기 싫으면 당장 이민을 가든지 해야지 열 받혀서 못 살겠네……."

천냥백화점보다 늦게 일어난 팔도건강원은 생각 같아서는 현대슈퍼의 멱살을 움켜잡고 보기 좋게 뺨을 올려붙이고 싶었다. 하지만 졸지에 나동그라졌다가 일어나니까 맥이 빠져서 현대슈퍼를 노려보는 것도 귀찮아졌다.

"자! 자! 서로 첨보는 사이도 아니잖아, 시장바닥에서 십수 년간 아침저녁으로 보며 살아온 사람들끼리 서로 안 볼 것처럼 얼굴 붉히지 말고 내 말 좀 들어 봐."

팽 회장이 다시 박수를 쳐서 산만해진 분위기를 사로잡았다.

"문제는 천득이 아닙니까?"

"맞습니다. 천득이가 오기 전에는 변동시장 인심이 오늘날처럼 사납지는 않았습니다. 요즘은 육칠십 년대 사방 각지에서 몰려온 철거민들이 모여 사는 산동네 인심 저리가라니, 이거야 원."

누군가가 대뜸 던지는 말에 잉꼬떡집이 토를 달았다.

"모든 원인은 천득이를 독점하려는 데 있는 것 같습니다. 그래서 하는 말인데, 앞으로는 어떠한 일이 있더라도 천득이를 삼십 분 이상은 붙잡아 두지 마는 걸로 결정을 합시다. 어때요?"

생선가게 주인이 좌중을 돌아다보며 말했다.

"에이, 삼십 분은 너무한다. 삼십 분씩이면 하루 여덟 시간 일을 한다고 쳐도 한 시간에 이천 원씩 해서 이팔이 십육, 만 육천 원 벌이나 되잖아. 한 달이면 삼십만 원하고, 삼육 십팔이면 거의 오십만 원 벌이나 되니 나보다 수입이 낫네. 세금을 내나, 밥을 사 먹나, 담배를 사 피나, 제 돈 주고 술을 마시나……."

대영상회가 현대슈퍼를 바라보며 눈을 찡긋거렸다.

"돈 주고 여자를 사나?"

현대슈퍼가 대영상회의 말을 끊으며 하는 말에 모두가 와르르 웃기 시작했다.

"근데, 천득이 그놈이 여자를 알기는 알까?"

잉꼬떡집이 갑자기 웃음을 멈추고 두 눈을 반짝거렸다.

"에이, 덩치만 산만큼 컸지, 그건 모르는 것 같더라구. 언젠가 순댓국집에서 보니까 여자들이 엉덩이를 툭툭 쳐도 천장에 붙어 있는 파리만 바라보고 있던데 뭐."

천냥백화점이 당치도 않은 말은 하지도 말라는 표정으로 대꾸했다.

"자! 자! 지방 방송국은 끄고 빨리빨리 회의를 진행합시다. 삼십 분은 너무 짧으니까 한 시간으로 하자는 말에 반대하시는 분, 손 들어 봐요."

팽 회장은 벽에 걸려 있는 시계를 바라봤다. 여름밤은 짧다고 하더니 별다른 진척이 없는데도 시간은 아홉 시를 향해 달리고 있었다. 잔기침을 하고 나서 조금은 목이 잠긴 목소리로 말했다.

"찬성입니다."

"나도 찬성입니다."

"한 시간이면 딱 좋네 뭐."

"좋습니다. 그럼 당장 내일부터는 천득이를 한 시간 이상 부려먹어서는 안 됩니다. 만약 천득이를 한 시간 이상 부려먹는 회원이 있으면 벌금을 내는 걸로 합시다."

팽 회장이 결정했다는 얼굴로 말했다.

"이참에 확실하게 정합시다. 만약 천득이를 한 시간에서 단 일 분만 경과를 하더라도 회장님 의견처럼 벌금을 내는 걸로 합시다."

팔도건강원이 아무리 생각해 봐도 화를 참을 수 없다는 얼굴로 말했다.

"동감이요, 단 일 분만 경과를 해도 벌금을 십만 원 내는 걸로 합시다."

팔도건강원의 말이 끝나자마자 현대슈퍼도 노골적으로 팔도건강원을 쏘아보며 치사하고 더러워서 견딜 수 없다는 얼굴로 말했다.

"아! 벌금을 십만 원이 아니라, 백만 원씩 받기로 한다고 쳐. 무슨 수로 일 분을 초과했는지, 십 분을 초과했는지 알 수 있남? 누구 하나 당번을 정해서 종일 천득이 뒤를 졸졸 따라 다니지 않는 한, 무슨 수로 시간을 초과했는지 알 수 있냔 말여?"

청산상회 남편이 구석에 앉아서 마른입을 쩝쩝 다시고 있다가 좌중을 돌아다보고 삿대질을 섞어가며 말했다.

"청산상회 사장님 오랜만에 한 건 올리셨네. 맞는 말입니다. 우선 천득이를 불러다가 딱 한 시간씩만 심부름을 하라고 교육을 단단히 시킵시다."

"아따, 난 천냥백화점 최 사장이 전문학교를 나온 줄 알고 있는데, 겨우 중학교 문턱만 밟은 나보다 생각이 약하네. 아! 무슨 수로 천득이를 교육시켜? 천득이가 그 정도로 머리가 돌아가면 달랑 천 원짜리 한 장만 받고 그 힘든 일을 하겠어? 내가 그동안 천득이를 지켜본 결론에 의하면, 천득이는 북쪽으로 가라면 낭떠러지가 있더라도 줄창 북쪽으로 가는 성질여. 언젠가 한번은 순댓국집 쥔이 순대 좀 냄새 안 나게 곱창을 깨끗하게 씻으라고 하니까 아주 걸레를 만들었잖여."

"그람, 청산상회는 뭐 좋은 방법이 있는 거요?"

팽 회장이 물었다.

"아따, 내가 그런 방법을 알면, 시장바닥에서 장사나 하면서 살겠습니까? 최소한 동사무소 서기는 해먹고 있겠지."

"그럼 벌금 내는 문제는 말짱 도로묵인가?"

방문턱에 앉아서 이쑤시개로 조심조심 귀지를 파내고 있던 시장 횟집 사장이 점잖게 말하고 나서 손가락 끝에 묻어 있는 귀지를 혹 불어냈다.

"골치 아프게 생각할 필요 없습니다. 천득이한테 핸드폰을 사 주면 됩니다."

"핸드폰?"

잉꼬떡집의 말에 팽 회장은 뜬금없이 무슨 소리냐는 얼굴로 반문했다.

"톡 까놓고 말해서 내 집에서 천득이를 부려먹을 일이 없으면, 다른 가게에서 하루 종일 부려먹던, 한 달 동안 공짜로 부려먹던 문제될 거는 없지 않습니까?"

잉꼬떡집이 책상 앞의 의자에 앉아 있다가 벌떡 일어섰다. 중앙으로 뚜벅뚜벅 나가서 의용소방대원들에게 하는 것처럼 어깨를 반듯하게 펴고 사람들에게 물었다.

"좀 야박한 말이기는 하지만 틀린 말은 아니지."

"에이, 공짜는 너무한 거 아닌가? 양심에 털 나지 않은 이상 돈 천 원이라도 줘야지."

"당연하지, 자본주의 사회에서 공짜가 어딨나? 일을 해 줬으면 반드시 일당을 줘야지. 암, 줘야 하고 말고."

여기저기서 실실 웃으며 한마디씩 했다.

"내가 듣기에는 소방대장이 뭔가 좋은 수가 있는 것 같은데?"

팽 회장이 은단을 꺼내서 두서너 알을 입 안에 톡 털어 놓고 물었다. 그는 요즘 담배를 끊는 중이다.

"천득이에게 핸드폰을 사 주는 겁니다. 번영회 회비로 사 주자는 것이 아니고, 요즘 공짜 핸드폰 많지 않습니까? 천득이가 좀 모자라기는 하지만 핸드폰 사장이 그런 것은 안 가립니다. 주민등록번호만 확실하고, 신용불량자만 아니면 최신형 핸드폰을 내줄 겁니다."

"그건 맞는 말이지. 요새는 초등학생들도 제 아비, 어미 주민등록증만 내밀면 핸드폰을 내준다드만."

"초등학생들이 뭔 핸드폰이여?"

"세상 돌아가는 걸 모르는구면, 요새는 초등학교 입학식 날 입학 선물로 준다."

"세상이 말세구면. 우리 같이 장사를 하는 이들은 몰라도, 초등학교 일 학년이 뭐 바쁜 일이 있다고."

"또, 또 삼천포로 흘러간다. 아여, 소방대장, 그럼 핸드폰 전화비는 누가 내는가?"

"그야, 천득이가 내야죠. 천득이도 세무서에 사업자등록은 하지 않았지만 엄연한 개인사업자라구요."

잉꼬떡집의 말에 여기저기서 '맞아! 맞는 말여! 하모, 우리보다 나은 사업자지'라며 요란스럽게 박수를 쳤다.

이튿날이다.

팔도건강원은 천득이를 데리고 큰길가에 있는 휴대전화 대리점으로 갔다. 가게 주인은 팔도건강원이 내미는 주민등록증을 확인하고 나서 단순하면서도 화면이 큰 휴대전화를 권유했다.

팔도건강원이 천득이 대신 서류에 서명하고, 천득어미에게서 확인해 온 국민기초수급자 증명서와 장애인수당이 입금되는 통장 번호를 알려줬다.

"좋아, 나 이거 좋아."

가게를 나온 천득은 휴대전화를 목에 걸고 어깨를 으쓱거리며 걸었다. 팔도건강원이 시장 초입에 있는 천냥백화점 앞에서 걸음을 멈추고 자신의 휴대전화로 천득의 번호를 눌렀다. 천득은 걸음을 멈추고 휴대전화에서 흘러나오는 신호음 소리에 입을 짝 벌리고 웃기만 했다.

"여기서 이런 소리가 나오면 뚜껑을 열고 귀에 대란 말여."

팔도건강원이 한심하다는 얼굴로 폴더를 열고 휴대전화를 천득의 귀에 갖다 댔다.

"아여! 내 말 들려?"

"응."

천득이 귀에 대고 있던 휴대전화를 내리고 팔도건강원을 바라봤다.

"이런 젠장, 팔자에 없는 조교 노릇까지 할라니까 힘들구면. 내 말 똑똑히 들어, 여기서 아까처럼 벨소리가 들리면 이 뚜껑을 열고

귀에 대고 말을 하란 말여, 내가 다시 신호를 보내볼 테니까, 다시
해 봐."

팔도건강원은 짜증이 난 목소리로 말하다가 천득을 바라보던 시
선을 거두고 번호를 누르기 시작했다. 천득은 폴더 뚜껑을 열고 휴
대전화를 귀에 갖다 대고는 눈을 껌벅껌벅했다. 팔도건강원이 천득
의 솥뚜껑 같은 손을 끌어내리고 잠깐 기다리라고 말했다. 그 사이
에 길을 가던 행인들이 하나둘 모여 들었다.

"천득이 핸드폰 샀구먼."

"천득이 출세했네."

"천득이 성공했구먼."

"핸드폰 샀으니까 이제 애인만 있으면 되겠네."

상인들이 한마디씩 하는 말끝에 은행에 볼일을 보러 갔다가 오는
중이던 시장통닭집 여자가 거들었다.

"에이, 천득이는 여자 모르잖아. 그치?"

천냥백화점이 팔도건강원을 뒤로 밀어내고 천득이에게 휴대전화
받는 법을 가르쳐 주다가 물었다.

"드…… 등신. 우…… 우리, 엄마 여자, 서…… 선화보살, 여자."

천득이가 천냥백화점을 바라보며 한심하다는 얼굴로 웃었다.

"그려, 그려, 엄마도 여자고 선화보살도 여자지. 어이구 똑똑해
라."

시장통닭집 여자가 금방이라도 천득의 엉덩이를 툭툭 쳐 줄 것

같은 목소리로 하는 말에 구경꾼들이 와르르 웃기 시작했다.

아침부터 비를 뿌려댈 것처럼 바람이 눅눅했고 하늘은 우중충했
다. 열 시쯤부터 빗방울이 후드득 떨어지기 시작했다. 아침부터 하
늘이 예사롭지 않아서 물건을 가게 밖으로 내놓지 않은 가게의 주
인들은 팔짱을 끼고 하늘을 바라보거나, 우울한 표정으로 밖을 바
라봤다. 그렇지 않은 가게는 바쁘게 물건을 가게 안으로 들여놓거
나, 가게 앞 판매대에 내놓은 상품들이 비를 맞지 않도록 천막을 손
보거나, 빗물에 천막이 내려앉지 않도록 줄을 팽팽하게 조였다. 난
전에서 장사를 하는 상인들은 무표정한 얼굴로 점점 굵어지는 빗방
울을 바라봤다.

천득은 빗줄기가 제법 굵어졌는데도 우산을 쓰지 않고 비닐로 싼
과일박스를 어깨에 메고 척척 걸었다.

"우린 초치고 있는데 천득이 혼자 대목이구먼."

가게에 앉아서 물끄러미 바깥을 내다보고 있던 한 상인이 말을
던지자 천득은 히죽 웃는 것으로 대답을 대신하고 부지런히 걸었다.

"우산 좀 쓰고 다녀. 감기 걸리겠구먼."

순댓국집 여자가 가게 안에서 테이블을 닦다가 말고 소리쳤다.

"배달…… 배달."

천득은 순댓국집 여자에게도 하얗게 웃어주며 부지런히 걸었다.

"야, 그거 누구 거냐?"

노점에서 과일을 파는 사십 대 남자가 천득이를 불러 세우고 물었다.

"과······ 과일백화점."

"과일백화점이라면 병원 건물에서 과일 파는 오대수 말하는 거냐?"

난전에서 과일을 파는 남자는 비가 계속 내릴 것 같으면 장사를 접고 일찍 들어갈까, 아니면 비가 오더라도 수박 한 덩어리라도 팔아 볼까 하고 고민을 하고 있던 중이었다. 과일백화점이라는 말에 화가 불끈 치솟는 것을 느끼며 물었다.

"응."

"그 자식이 왜 시장까지 배달을 한다냐? 몫이 좋아서 여기가 아니더라도 과일 팔아먹을 데가 많을 텐데."

"몰라, 현대슈퍼, 현대슈퍼에 갖다 주는 거야."

천득이는 과일장사에게도 히죽 웃어주고 바쁘게 걸었다.

"하여튼 장사가 안 되려니까, 별 개 같은 것들이 다 끼어드네."

과일장사는 현대슈퍼에 배달을 하는 거라니 할 말은 없었다. 자신은 현대슈퍼에서 원하는 가격에 물건을 대 줄 수가 없었기 때문이다. 하지만 장사라는 것은 밑지고 팔아도 기분 문제다. 비는 부슬부슬 내리지, 장사는 안 되지, 시장바닥은 엄연히 자신의 영역인데 오대수 물건이 시장 안에까지 들어온다고 생각하니 억하심정에 과일상자를 빼앗아서 바닥에 내팽개치고 싶었다. 그러나 천득의 엄청난 덩치를 당해 낼 재간이 없어서 칵! 하고 가래침을 뱉었다.

"어서 와. 천득이 수고했는데 아이스크림 하나 줄까?"

현대슈퍼 안에는 손님이 한 명도 없었다. 현대슈퍼는 계산대 안에서 인터넷을 하다가 천득이를 흘끔 바라보고는 시선을 돌렸다. 그의 아내가 매장을 정리하고 있다가 비를 흠뻑 맞은 천득이를 반갑게 맞이했다.

"나, 아이스크림. 좋아. 잘 먹어."

천득이 아이처럼 손가락을 빨며 웃었다.

"어이구, 저 인간 좀 봐. 과일백화점에서 수고비로 천 원을 받았을 텐데, 천오백 원짜리 아이스크림으로 서비스를 해 주네. 저 지랄로 대책 없이 막 퍼주니까, 아무 걱정 없이 살만 찌지."

현대슈퍼는 천득에게 아이스크림을 건네주는 아내의 펑퍼짐한 몸매를 바라보며 눈살을 찡그렸다.

"이 비를 맞고 왔는데 그까짓 아이스크림이 뭐 대단하다고."

현대슈퍼 아내는 남편 말을 한 귀로 흘려보내며 천득을 바라봤다. 천득이 입은 청바지는 비에 흠뻑 젖어서 몸에 착 달라붙었다. 엉덩이는 사람의 엉덩이라고 믿어지지 않을 만큼 우람했다. 자신도 모르게 손바닥으로 천득의 엉덩이를 툭 쳐 주며 '맛있어?'라고 물었다.

"처…… 천득이 아이스크림 좋아. 자…… 잘 먹어."

천득은 거의 눈 깜짝할 사이에 아이스크림을 모두 먹어 버리고 빈 막대만 쪽쪽 빨았다.

"알았어. 나중에 오면 또 줄 테니까. 오늘은 그냥 가."

현대슈퍼 아내는 남편의 눈총만 없었다면 아이스크림 두 개가 아니라 다섯 개라도 주고 싶었다. 현대슈퍼가 컴퓨터 모니터를 향해 시선을 돌리고 마우스를 움직이기 시작했다. 그 틈을 이용해서 바위처럼 단단한 천득의 엉덩이를 툭툭 쳐주었다.

천득은 히죽히죽 웃으며 다시 빗속으로 파고들었다. 천득이 비를 맞으며 몇 발자국 걸어가고 있을 때였다. 현대슈퍼가 전화 수화기를 든 채 큰 소리로 천득을 불렀다. 천득은 걸음을 돌려서 슈퍼 안으로 척척 걸어 들어갔다.

"천득아, 너 큰길가에 있는 여관 골목 알고 있지?"

현대슈퍼가 수화기를 내려놓으며 천득에게 물었다.

"배…… 백조여관, 백조여관 있어."

"어이구, 우리 천득이 똑똑하네, 거기 두루마리 화장지 배달 좀 해 줘야겠다."

현대슈퍼는 계산대를 아내에게 맡기고 화장지 코너로 갔다. 화장지 세 롤을 끈으로 단단히 묶어서 천득이에게 안겼다.

"처…… 천 원."

천득이 화장지 뭉치를 어깨에 메고 손바닥을 내밀었다.

"이 자식 벌써 돈독이 올랐나? 너 과일백화점에서 천 원 안 받았어?"

"바…… 받았어."

"왜 받았어?"

"혀…… 현대슈퍼에 배달."

"그럼 이것도 백조여관에 배달해 줘야 하는 거야."

"천 원."

천득이 이해가 되지 않는다는 얼굴로 다시 손바닥을 내밀었다.

"천득이 똑똑한 줄 알았더니, 등신이네. 천득아, 과일백화점에서 왜 천 원 받았어? 현대슈퍼에 배달해 주라고 받은 거잖아. 그럼 현대슈퍼 것도 배달해 주는 거야. 무슨 말인지 알겠지?"

"응, 처…… 천득이 등신 아녀."

현대슈퍼 아내가 참나무 등걸 같은 천득의 등을 부드럽게 문지르며 살갑게 말했다. 천득은 그제서야 히죽 웃고 나서 빗속으로 파고들었다.

계속되는 열대야에 시장은 일찍 어둠 속으로 잠겨 들었다. 가게 전등불이 하나둘 꺼지기 시작하더니 열 시가 넘었을 때는 순댓국집에서만 희미한 불빛이 쏟아져 나왔다. 가끔가다 열풍기에서 뿜어 나오는 것 같은 미지근한 바람에 여자들이 한껏 웃어 젖히는 소리가 어둠을 깨트리기도 했다.

순댓국집 안에는 잉꼬떡집 아내, 시장통닭집 여자, 분식센터, 파리패션, 현대슈퍼 아내가 술을 마시고 있었다. 안주는 순댓국집에서

서비스로 내놓은 돼지머리 고기 김치찌개다. 술판은 처음에는 가볍게 맥주 한잔씩 하자는 것이었으나 곧 소주로 이어졌고, 급기야는 소주와 맥주를 섞어 마시기 시작하면서 웃음도 헤퍼졌다.

"시장통닭집은 요새는 천득이 엉덩이 만지는 재미로 사는 거 같아. 천득이가 우리 가게에 와 있을 때 손이 가만히 있을 때를 한 번도 못 봤다니까."

순댓국집 여자는 검은색 민소매 차림이라서 팔을 움직일 때마다 바가지를 엎어 놓은 것 같은 젖가슴이 출렁출렁거렸다. 맥주컵을 탁! 소리가 나도록 테이블에 내려놓고 시장통닭집 여자를 바라봤다.

"사돈 남 말하고 앉아 있네. 순댓국집은 아예 천득이를 전세 냈다니까? 천득이가 아침에 출근 도장 찍는 데가 어디야?"

시장통닭집 여자도 순댓국집 여자만큼은 아니었지만 살이 통통하게 찐 스타일이었다. 순댓국집 여자의 빈 잔에 소주부터 따르면서 현대슈퍼 아내에게 물었다.

"여기지."

"그럼 퇴근 도장 찍는 데는 어디게?"

"내가 알기로는 순댓국집 같은데."

테이블을 중심으로 앉아 있는 여섯 명의 여자들은 시장에서 십년 이상 장사를 하다 보니, 모두 허리가 굵었다. 사십 대 초반에서, 중반까지의 비슷한 연대가 말해주는 뱃살이기보다는 불규칙한 식사와 폭식에서 비롯된 뱃살이다. 유일하게 허리가 가는 파리패션이

'풋!' 하고 웃으면서 순댓국집 여자에게 시선을 돌렸다.

"이 여자는 천득이를 남편보다 더 끔찍하게 위한다니까. 천득이가 집에서 분명히 아침 먹고 나왔을 텐데, 지극정성으로 순댓국을 말아 주는 것은 약과여. 하루에 열 번이면 열 번 맨입으로 내보낼 때를 단 한 번도 못 봤다니까. 내 말 틀렸어?"

"근데, 천득이가 진짜 여자를 모를까?"

순댓국집 여자가 시장통닭집 여자에게 입술을 삐죽이고 나서 현대슈퍼에게 물었다.

"내가 볼 때는 여자를 모르는 것이 틀림없어. 엉덩이를 쓰다듬어도 아무런 반응이 없는 걸 보면 덩치만 태산만 했지, 거기는 어린애가 틀림없다니까."

"근데 발이 크면 거기도 크다는 말이 있잖아. 발은 엄청 크잖아. 신발가게에 맞는 신발이 없어서 구두수선소에서 만들어 신는다잖아."

분식센터가 젓가락으로 냄비 안을 휘젓다가 그냥 내려놓으며 웃음을 참는 얼굴로 말했다.

"아냐, 돌연변이도 있는 법이잖아. 현대슈퍼 말이 맞아. 내가 볼 때도 통 그건 모르는 거 같아. 안 그러면 내 이 예쁜 손으로 만져주는 데도 목석처럼 먼 산만 바라보고 있겠어?"

"어머머, 시장통닭집 손가락이 예쁘면 내 손은 아가씨 손이겠네."

순댓국집 여자가 살이 쪄서 물에 통통 불은 것 같은 손가락을 펴 보이며 얌전하게 말했다.

"서로 누구 손이 예쁜지 다투지 말고 천득이한테 직접 물어 보지 그래?"

파리패션이 묘한 웃음을 지으며 은근한 목소리로 말했다.

"그럴까?"

현대슈퍼 아내가 두 눈을 반짝이며 응수하자 순댓국집 안에는 일시에 숨소리가 멎었다. 여자들은 서로의 얼굴을 바라보며 음모를 계획하는 표정으로 천천히 고개를 끄덕거렸다.

"그럼 천득이 집으로 부르러 가야 해?"

"분식센터가 천득이 쓸 일 없으니까 천득이가 핸드폰 가지고 다니는 거 모르지?"

현대슈퍼 아내가 터져 나오려는 웃음을 손바닥으로 막으며 말했다.

"맞어. 천득이 핸드폰에 전화를 하면 되겠네?"

분식센터가 고개를 움츠리고 킥킥 웃으며 순댓국집 여자를 바라봤다.

"큼큼……."

순댓국집 여자는 천득의 휴대전화 번호를 눌렀다. 신호가 가자 목소리를 가다듬으며 여자들에게 조용히 하라고 손가락으로 입을 가렸다.

"에이……."

천득이와 통화한 순댓국집 여자는 실망을 한 얼굴로 여자들을 바라봤다.

"지금 어디 있는데? 집에 있대?"

"큰길가에 있는 과일백화점에서 술 마시고 있대. 과일백화점 사장하고……."

"천득이 요즘 툭 하면 거기 가 있는 거 같애. 언젠가도 은행에 갔다가 오면서 보니까 과일가게 안에 앉아 있더라구. 다시 전화해 봐. 여기는 술만 있는 것이 아니고 꽃밭이니까 어서 오라구 말야."

파리패션이 은근한 목소리로 말하며 시장통닭집 여자의 살찐 옆구리를 찔렀다.

"오늘만 날인가 뭐? 내일이라도 조용히 불러서 물어보면 되잖아."

현대슈퍼 아내가 자신도 모르게 한숨을 내쉬며 술잔을 들었다.

"천득이가 그걸 모르든지 알든지 상관없어. 말이야 바른말이지만 그래도 요즘은 천득이 보는 재미라도 있으니까 살 만하잖아. 솔직히 우리가 뭔 재미로 세상을 살아? 예전처럼 장사가 잘되면 장사해서 돈 모으는 재미로 살지. 애들이 공부를 잘 해서, 애들 보는 재미로 살아, 월급쟁이 남편 둔 여자들처럼 보너스 기다리며 여름휴가 기다리는 재미로 살아, 이건 뭐야? 남들이 우리를 볼 때는 하루 종일 선풍기 앞에 앉아서 텔레비나 보면서 장사나 하는 편안한 여자들이라고 하지만 솔직히 뭔 낙이 있어. 안 그래?"

"남편 보는 재미로 살잖아?"

"어휴, 한 달에 한 번 의무방어전도 외상으로 하는 남편? 남편이 직장 다니는 여자들은, 남편 출근시키고 애들 학교 보낸 다음에 모여서 커피도 마시고, 점심도 같이 해 먹고 등산도 다니면서 재미있게 산다는데 도대체 우린 뭔 낙으로 살아야 하는 거야?"

현대슈퍼 아내가 한숨을 내쉬고 나서 술잔을 들었다.

"현대슈퍼는 미우나 고우나 서방님하고 함께 장사를 하잖아. 우리 집 인간은 나는 없어도 살지만 낚싯대 없으면 못 사는 인간이라구."

순댓국집 여자가 짧고 살찐 팔뚝 살을 출렁거리며 소주를 섞은 맥주잔을 들었다.

"그래서 술이라는 것이 생겨난 거잖아. 자, 자, 건배!"

파리패션이 순댓국집 여자의 등을 토닥거리며 술잔을 들었다.

"그려, 우리 팔자에 이렇게 만나 술 마시고 수다 떠드는 것만 해도 큰 복이지 뭐."

시장통닭집 여자도 자신의 술잔을 순댓국집 여자의 술잔에 쨍그랑 소리가 나도록 부딪쳤다.

유아독존

맑은 하늘에서 개 오줌 갈기듯 찔끔찔끔 비가 내렸다. 집을 나서는 사람은 우산을 들고 나가야 할지, 그냥 나가야 할지 고민했다가 구름 한 점 없는 하늘을 보고 그냥 나섰으나 찔끔거리는 빗줄기를 맞고는 걸음을 멈추고 하늘을 노려봤다.

비가 찔끔찔끔 내리니 과일백화점에도 손님들이 기웃거리지 않았다. 오대수는 가게 안에 쪼그려 앉아서 거리를 물끄러미 바라봤다. 편의점에는 비가 찔끔거리는 데도 손님들이 꾸준하게 들락거렸다. 뉴욕 양키스 모자를 쓴 김국태가 길게 하품을 하며 편의점에서 나왔다.

나도 과일장사 때려치우고 편의점이나 할까?

오대수는 김국태와 시선이 마주치는 순간 쪼그려 앉은 자세로 엉덩이를 들썩거리며 표정 없이 눈인사를 했다. 김국태는 모자챙을 들썩거리는 것으로 인사를 대신했다. 큰길가에는 편의점이 한 곳

뿐이어서 이른 새벽부터 곧잘 장사가 되는 편이다. 오대수는 과일이 불티나게 팔리는 복날이나 명절 대목에는 편의점이 부럽지가 않았지만, 장사가 안 되면 업종을 바꿔보고 싶은 생각이 문득문득 들었다.

소매가 긴 푸른색 재킷을 입은 사십 대 중반의 남자가 상품권을 한 뭉치 들고 걸어왔다. 오대수는 가물가물 졸리던 눈이 번쩍 떠지는 것을 느꼈다. 남자는 곧장 벽 하나를 사이에 두고 있는 아름다운 나라꽃집으로 들어갔다. 상품권을 현금으로 교환하러 들어간 것일 테다.

젠장, 앞으로 가나 뒤로 가나 서울만 가면 그만 아냐?

오대수는 일어나서 주머니에서 휴대전화를 꺼내들고 다시 쪼그려 앉았다. 아내에게 전화를 걸어 급한 일이 있으니 빨리 가게로 나오라고 일방적으로 말한 후 전화를 끊었다.

"보람이 수영장 데리고 가기로 했는데……."

과일백화점에 도착한 오대수의 아내가 퉁퉁 부은 얼굴로 말꼬리를 흐렸다.

"수영장 같은 얘기만 골라서 하고 있네. 돈을 벌어야 수영장을 가든지, 캠핑을 가든지 할 거 아냐?"

오대수는 투덜거리는 아내를 흘겨보며 밖으로 나갔다. 빗방울이 투두둑 떨어졌으나 그는 하늘은 쳐다보지도 않은 채 과일백화점 옆으로 갔다.

2층 병원으로 올라가는 계단 입구에는 다리에 깁스를 하고 휠체어에 앉아 있는 환자와, 깁스한 팔을 어깨에 걸고 있는 환자, 가슴에 복대를 한 환자가 아스팔트에 툭툭 떨어지는 빗방울을 멍하니 바라보고 있었다.

오대수는 바다이야기 문을 여는 순간 짜릿한 열기 같은 것이 얼굴을 혹 덮는 것을 느꼈다. 도시는 소리 없이 비에 젖고 있는데 바다이야기 안은 딴 세상이다. 실내의 조명은 게임기 화면이 선명하게 보이도록 적당히 어두웠다. 백여 대의 게임기 앞에는 각양각층의 사람들이 서 있거나 앉아 있었다.

게임기 앞에서 밤을 꼬박 새우느라 토끼처럼 눈이 빨갛게 충혈된 사람, 몇 날 며칠을 토끼잠을 자며 게임을 하느라 갈라지고 터진 입술로 담배를 물고 있는 사람, 회사에 출근했다가 몰래 빠져나오느라 와이셔츠 바람에 넥타이를 매고 있는 사람, 배달 나왔다가 잠깐 한 게임만 한다는 것이 벌써 서너 시간째로 이어지고 있는 변동시장의 상인, 남편이 출근하자마자 게임장으로 출근한 아낙네, 밤을 새워 영업하고 새벽에 나오느라 아직 술이 덜 깬 호스티스, 어젯밤에 친구 따라 게임장에 들렀다가 친구 먼저 보내고 혼자 앉아 있는 청년, 바람난 여자, 학원강사, 의사, 영감, 할머니, 퇴직자 등 이 모든 사람들이 오직 한마음 한뜻으로 고래를 잡겠다고 모니터를 노려보며 앉아 있었다.

바다이야기의 모니터는 직사각형으로 된 24인치 LCD 화면이다.

화면 상단에는 별들이 총총한 푸른 밤하늘이 있었는데, 그 밤하늘에서 노란색의 메달이 쉴 새 없이 눈송이처럼 내리고 있었다. 수면 안에서 끊임없이 평영을 하고 있는 도미나 광어, 낙지 등에 메달이 맞으면 점수가 올라간다.

바다에서 포경선을 타고 고래를 잡는 것만 어려운 것이 아니다. 바다이야기 앞에 앉아서 줄담배를 피우며 고래를 잡는 것도 산속의 승려나, 수도원의 수도사가 고행을 하는 것만큼이나 어렵다. 게임기 앞에 앉아 있는 사람들은 가능한 편안한 자세로 의자에 앉아서 무심하게 모니터를 응시하고 있는 것처럼 보였다. 하지만 머릿속에는 온갖 잡념들이 홍수가 지나간 호수에 떠 있는 온갖 부유물처럼 떠다니고 있었다.

지금까지 처박은 돈이 이백만 원이다. 슬슬 거북이가 나타날 시간인데 이놈의 기계, 혹시 벙어리 아닌가? 젠장, 어제 저녁에는 친구 놈 부친상을 당했다는 핑계로 넘어갔는데, 오늘 저녁은 또 뭘 핑계를 댄다냐. 부장새끼, 시내 출장 간 놈이 함흥차사라고 노발대발하겠군. 좋아, 딱 십만 원만 찍어 보는 거야. 그때까지 고래가 안 나오면 미련 없이 궁둥이 털고 일어서는 거야. 오늘까지 처박은 돈이 도대체 얼마야? 천만 원짜리 적금 깬 것은 둘째 치고, 회사에서 퇴직금 대출 이천만 원, 아파트 담보 대출 오천만 원, 카드깡 한 거 하고 대충 계산해도 일억은 넘는구먼. 마누라하고 이혼하길 잘했지. 어차피 쫑난 인생, 이렇게 살다 죽는 거지 뭐.

중세의 수도사처럼 속알머리가 없는 중년 남자가 만 원짜리 석장을 연거푸 게임기에 밀어 넣으며 한숨을 내쉬었다. 그의 한숨소리가 옆자리까지 들렸지만, 옆에 앉아 있는 삼십 대 초반의 원피스 여자는 쳐다보지도 않았다.

게임기에 몇백만 원 이상 처박은 경험자라면 고래가 맘과 뜻처럼 쉽게 나타나지는 않을 것이라는 것을 터득하게 된다. 사람은 절대로 게임기와 싸워서 이길 수 없다는 것도 알고 있다. 설령 고래 한 마리를 잡아서 이백오십만 원을 번다 치더라도, 나중에는 결국 그 몇 배를 토해내야 한다는 것도 모르지 않았다. 그런데도 그들이 바다이야기를 계속 찾을 수밖에 없는 이유는 이미 고래 몇 마리 값을 투자했고, 그 투자금을 회수하려면 계속 게임기에 돈을 집어넣을 수밖에 없기 때문이다.

짧게는 이삼십 분, 길게는 며칠 동안 번뇌의 길을 걷다보면 어느 순간 화면은 캄캄한 밤하늘로 바뀌고 거북이가 나타난다. 까칠한 입술에 붉게 충혈된 눈빛으로 게임기를 바라보고 있던 사람의 얼굴에 긴장감이 흐른다. 거북이가 가오리로 바뀌고 상어가 나타나면 게임을 하는 사람은 마른침을 꿀꺽 삼키면서 게임기의 모니터가 뚫어져라 노려보기 시작한다.

"고래다!"

시크상어가 24인치 LCD 화면을 뚫어 버리고 밖으로 나올 것처럼 유영을 하는 동안 숨조차 쉬지 않고 있던 사이에 거대한 귀신고래가 나타났다. 파란색 티셔츠를 입은 남자는 포경선의 뱃전에서 망망대해를 바라보며 고래를 찾고 있던 선원처럼 너무 흥분해서 얼굴이 터져 나가버릴 것 같은 얼굴로 고함을 질렀다.

"어디?"

고래를 잡았다는 파란색 티셔츠의 외마디에 게임장 안에 있는 선원들은 고래가 있는 곳으로 우르르 몰려갔다.

"이십육 번!"

누구보다 빠르게 고래가 출현한 게임기 앞으로 뛰어간 종업원이 우뚝 멈춰서 모니터를 노려보았다. 망루에 있는 장내 아나운서를 바라보며, 좌현으로 다섯 시 방향이라고 외치는 포경선의 선원처럼 고래가 나타난 게임기 번호를 손가락으로 제시해 주었다.

"이십육 번 오늘 대형사고 치네, 새벽에도 고래가 나왔었는데."

"돈 천만 원 이상 먹었으니까 토해낼 때도 됐지 머."

"젠장, 난 벌써 두 장이 들어갔는데도 상어 새끼 한 마리도 안 나와."

수평선에서 춤을 추던 고래가 사라지고 카지노의 슬롯머신 같은 화면의 센터에 릴이 빠르게 돌아간다. 릴이 멈추면서 센터에 조커 네 개가 나란히 멈췄다. 오대수는 고래가 나올 자리를 염탐하고 있다가 가슴이 덜컹 내려앉는 기분으로 고래가 나온 기계 앞으로 다가갔다.

선원들은 숨을 멈추고 조커가 연기처럼 사라진 후에 몇 마리의 진주조개가 나올 것인지 지켜보았다. 게임기에서 전쟁터의 군인들에게 용기를 불어주기 위해 울려대는 듯한 북소리가 둥둥둥 흘러나오기 시작했다. 그룹 퀸의 '널 흔들어 버릴 거야 We will rock you'라는 노래의 전주곡이다.

이보게 친구, 넌 남자잖아……. 한번쯤 소란을 피워보라구……. 거리에서 방황하다 보면 언젠가 대단한 사람이 될 거야……. 얼굴에 흙이 묻으면 어때, 부끄러운 줄 알라구……. 이리저리 돌아다니며 소란을 피워보라구…….

대낮부터 게임장에서 도박하는 것과 얼굴에 흙을 묻히고 거리를 돌아다니는 것하고는 사촌지간이다. 게임기는 얼굴에 흙을 묻히고 돌아다니라고 합창을 해 대지만 고래를 잡은 사람에게는 팡파르로 들린다.

오대수는 뒷주머니에서 이십만 원을 꺼내서 길게 말아 쥐고 빈자리에 앉았다. 어쩐지 오늘은 고래가 나올 것 같은 예감이 짙었다. 고래만 나온다면 이백오십만 원이다. 수수료 5프로를 공제해도 이백삼십만 원이 넘는다. 이백삼십만 원이면 거의 반달 동안 장사를 해야 벌 수 있는 돈이라는 생각에 가슴은 두근두근거렸다.

26번 게임기에서 조개 네 마리가 센터에서 반짝반짝이다 한 개씩 열리기 시작하면 망루의 장내 아나운서 목청이 터진다.

"이시입유욱 버언! 소오온님, 고래를 춤추게 만드시고! 연타에, 연타로 오배액마안 격파!"

장내 아나운서는 마치 이 순간을 위해서 망루에 쪼그려 앉아서 백여 대의 게임기를 노려보고 있었다는 얼굴로 한껏 목청을 돋우었다.

"이십육 번 손님 연타로! 이배액오십!"

"축하합니다. 이십육 번 손님 연타로! 이백오십만 격파!"

"이십육 번 쌈박하게 고래 잡으시고 현금으로 이백오십만 격파!"

장내 아나운서의 선창이 끝나기 무섭게 일부러 한곳에 모여 있지 않고 사방으로 흩어져 있던 종업원들이 합창을 했다.

"시펄! 좀 조용히 못해!"

"젠장, 엎어진 놈 아주 밟아 뭉개는구먼."

"밤 꼴딱 새우고 삼백이나 집어넣었는데도 가오리 한 마리도 못 잡은 놈 복창 터져 죽는 꼴 볼라고 곡을 하는구먼. 아주 곡을 햐."

누구나 부자가 될 수 없는 것처럼 누구나 고래를 잡을 수 있는 것은 아니었다. 베토벤의 '운명'도 기분 좋은 날 들을 때는 경쾌하게 들리고 망자의 앞에 선 유가족의 귀에는 장송곡으로 들리는 법이다. 고래를 잡은 사람의 귀에는 장내 아나운서와 종업원들이 외치는 목소리가 팡파르로 들리겠지만, 속절없이 게임기에 만 원짜리 지폐를 연속으로 밀어 넣고 있는 사람들의 귀에는 목젖이 보이도록 깔깔거리며 비웃는 목소리로 들릴 것이었다.

게임기는 한꺼번에 오천 원짜리 상품권 500장을 토해내지 않는다. 법규상 시상 한도액은 오천 원짜리 상품권 4장 이만 원이다. 1

회 시상 한도가 이만 원이면 법률상 사행성으로 규제를 할 수 없다는 것이다. 눈 감고 아웅하는 식으로 게임기는 두 번에 한 번 꼴로 조커를 잡게 해서 이만 원씩 연타로 토해냈다. 고래를 잡은 사람은 포경선의 선장처럼 느긋하게 담배 연기를 날리며 기다리고 있기만 하면 상품권 500장이 쌓이게 되는 것이다.

그 상품권을 과일백화점 이웃에 있는 아름다운나라꽃집으로 가지고 가면, 수수료 5% 125,000원을 공제한 차액 2,375,000원을 현금으로 내준다.

천득이 방에 있는 병원 침대는 그의 키보다 작았다. 두 다리를 침대 밖으로 늘어트리고 잘 수는 없는 노릇이라 등 뒤에 이불을 비스듬하게 고여 두었다. 그 덕분에 침대에 비스듬하게 누우면 창문 밖으로 안개등 불빛에 희미하게 누워 있는 철도가 보였다.

무궁화 열차의 불빛이 직선으로 어둠을 가르며 달려가고 있었다. 기차가 달려가는 동안 창틀이 들들들 떨렸으나 천득이는 물론이고, 천득어미와 선화보살 중, 어느 한 명도 신경 쓰는 이가 없었다. 천득은 콧노래를 부르다 기차가 달려가는 동안 잠시 입을 다물고 있었을 뿐이었다.

천득어미 등 뒤에는 인쇄소로 가져갈 쇼핑봉투 묶음이 벽의 절반까지 쌓여 있었다. 그 앞에 앉아 있는 천득어미는 소주를 약 삼키듯 찔끔 마셨다. 침대에 벌렁 누워있는 천득이를 바라봤다. 키가 커서 발목이 침대 끝에 걸쳐져 있다. 천득의 올해 나이는 서른 살이다. 정신이 멀쩡하게 박혀 있는 자식 같았으면, 덩치로 보나 기운으로 보나 결혼해서 한 살림 꾸리고 있을 나이다. 반편이도 나이가 들면 세상 돌아가는 이치를 모를망정 눈치는 는다고 하는데, 천득이는 초등학교 일 학년생으로마냥 머물고 있었다.

"에이그…… 천득이 장가만 보낼 수 있다면 오늘 죽어도 소원이 없겠어."

천득어미는 검은색 비닐봉지 안을 뒤적거리다가 순대 한 점을 손으로 끄집어 내서 오물오물 씹으며 푸념 섞인 목소리로 중얼거렸다.

"장가를 가면 뭐햐? 멀쩡한 처자 데려다 독수공방 시킬 일 있남?"

책상다리에 기대 앉아 있는 선화보살은 원피스를 입은 한쪽 무릎을 세우고 있어서 넓적다리가 훤히 드러나는 데도 개의치 않았다. 침대에 누워 기린 다리처럼 긴 다리를 흔들고 있는 천득이를 흘끗 바라보고 나서 피식 웃었다.

"먼 소리여? 자가 정신이 모자라서 그렇지 딴 거는 멀쩡햐. 외려 성능은 더 좋을껴."

"참말로?"

"츠! 내 말을 못 믿겠으면 한번 만져 봐."

"엊저녁에 최영장군이 꿈에 납시더니 총각 고추를 만져 보라는 계시였는가?"

선화보살은 샐쭉이 웃으면서 일어섰다. 천득어미가 술을 마시다 말고 '저 여편네가 미쳤나?' 하는 얼굴로 쳐다봤으나 샐쭉샐쭉 웃으며 천득의 물건을 덥석 잡았다.

'으메! 완전히 당나귀구먼.'

그녀는 스무 살에 결혼했지만 신이 들리는 바람에 결혼 생활을 일 년도 못 채우고 시댁에서 쫓겨났다. 신이 들려서 그랬는지 모르겠지만 밤마다 달려드는 남편이 징그럽기만 했었다. 나이가 들어서 그런지, 남자의 손길을 거의 이십몇 년 이상 느껴보지 못해서 그런지, 거대한 물건의 촉감이 머리부터 발끝까지 짜릿하게 만드는 순간 입이 턱 벌어졌다. 그러나 천득어미 앞에서는 입술을 삐죽거리며 돌아섰다.

천득어미는 술 한 모금을 찔끔거리려다 말고 선화보살을 바라봤다. 천득이가 비록 정신이 모자라기는 했지만 엄연한 총각이고, 선화보살은 성(性)을 초월한 무당이다. 천득어미가 알고 있는 무당들 중에는 남자를 싫어하는 이들이 많았다. 어떤 무당은 남편에게 일부러 첩을 얻어주고 살기도 한다고 한다. 그런 쪽으로 생각하면 선화보살이 천득의 성기를 만지는 것이 아니라 알몸을 쓰다듬는다고 해도 문제가 되지 않는다. 그런데도 천득의 고샅을 주무르고 나서 입술을 삐죽거리는 모습을 보니 기분은 좋지 않았다.

"물러터진 오이지가 따로 없구먼, 완전히 물렁탱이여. 아직 장가 갈 때는 안 된 거 같구먼. 하지만 홀아비로 늙어갈 팔자는 아닝께 걱정 뉘."

선화보살은 마음속으로는 혀를 내둘렀지만 겉으로는 너스레를 떨면서 천천히 술잔을 들었다.

놀란 쪽은 천득이었다. 며칠 전에 술에 취한 순댓국집 여자가 자신의 사타구니를 주물렀을 때처럼 이상한 느낌이 살아났다. 틀린 것이 있다면 순대를 썰던 억센 손으로 만졌을 때보다, 선화보살의 야들야들한 손이 만졌을 때의 감촉은 짜릿하다 못해 기분이 이상해질 정도였다. 천득은 거의 순간적으로 입 안의 침이 바짝 말라 버렸다. 마른침을 꿀꺽 삼키면서 두 눈을 동그랗게 뜨고 선화보살을 내려다봤다.

"먼 소리를 하고 있는 거여. 남자 꺼 귀경한 지가 너무 오래되서 감각이 없나 벼. 내가 참말로 실물을 보여줘야 믿겄어?"

천득어미는 천득이가 정신이 모자라기는 하지만 정상인들보다 몇 배나 장대한 육체를 은근히 자랑스럽게 여기고 있었다. 남자의 상징이라 할 수 있는 물건이 물러터진 오이지와 같다는 말을 듣고 나니 화가 나서 금방이라도 천득의 실물을 보여줄 것처럼 엉덩이를 들썩거렸다.

"흥! 써먹어야 연장이지, 아무리 연장이 좋아도 써먹지 못하면 쉬어터진 오이지하고 뭐가 달라."

선화보살은 입술 끝으로 웃으며 천득을 바라봤다. 천득의 풀어진 눈빛이 술 때문은 아닌, 발정난 수캐처럼 보였다. '저놈이, 나한테 동했나' 하는 생각이 들면서 이상하게 기분이 울렁거렸다. 소주잔을 홀짝 비우고 나서 스스로 잔을 채우며 혀로 입술을 핥았다.

"아! 장가를 가야 써먹든 말든 하지. 이 늙은 어미가 등신 자식을 데리고 색싯집에 들이댈 수도 없는 노릇 아녀……."

천득어미는 화를 내다가 갑자기 목소리를 낮추며 선화보살을 뜯어보았다. 빈정거리는 목소리가 꼭 질투를 하는 여인네의 투정으로 들렸다. 그녀의 나이는 마흔다섯 살로 스무 살에 결혼했었다니 내림굿을 받지 않았다면 손자를 볼 나이였다. 시집가서 일 년이 되기 전에 신이 들려서 소박을 맞고 쭉 혼자 살아서 그런지 피부며 살결이 탱탱했다. 일을 하지 않아서 가늘고 긴 손가락은 고왔다. 그 손으로 거의 이십몇 년 만에 남자의 그것 중에 유아독존이라 할 수 있는 천득의 건장한 그것을 주물러 봤으니 목소리에서 갑자기 쇳소리가 나는 지도 모를 일이다.

"형님은 벌어 놓은 돈 좀 있나 보네. 천득이 데리고 기생집 갈 생각을 하는 걸 봉께."

선화보살이 두 다리를 쭉 뻗으며 슬쩍 천득어미의 신경을 긁었다.

"말이 그렇다는 말이지. 내가 왜 세상에 하나밖에 없는 아들을 기생 장가를 보냐. 차라리 길거리 거지한테 장가를 보낼망정 기생한테 보낼 생각은 없구먼."

"최영장군님이 총각으로 늙어죽지는 않을 거라고 했잖아."

"맞는 말여. 짚신도 짝이 있다고 하는데 수족 멀쩡한 천득이한테

짝이 없을까. 천득이는 멀쩡항께 수족이 좀 부족하더라도 정신 멀쩡한 여자라도 있으면 내일이라도 짝을 맞춰 줄 생각이구먼. 우리 집 살림에 예식장 얻어서 딴따라할 처지는 못 되고 찬물 한 그릇 떠 놓고 맞절만 하면 그만이지 뭐."

천득어미는 순대를 오물오물 먹으며 천득이를 바라봤다. 천득이는 제 이야기를 하고 있다는 것을 아는지 모르는지 침대에 벌렁 누운 채로 손을 흔들어 가며 콧노래를 부르고 있었다. 불쌍한 자식이다.

오대수는 오전에 일찌감치 바다이야기에 출근해서 이십만 원을 털어먹고 점심을 거른 채 소주를 마셨다. 그러다 깜박 잠이 들었는데 빗줄기 소리가 요란해서 눈을 떠 보니 소나기가 내리고 있었다. 선풍기를 틀어 놓고 낮잠을 자던 중이라 와이셔츠 단추가 모두 풀어졌는데 그 차림으로 후다닥 밖으로 뛰어 나갔다.

편의점에서 소나기가 그치길 기다리고 있던 사람들은 과일백화점에서 어떤 남자가 뿔난 망아지처럼 밖으로 뛰어 나오는 모습을 보았다. 남자는 모닥불 옆에서 꾸벅꾸벅 졸다가 불구덩이에 빠진 얼굴로 억수같이 쏟아지는 소나기를 맞으며 허둥거리고 있었다. 좌판에 덮은 비닐은 원래 두 명이 양쪽에서 덮어야 하는데 혼자 허겁지겁 설치다 보니, 한쪽을 덮으면 다른 한쪽이 비바람에 날리고, 이쪽을 덮으면 저쪽이 펄렁거리다 보니 금방 물에 빠진 생쥐 꼴이 되고 말았다.

간신히 좌판을 덮은 오대수는 화가 나서 견딜 수가 없었다. 얼굴
이 아프도록 쏟아지는 하늘을 노려보며 주먹질을 해 보이고 나서
어금니를 바드득 소리가 나도록 갈며 가게 안으로 들어갔다. 그 사
이에 아스팔트를 자욱하게 덮던 수증기는 열기를 식히며 주저앉고
말았다. 하늘도 검은색 망토를 깔아 놓은 것처럼 캄캄했다. 그때 천
득이가 찢어진 우산을 쓰고 앞을 지나가고 있었다.

"천득아!"

오대수는 천득이가 조금만 일찍 가게 앞을 지나갔더라면 빗물에
젖어 버린 과일을 일일이 닦아야 하는 수고도, 비를 맞아서 파치가
나 버려야 할 딸기며 포도는 없었을 것이라는 생각이 불쑥 들었다.
화가 난 얼굴로 천득을 불렀다.

천득이는 요즈음 오대수의 가게에 매일 출근도장을 찍을 정도로
출입을 하고 있는 중이다. 오대수가 부르는 소리에 깜박 잊고 그냥
지나칠 뻔했다는 얼굴을 하고는 과일백화점 안으로 들어갔다.

"너 이 새끼?"

천득이가 가게 안으로 들어오니 바지와 윗도리에 머물러 있던 빗
물이 주르르 흘러내려 바닥이 물을 뿌려 놓은 것처럼 흥건해졌다.
오대수는 바닥에 흥건한 물을 보니 더욱 화가 났다. 그동안 천득이
를 지켜본 경험을 반추해 보면 몇 대 후려갈겨도 반항을 못하는 아
이 같은 놈이었다. 팔짝 뛰어 오르며 천득의 따귀를 갈기려고 했다.

천득이 히죽 웃으려다 상황의 심각성을 깨닫고 슬쩍 물러섰다. 그 모습에 더 화가 나서 빗물에 젖은 구둣발로 천득의 정강이를 갈겨 버렸다.

"아…… 아 아파."

천득은 정강이가 너무 아파서 허리를 숙였다. 오대수는 기다렸다는 듯이 주먹으로 천득의 얼굴을 후려쳤다.

"아파! 때리지 마!"

천득은 반항하지 않고 얼굴을 감싸며 눈물을 철철 흘렸다. 오대수는 자신보다 덩치가 거의 두 배 이상이나 큰 천득이 반항하지 않고 우는 모습을 보자 짜릿한 희열이 등골을 때렸다.

과일백화점 건너편의 편의점에는 갑작스럽게 내리는 소나기를 피해 들어간 사람들이 유리벽에 눌어붙어 서 있었다. 그들 중에 무심코 과일백화점 안을 바라보던 사람들은 깜짝 놀란 얼굴로 제 눈을 비비거나, 눈을 끔벅끔벅거리며 침을 삼켰다. 오대수가 수건을 권투 글러브처럼 주먹에 말아 쥐는가 싶더니 천득의 복부를 내갈겼다.

천득이를 마구잡이로 후려치고 있는 오대수, 오대수의 주먹과 발길질을 피하며 울상을 짓고 있는 천득의 모습은 누가 보더라도 초등학생이 대학생을 때리고 있는 광경으로 보였다. 만약 격투기 경기장에서 오대수와 천득이 대결을 한다면 열이면 열 모두 천득이 쪽으로 돈을 걸 것이었다. 그런데도 천득이는 일방적으로 맞고 있었고, 오대수는 시뻘겋게 달아오른 얼굴로 천득에게 주먹질과 발길질을 해댔다.

"저 사람, 저거 말려야 되는 거 아닌가?"

소나기를 피해서 편의점에 들어간 김에 담배를 구입한 남자가 황당하다는 얼굴로 옆에 서 있는 잉꼬떡집에게 물었다. 잉꼬떡집은 남자를 흘끗 바라보고 편의점 쪽으로 시선을 돌렸다. 그 광경을 본 잉꼬떡집은 도저히 자신의 눈을 믿을 수 없다는 얼굴로 유리벽에 내려앉은 습기를 문질렀다.

저놈이 저 정도로 바보였나?

잉꼬떡집은 휴대전화를 꺼내서 천득이가 사정없이 맞고 있는 모습을 찍고 싶었다. 하지만 보는 눈이 너무 많았다. 명색이 변동 의용소방대장인데 변동시장의 심부름꾼 천득이가 얻어터지고 있는 모습을 뜯어말리지는 못할망정 휴대전화로 찍어서 상인들에게 보여줄 수는 없었다. 이럴 때는 그냥 구경만 하고 있는 것이 상책이라는 생각이 들면서도, 혼자 구경하기에는 목구멍이 간질간질거려서 미쳐 버릴 것 같았다.

김국태는 카운터 안에서 껌을 짝짝 소리가 나도록 씹으며 뉴욕 양키스 모자를 바로 썼다. 유리벽에 기대어 있는 사람들이 모두 길 건너 과일백화점을 주시하고 있는 것을 보자 자기도 모르게 카운터 밖으로 나가 유리벽 앞으로 걸어갔다.

우와!

김국태는 뒤를 돌아다 봤다. 매장 안에는 아무도 없었다. 유리벽 앞으로 더 바짝 붙어섰다. 오대수에게 무지막지하게 얻어맞고 있는 천득을 보니 가슴이 울렁거리면서 주먹에 힘이 들어갔다.

"야, 임마! 아까 가게 앞을 지나가다 비가 오는 걸 알았으면 냉큼 나한테 알렸어야 되는 거 아냐?"

오대수는 지쳐서 더는 천득을 때릴 수가 없었다. 거친 숨을 내쉬며 냉장고에서 생수를 꺼내어 콸콸콸 입안에 부어 버리고 숨찬 목소리로 말하며 생수병으로 천득이의 배를 쿡쿡 찔렀다.

"아…… 알았어. 마…… 말해 줄게."

천득이는 얻어맞은 자리를 손으로 문지르면서 의자에 앉았다. 눈가에는 눈물이 그렁하게 맺혔지만 맞은 자리는 더 이상 아프지 않았다.

변동시장 번영회원들이 야유회를 가는 날이다.

새벽 안개가 걷히기도 전에 관광버스 두 대가 시장 초입의 천냥백화점 앞에서 정차했다. 관광버스 운전사들이 천냥백화점 앞에 있는 자판기에서 커피 한 잔씩을 뽑아 마실 무렵, 현대슈퍼의 배달차가 도착했다.

팽 회장과 팔도건강원이 나타난 것은 현대슈퍼가 관광버스 짐칸에 음료수와 맥주, 소주 박스를 적재하고 난 후였다.

"박 사장, 일찍부터 수고 많구먼. 오늘 오랜만에 코가 삐틀어지도록 마시는 날이잖여. 내일 장사하는데 지장 없으라고 보약 가지고 왔지."

"이래봬도 나 뒤끝 없고 화끈한 놈여."

팔도건강원은 지난번 회의 때 현대슈퍼와 다툰 후로는 그의 얼굴을 보지 않고 지냈다. 야유회에서 먹고 마실 술이며 음료수와 마른 안주를 구입하는 것도 원래는 농협마트에서 살 생각이었다. 하지만 팽 회장이 평생 현대슈퍼와 등지고 살 생각이냐고 다그치는 통에 현대슈퍼에서 먹을거리를 구입했다. 현대슈퍼가 오천 원짜리 피로회복제를 내밀자 멋쩍게 웃으면서 받았다.

"아유, 나하고 일이 년 알고 지내는 것이 아니잖아. 나도 한번 사람 사귀면 죽을 때까지 가는 놈여. 자! 회장님도 한 병 드셔. 이게 이래봬도 산삼 추출물로 만든 것이라서 술을 암만 마셔도 끄떡없슈."

현대슈퍼는 팔도건강원 못지않게 민망하게 웃으며 팽 회장에게도 피로회복제를 내밀었다.

안개가 걷히고 땅바닥이 이슬에 축축하게 젖을 무렵 천득이가 나타났다. 평소처럼 청바지에 헌 와이셔츠 차림이 아닌, 양복바지에 반팔 티셔츠 차림으로 히죽히죽 웃으면서 관광버스 안을 기웃거렸다.

"천득이가 일착이구면, 오늘 바닷가로 회 먹으러 간다고 누구한테 들었냐?"

팽 회장이 뒷짐을 지고 두어 걸음 뒤로 물러서서 턱을 치켜들고 물었다.

"물어보나 마나 순댓국집에서 말해줬겠쥬, 뭐."

팔도건강원이 빙글빙글 웃는 얼굴로 천득이를 바라보고 있다가 대답했다.

"바다…… 바다 갈 거야. 차…… 차 타고."

"그려, 바다 가려면 차를 타고 가야지. 걸어서는 못 가. 천득이 오늘 술 맘껏 마셔봐. 내가 오늘 천득이 주량을 확실하게 알아내고 말 테니까."

"그럼 지금부터 슬슬 시작해 보지. 아여, 소주 한 병 꺼내 봐. 천득이 해장해야 할 거 아녀."

청산상회 남편이 뒷짐을 지고 냠냠거리며 다가와 현대슈퍼의 등을 손가락으로 쿡 찔렀다.

"영감님이 해장하고 싶은 것은 아니고?"

팔도건강원이 관광버스 적재함 쪽으로 걸어가며 말했다.

"나야, 천득이가 마시고 남은 거 입가심만 하지 뭐. 이왕이면 안주도 꺼내 봐. 돼지고기에 김치에, 떡이랑 거하게 차릴 필요는 없고, 김치 한 쪽만 있으면 되지 뭐."

청산상회 남편은 계속 입을 냠냠거리며 천냥백화점 앞 판매대에 앉았다. 셔터가 내려져 있는 천냥백화점 판매대는 물건을 내놓지 않아서 비어 있었다.

1호차에는 책임자로 팽 회장이 탑승하고 2호차는 총무 팔도건강원이 탑승했다. 관광버스는 변동시장을 벗어나 고속도로로 접어들었다.

"에! 회장님을 대신해서 회원 여러분들에게 요번 야유회 추진 배경에 대하여 잠깐 말씀을 드리겠습니다."

관광버스가 본격적으로 고속도로를 질주하기 시작하자 맨 앞자리에 앉아 있는 팔도건강원이 일어섰다. 한 손으로는 천장에 매달린 손잡이를 잡고, 다른 손으로 마이크를 들고 앞뒤로 흔들거리며 입을 열었다.

"총무님, 한 말씀을 하시는 것은 좋지만 심심한 입도 달래주시면서 하시면 안 될까?"

일찌감치 순댓국집 여자와 파리패션, 분식센터 등과 뒷자리를 차지하고 앉은 시장통닭집 여자가 큰 소리로 말했다.

"아따, 술이랑, 떡이랑, 안주는 맘껏 드실 수 있도록 준비를 했습니다. 그랑께 쪼끔만 참으시고 제 말 좀 들어 보세요 긴 말도 아니니까 지방 방송은 이따 술로 입가심하실 때 하시고 잠깐 제 말 좀 들어봐요. 에! 어제 저녁에 오늘 야유회 준비를 하면서 번영회 회장님하고 심각하게 나눈 말이기도 하지만, 우리 변동시장 인심이 옛날 같지 않다는 점은 여러분들도 알고 계실 겁니다. 어떤 사람은 경기가 바닥을 치는데 인심이 좋아 질 것이 뭐냐고 하는 말도 있고, 또 어떤 사람은 천득이가 변동시장에 나타난 이후로 서로 천득이를 부려먹으려다 보니 인심이 나빠졌다고 말을 하기도 하지만, 말입니다. 중요한 것은 경기가 어려울 때일수록 서로 도와주면서 밀어주고 이끌어 주어야 한다는 겁니다. 에! 그리고 천득이 문제는 이미 지난번 전체 회의 때 결정을 했으니까 천득이 때문에 더 이상 인심이 나빠지는 일은 없을 것이라는 것이 여기 서 있는 총무의 생각입니다. 그래서 드리는 말씀인데, 이유야 어떻든 그동안 쌓인 앙금일랑 오늘 포항 앞바다에 모두 버리고 내일부터는 그전처럼 인심 좋은 변동시장 번영회를 만들어 가는데 여러 회원님들이 적극 협조를 해달라는 것이 회장님이나 저의 생각입니다. 이상으로 번영회 총무의 말을 마치겠습니다. 천득아, 일루 나와 봐라."

팔도건강원이 일장 연설을 끝내고 중간 자리에 앉아 있는 천득이를 불러냈다.

"천득이 너는 요 앞자리부터 한 사람도 빼놓지 말고 술을 한 잔씩 돌려라. 다른 이들이 따라주면 못 마신다고 점잔을 떨지만, 네가 따라주면 마실 거여."

팔도건강원이 일회용 컵 몇 개와 소주병을 천득이에게 안겼다.

"처…… 천 원."

천득이 히죽 웃으면서 손바닥을 내밀었다.

"야, 이 자식아! 오늘 같은 날은 공짜로 서비스 하는 날여. 이게 일이냐? 술 따라 주는 건데."

"아따! 총무님, 만 원을 달라는 것도 아니고 단돈 천 원이잖유."

"그려유, 오늘 같은 날 천득이 기분 맞춰주면 복 받을 겁니다."

여기저기서 던지는 말에 팔도건강원은 '그놈 참!'이라고 중얼거리며 천 원짜리를 천득에게 내밀었다.

천득은 팔도건강원 뒷자리에 앉은 생선가게 남자에게 술잔을 불쑥 내밀었다. 생선가게 남자가 난, 이따 회하고 마시겠다며 고개를 흔들었다. 천득은 말없이 히죽 웃으며 생선가게 옆자리에 앉은 대영상회에게 술잔을 내밀었다.

"천득아, 난 입이 고급이라서 안주 없으면 술 안 마시는 성질이니까 뒤로 돌려라."

"천득아, 단 한 사람도 빼놓으면 안 된다. 그랑께 첨부터 다시 돌려라. 알겠지?"

팔도건강원이 마이크를 들고 공개적으로 압박했다. 천득은 팔도건강원의 말을 알아들었다는 표정으로 고개를 끄덕이며 다시 생선가게 남자에게 술잔을 내밀었다.

"허! 천득이 술을 다 얻어 마시네."

생선가게 남자는 술 마시는 흉내만 내고 천득이 들고 있는 술병을 받았다. 입만 댔던 자기 술잔에 술을 가득 채워서 천득에게 내밀었다. 천득은 망설이지도 않고 생선가게가 내민 술잔을 비우고 대영상회에게 술잔을 돌렸다.

"야! 오늘 천득이 날이네."

"천득아, 내 술도 한잔 받아야지."

대영상회도 술 마시는 흉내만 내고 천득에게 술을 넘치도록 따라 줬다.

"천득이 너무 많이 마시는 거 아녀?"

"천하의 천득이가 이까짓 술 마시고 취하겠어?"

"아여! 천득이 술 그만 줘. 하지만 내 술은 한잔 받아."

사람들은 싱글벙글 웃으며 술을 마시는 척만 하고 천득이에게 술 잔을 돌렸다. 천득은 그때마다 히죽히죽 웃으며 술을 받아 마셨다. 버스 안에 있는 모든 사람들로부터 한 잔씩 받아 마신 천득은 머리 카락 하나 흔들리지 않았다. 벌겋게 달아오른 얼굴로 히죽히죽 웃으며 자기 자리로 돌아가서 앉았다. 덩치가 너무 커서 혼자 앉은 의자의 빈 공간에는 삶은 돼지머리 고기 한 접시가 차지했다.

"과연, 대단하구먼."

"질렸다. 대체 몇 잔을 마신 거야? 한 사람 앞으로 한 잔씩 돌렸으면 사십오인승 버스니까 열 병은 마셨다는 결론이잖여. 그런데도 끄떡도 없구먼."

천득은 사람들이 놀란 눈빛으로 바라보든지 말든지 천연덕스럽게 삶은 돼지머리 고기 한 접시를 말끔히 비우고 나서 눈을 감았다.

관광버스가 포항에 도착했다. 먼저 도착한 1호차에 탑승했던 사람들은 모두 내려서 죽도시장 쪽으로 걸어가고 있었다.

"아여! 천득아, 내려. 내려서 회 먹으러 가야지?"

시장통닭집 여자가 곯아떨어져 있는 천득이를 깨웠다. 그러나 천득은 눈을 뜨지 않았다. 순댓국집 여자가 다시 흔들어 깨웠으나 쩝쩝거리며 입맛만 다시고 창문 쪽으로 돌아앉아서 계속 잠을 잤다.

"내비 둬. 이따 내가 깨워서 적당히 먹일 테니까 어서 내려."

제일 먼저 내렸던 팔도건강원이 다시 차에 올라와서 천득이를 깨우려는 파리패션과 분식센터를 밖으로 내몰았다.

"기사님도 술은 못 드시지만 회 좀 자셔."

팔도건강원은 운전석에 앉아 있던 운전기사까지 데리고 내렸다.

번영회 회원들은 횟집에서 회를 먹고 술을 마신 뒤라서 하나같이 벌겋게 달아오른 얼굴로 관광버스에 탑승했다. 관광버스는 원래 계획대로 호미곶으로 향했다.

"천득이 여태 자고 있구먼."

"천득이 회를 못 먹어서 어떡한데?"

"제 팔자지 뭐."

호미곶에 도착한 상인들은 서로 친한 사람끼리 삼삼오오로 포장마차에서 소주와 해삼과 멍게, 낙지를 안주로 술을 마셨다. 술 취한 바닷바람을 안고 너나 할 것 없이 얼큰하게 취한 얼굴로 차에 올라탔다. 그들은 그때까지 자고 있는 천득이에게 한마디씩 던지고 나서 자기 자리에 앉았다. 팔도건강원이 인원 체크를 한 후에 버스는 변동시장을 향해 출발했다.

고속도로로 들어선 버스가 본격적으로 속도를 내기 시작하자 술에 취한 잉꼬떡집이 운전기사에게 신나는 음악을 틀어달라고 말했다. 이어서 앉아 있는 회원들을 일일이 통로로 끌어냈다. 상인들은 본격적으로 춤을 추고, 노래를 부르기 시작했다. 여자들은 손잡이를 잡고 몸을 앞뒤로 흔들거나 어깨를 으쓱으쓱거렸다. 양손으로 누군가를 배웅하듯 마구 흔들기도 하고, 제자리걸음으로 뛰기도 하고, 경보 선수처럼 엉덩이와 상체를 반대로 바쁘게 놀리기도 하다 목이 마르면 소주든 맥주든 가리지 않고 마셨다.

남자들은 여자들 틈에 섞여서 손에 잡히는 대로 이 여자 저 여자와 어깨춤을 추다가 술에 취한 척 젖가슴을 더듬었다. 여자는 팔꿈치로 남자의 가슴을 아프도록 쳐버리거나, 곱게 흘겨 보기도 하면서 몸을 흔들었다. 남자들은 열기가 더해 갈수록 노골적으로 여자를 껴안기도 하고, 은근슬쩍 엉덩이를 문지르고, 팔꿈치로 젖가슴을 툭툭 치기도 하면서 춤을 추었다. 그러는 동안에도 천득이는 깊게 잠을 잤다. 가끔가다 여자들이 재미삼아 흔들어 깨웠으나 몸만 뒤척이며 돌아눕거나, 눈을 떴다가도 이내 감았다.

천득이는 관광버스가 캄캄한 어둠을 뚫고 변동시장에 도착했을 때까지 일어나지 않았다. 버스를 차고지에 집어넣어야 하는 운전기사가 그의 뺨을 톡톡 치고 나서야 눈을 뜨고 껌벅껌벅하며 자세를 바로 잡았다. 눈을 비비며 버스 안을 두리번거렸으나 불빛만 환하고 사람들은 아무도 없었다.

무아지경

잉꼬떡집의 오후는 한가하다. 오늘 판매할 인절미와 바람떡, 시루떡 등의 포장 작업은 아침을 먹기 전에 끝냈다. 내일 새벽에 배달해야 할 떡쌀은 이미 담가놨고, 콩가루와 송편에 들어가는 소는 만들 필요가 없다. 소를 예전처럼 직접 만들지 않고 재료상에서 가져 오기 때문에 떡 만들기가 훨씬 편해진 것이다.

잉꼬떡집은 심심한데 소방서에 있는 의용소방대 사무실에 나가 볼까, 팔도건강원에 바둑이나 두러 갈까 갈등하고 있다가 가게 앞을 지나가는 천득이를 봤다. 비가 오는 날 과일백화점 오대수에게 천득이 먼지가 나도록 얻어맞던 광경이 떠오르면서 그는 슬그머니 쥐어진 주먹에 힘이 들어가는 것을 느꼈다.

"어이, 천득아!"

천득은 잉꼬떡집이 부르는 목소리에 천천히 고개를 돌렸다. 잉꼬떡집이 가게 안에서 손가락을 까닥까닥거리고 있었다.

"너 내가 왜 불렀는지 아냐?"

"응, 처…… 천 원."

천득은 히죽히죽 웃으며 손바닥을 내밀었다.

"이 새끼, 등신 같은 놈이 돈밖에 몰라. 너 내가 천 원짜리 돈으로 보이냐? 내 앞에서 무릎 꿇고 앉아. 임마!"

잉꼬떡집의 느닷없는 호령에 천득은 당황한 얼굴로 작고 검은 눈을 깜박이며 뒤로 물러섰다.

"너 무릎 꿇고 앉는 거 몰라? 내 앞에서 이렇게 앉으란 말야."

잉꼬떡집은 천득의 앞에서 무릎 꿇는 자세를 시범으로 보여주고 나서 작업대 위로 냉큼 올라앉았다.

천득은 영문을 알 수 없다는 표정으로 작업대 앞에 무릎을 꿇고 앉았다. 선풍기 바람이 회전하면서 어디에서 나는지 모를 고소한 참기름 냄새가 풍겼다. 천득이는 잉꼬떡집이 시키지 않았는데도 무릎 위에 양손을 얌전히 얹고 꿀꺽 소리가 나도록 침을 삼켰다.

"우선 맞아 봐야 정신을 차리지."

무릎을 꿇은 천득의 앉은키는 작업대에 앉아 있는 잉꼬떡집이 따귀를 때리기에 적당한 높이다. 잉꼬떡집은 다짜고짜 천득의 따귀를 힘껏 갈겼다. 따귀를 맞은 천득의 고개는 잉꼬떡집이 힘껏 때린 효과도 없이 홱 돌아가지 않았다.

"아! 아파!"

천득이 원망스러운 표정으로 잉꼬떡집을 바라보며 작고 검은 눈을 슬프게 떴다.

"너…… 너, 내가 왜 때리는지 아냐?"

잉꼬떡집은 천득의 뺨을 너무 힘껏 때린 나머지 손바닥이 얼얼했
다. 마치 쌀이 들어 있는 자루를 힘껏 때린 것처럼 손바닥이 아파서
눈물이 찔끔 나왔다.

"처, 천 원 때문에……."

"이 자식이 아직 정신을 못 차렸구먼."

잉꼬떡집은 작업대에서 폴짝 뛰어 내렸다. 천득이 겁먹은 얼굴로
일어서려고 하는 순간, 천득의 가슴을 발로 차버렸다. 미처 자세를
바로잡지 못한 천득은 커다란 곰이 뒷걸음치다 나뭇등걸에 걸려 넘
어지는 것처럼 쿵 소리를 내며 나동그라졌다.

"어어어!"

천득이 겁에 질린 얼굴로 일어서면서 떡 판매대 난간을 잡고 눌
렀다. 노란색의 사과 컨테이너 박스를 받침대 삼아 건성으로 올려
놓은 베니어판이 벌떡 일어섰다. 그 바람에 그 위에 진열해 놓은 떡
들이 천득이는 물론이고 잉꼬떡집을 향해 쏟아졌다. 잉꼬떡집은 자
신보다 두 배 이상이나 되는 천득을 마음대로 휘어잡았다는 쾌감을
느낄 겨를도 없었다. 머리 위로 내려앉는 떡 판매대를 피하려고 뒷
걸음친다는 것이 작업대 위에 있는 찹쌀떡용 밀가루가 담겨 있는
통을 끌어당기고 말았다. 밀가루가 쏟아지면서 졸지에 눈사람이 되
어 버렸다.

"저…… 저것 좀 봐."

떡 판매대에 깔린 천득이 일어서며 판매대를 거리 쪽으로 던져 버렸다. 파리패션의 가게에서 막 나오던 잉꼬떡집 아내는 느닷없이 베니어판으로 만든 떡 판매대가 거리로 내려앉는 광경에 심장이 얼어붙는 것 같았다.

"왜?"

파리패션이 놀란 얼굴로 잉꼬떡집 아내의 어깨 너머를 바라봤다. 떡 판매대로 보이는 베니어판이 거리에 나와 있다.

"나…… 난장판이 따로 없구먼."

파리패션이 잉꼬떡집으로 내달릴 때에야 잉꼬떡집 아내도 놀란 가슴을 부여잡고 뛰었다. 그 광경을 본 현대슈퍼도 배달을 다녀와서 슈퍼 앞에 오토바이를 급하게 세웠다. 받침대를 세운다는 것이 뒷바퀴를 발로 차버린 채 잉꼬떡집으로 향했다. 뒤에서 오토바이가 넘어지면서 백미러가 아작 나는 것이 보였으나 개의치 않았다.

"너 이 새끼, 너 오늘 임자 잘못 만났어. 감히 변동 의용소방대장을 찹쌀모찌로 만들어!"

밀가루 범벅이 된 김병수는 눈만 빠끔하게 드러났다. 몽둥이가 될 만한 것을 찾아 두리번거리다가 바닥을 청소하는 밀대를 치켜올려서 천득의 어깨를 내려쳤다. 천득이 옆으로 주저앉으면서 바닥에 깔려 있는 인절미와 송편, 바람떡, 시루떡이 천득의 엄청난 덩치에 눌려서 소똥처럼 문드러졌다. 잉꼬떡집은 인절미를 밟은 나머지 비틀거리며 넘어질 뻔했으나 자세를 잡고 천득에게 다시 달려들어서 발로 차버렸다. 이어서 주먹과 발을 가리지 않고 천득을 마구잡이로 차고 때리고 쥐어뜯기 시작했다.

"저저저!…… 누가 좀 말려! 누가 좀 말리란 말여!"

잉꼬떡집 아내는 천득이 맞는 것은 안타깝지 않았다. 그러나 오늘 하루 매상을 올릴 떡이 문드러지고, 랩이 벗겨지고, 천득이와 잉꼬떡집의 발에 밟히는 것이 안타까워 발을 동동 굴렀다. 그러나 누구 한 명 가게로 들어서는 이가 없었다. 천득이는 아무나 때리고 발로 차버릴 수 있는 우리 안의 곰 같은 존재라는 것만 확실하게 인식하고 있을 뿐이었다.

9월이 되었으나 더위는 식을 줄을 몰랐다.

아침부터 찌는 날씨 탓에 시장 안은 조용했다. 상인들은 늘어지게 낮잠을 자고 나서도 손님이 없으면 아침에 읽었던 신문을 다시 뒤적거리거나, 멍하니 텔레비전에 빠져 있거나, 파리채를 들고 좁은 가게 안을 어슬렁거리며 시간을 보냈다.

천득은 오대수가 재미있는 곳에 데리고 가겠다는 말에 초저녁부터 저녁도 굶고 밤이 늦도록 그를 기다렸다. 가게 문을 닫기 전에 천득은 오대수와 함께 소주 한 병씩을 사이좋게 마시고 멀리도 아닌 바다이야기로 갔다.

바다이야기에는 밤이 늦었는데도 많은 사람들이 게임을 하고 있었다. 천득은 과일백화점 바로 옆에 이런 별천지가 있었냐는 얼굴로 두리번거리며 손가락을 빨았다. '드르륵! 드르륵!'거리며 게임기가 돌아가는 소리, 가오리나 상어가 나올 때마다 요란하게 울려 퍼지는 음악 소리, 천장에 구름처럼 떠 있는 담배 연기, 젊은 남자, 늙은 여자 등 각양각색의 사람들이 시뻘게진 눈을 껌벅거리면서 게임기 앞에 앉아 있는 것을 구경하는 것이 재미있었다.

게임기 앞에서 잠을 자는 사람, 컵라면이나 김밥을 우걱우걱 먹는 사람, 드링크를 마시는 사람, 일회용 컵으로 커피를 마시는 사람, 껌을 질겅질겅 씹던 사람들은 천득이를 보고 놀란 표정으로 입을 다물었다.

"돈 가지고 있지?"

오대수는 빈자리에 앉자마자 만 원짜리 몇 장을 기계 안에 밀어 넣었다. 모니터에 나오는 처음 보는 광경에 넋이 빠져 있는 천득이의 주머니를 뒤지며 물었다.

천득의 주머니에서 나온 것은 만 원짜리 몇 장과 천 원짜리 몇 장이었다. 천득은 그 돈들을 사용해 본 적은 없었다. 술과 떡, 과일, 과자, 음료수는 변동시장 상인들이 수시로 안겨주는 탓에 돈 쓸 일이 없었다. 그는 돈을 버는 대로 주머니에 모아 놓다가 일주일에 한두 번 정도 천득어미가 손을 내밀면 아무런 미련 없이 내줄 뿐이다.

"여기 가만히 앉아 있기만 하면 되는 거야. 기계가 저 혼자 다 알아서 하니까."

오대수는 제멋대로 만 원짜리 한 장을 게임기 안에 투입했다. 천득은 오대수가 시키는 대로 의자에 앉았다. 의자가 엉덩이에 꽉 끼는 것 같아서 도로 일어서려고 하는데 모니터가 갑자기 캄캄해졌다.

"뭐야? 소 뒷걸음치다 개구리 잡아도 유분수지······."

천득의 게임기에서 가오리 두 마리가 유영을 하기 시작했다. 가오리는 금방 서너 마리로 늘어났다. 천득은 처음 보는 가오리가 신기하기만 해서 고개를 갸웃거리며 손가락을 입에 물었다. 옆자리에서 무심코 천득의 모니터를 바라보던 오대수가 놀라서 벌떡 일어났다.

오대수의 기대와는 다르게 가오리는 상어를 토해내지 않았지만 상품권을 20장이나 토해냈다. 오대수는 그중 한 장을 들어서 천득 앞에 흔들어 보이며, 이거 한 장 가격이 오천 원이라고 알려줬다.

천득은 오대수가 알려주는 대로 상품권 20장을 들고 과일백화점 옆의 아름다운나라꽃집으로 갔다. 꽃집의 유리창에는 '상품권 교환'이라는 아크릴판이 붙어 있었다. 글씨를 모르는 천득은 무작정 꽃집 안으로 들어갔다.

"뭐여, 천득이가 딴 거여?"

사십 대 초반의 꽃집 여자가 주문 받은 꽃다발을 만들고 있다가 놀란 얼굴로 물었다.

"가······ 가오리! 내가 잡았어."

"내일은 해가 서쪽에서 뜨겠구먼. 하여튼 가오리 잡느라고 수고

했어. 하지만 내 생각에는 내일부터는 딴 사람은 몰라도 천득이는 바다이야기 출입을 안 하는 것이 좋아. 거기는 돈 없는 사람 등골 빼먹는 데란 말여. 내 말 무슨 말인지 알겠지? 천득이는 하루 종일 돈 벌어야 일이만 원 밖에 못 벌잖아. 그걸 한방에 날려 버리면 얼마나 애가 타겠어. 그러니까 앞으로는 절대로 바다이야기에 가지 말란 말여."

꽃집 여자는 상품권 20장 가격 십만 원 중에서 5%인 오천 원을 공제한 구만 오천 원을 천득에게 내주며 당부했다. 천득은 그녀의 말이 귀에 들려오지 않았다. 그녀의 말보다는 생전 처음으로 만져 보는 거금이 신기해서 숫자를 헤아릴 줄도 모르면서 반으로 접은 지폐를 한 장씩 넘겨가며 히죽히죽 웃었다.

"누나가 아까 천득이한테 뭐라고 했어?"

천득은 꽃집 여자에게 받은 돈을 작업대 위에 쭉 늘어놓았다. 몇 장인지 세어보기라도 하는 것처럼 손가락으로 돈을 한 장 한 장 찍으며 히죽히죽 웃었다. 꽃집 여자가 천득의 단단하고 큰 엉덩이를 슬슬 쓰다듬으며 다정하게 물었다.

"고…… 고래 잡아. 고래 잡을껴."

"두고 봐, 이 누나 말 안 들으면 언젠가 땅을 치며 울 일이 생길 테니께."

천득은 꽃집 여자의 말보다 여러 장의 만 원짜리 지폐들이 황홀할 뿐이었다.

"이런 돈은 사이좋게 나누어 가져야 하는 거야."

오대수는 천득이 환전해 온 돈 중에서 사만 원은 자기 지갑에 넣었다. 그뿐만 아니라 오늘처럼 공돈이 생긴 날은 집에 선물도 사가는 것이라며, 치킨집에 들려서 꼭 치킨을 사가라고 당부했다.

천득은 오대수의 말대로 치킨집에 가서 치킨을 한 마리 사 들고 척척 걸어서 집으로 갔다.

"오메, 우리 천득이가 이런 것도 사가지고 올 줄 아는 걸 봉께, 인제 장가가는 일밖에 안 남았구먼. 어여 선화보살한테 가서 소주 한 병 들고 오라고 햐."

천득이가 시장에서 일을 해 주고 순대, 과일, 떡, 과자 같은 것은 가끔 얻어 왔었다. 그러나 제 돈으로 무언가를 사온 것은 머리카락 나고 처음이었다. 천득어미는 너무 반갑고 감격스러워서 쭈글쭈글한 얼굴에 눈물을 떨어뜨리면서 치킨을 받아 들었다.

천득은 천득어미가 눈물까지 흘리며 반기는 얼굴을 보고 나서야 자신이 굉장한 일을 했다는 생각이 들었다. 지금까지 살아오면서 느껴보지 못한 짜릿한 전율이 온몸을 스쳐가는 것을 느꼈다. 그 짜릿한 느낌은 처음 짜장면을 먹어 봤을 때, 입 안에서 살살 녹는 듯한 맛과는 감히 비교를 할 수 없을 정도였다. 언젠가, 엉망으로 술에 취한 순댓국집 여자가 깔깔거리며 '덩치만 크면 뭐햐. 이건 아무 짝에도 쓸모가 없는데……'라며 사타구니를 더듬었을 때의 느낌보다 강렬했다. 선화보살의 가늘고 부드러운 손가락이 사타구니를 스처갈 때의 그 느낌과 비슷했지만, 그 누구에게도 표현할 수 없는 오직 혼자만 알 수 있는 그런 느낌이었다.

추석 무렵에 찾아온 태풍은 변동시장을 쑥대밭으로 만들어 버렸다.

가게 건물들이 대부분 단층인데다가 스마일편의점이 있는 큰길보다 지대가 낮아서 선반에 올려놓은 상품을 제외하고는 모두 흙탕물을 뒤집어썼다. 건어물가게와 옷가게는 추석 대목만 아니었다면 지금처럼 피해가 크지는 않았을 것이다. 추석 대목을 볼 욕심으로 제사상에 올라갈 건어물이며 조기 등을 잔뜩 들여 놓은 가게는 아예 손을 놓아 버렸다.

과일가게 앞에는 노란색 자원봉사 조끼를 입은 여자들이 세네 명씩 앉아서 흙탕물에 젖은 사과와 배를 수돗물로 씻고 수건으로 닦았다. 그러나 이미 하수구 냄새가 배어 버린 과일들은 상품 가치를 잃어 버렸다. 옷가게의 옷들은 군대의 세탁차가 와서 빨아 줬지만 상표가 죄다 떨어져 나간 데다가 염색물이 빠진 옷들이 많아서 헌옷으로 팔아 버릴 수밖에 없었다.

시장 안에서 가장 피해가 큰 곳은 현대슈퍼다. 현대슈퍼 안에 어른 배꼽 높이까지 물이 차 버리는 바람에 선반에 있는 상품을 제외하고는 모두 청소차에 실려 갔다. 현대슈퍼는 새벽부터 술에 절어서 비틀거리는 몸짓으로 그나마 남은 상품을 햇볕에 말리고 물로 씻어냈다. 아내는 충격을 이기지 못해 병원에 입원했다.

삼십 년만의 폭우로 그나마 피해가 덜한 곳은 그릇가게다. 하지만 상표가 떨어져 나간 그릇은 깨끗하게 씻고 말려서 싼 가격에 팔 수밖에 없었다. 재고가 없는 팔도건강원이나 불로장수원과 잉꼬떡집 같은 경우는 피해가 거의 없는 편에 속했다.

잉꼬떡집은 의용소방대장답게 소방대원들을 비상소집시켜서 연일 비지땀을 흘려가며 복구 작업에 매달렸다. 천득이는 소방대원 대여섯 명이 해야 할 일을 혼자 척척 해치웠다.

"천득이를 온종일 부려먹을 셈여?"

"허허, 우리 가게에 온지 삼십 분도 안 됐는데 지금 뭔 소리를 하는 거여?"

"그 집 시계는 열 시간에 십 분씩 가는개비구먼. 아침부터 그 집 일을 해 주고 있다는 걸 내 두 눈으로 뻔히 봤는데."

"눈이 명태눈깔이구먼. 천득이가 점심을 어디서 먹었는지 알아? 천안상회에서 먹었어."

"내 눈이 명태눈깔이면, 네 눈은 유리알이냐?"

"너 말 다했어?"

천득이를 서로 데리고 가려는 상인들은 급기야 멱살잡이를 하고 주먹질을 해댔다. 당사자인 천득이는 자기 때문에 하루에도 몇 번씩 싸움이 일어났지만 돈 버는 재미에 빠져서 물에 빠진 생쥐 꼴로 온종일 히죽히죽 웃고만 다녔다.

밤에는 가게 안으로 들여놓지 않은 옷이며, 그릇, 신발 등을 노리는 좀도둑들이 설쳤다. 상인들은 상품을 그냥 버리는 한이 있더라도 도둑을 맞을 수는 없다는 생각에 조를 짜서 방범을 섰다. 그러나 하루 종일 수해복구를 하느라 파김치가 된 몸으로 밤에 보초를 선다는 것은 쉽지가 않았다. 교대를 하고 나서는 꾸벅꾸벅 졸다가 모기가 얼굴에 새카맣게 앉든지 말든지 아예 편하게 늘어지기 일쑤였다.

아침이면 도둑을 맞은 가게주인들이 시뻘겋게 충혈된 눈으로 방범을 선 사람들의 멱살을 움켜잡고 악다구니를 쳤다. 하지만 몇 시에 도둑을 맞았는지는 증명되지 않아서 싸움은 피차간에 감정싸움으로 번지기 일쑤였다. 결국 경찰들이 달려와서 화해를 시킬 때에야 그들은 싸움을 말리러 달려온 죄 없는 아내를 원망하며 가게로 돌아가곤 했다.

선화보살은 민소매 티에 반바지를 입은 차림으로 텔레비전을 보고 있었다. 그때 누군가 노크도 없이 문을 여는 소리에 반사적으로 옆에 있는 티셔츠를 끌어당기면서 돌아앉았다

희미한 불빛이 내려앉고 있는 복도에는 청바지 속에 와이셔츠 자락을 한쪽만 집어넣은 천득이 실실 웃으며 서 있었다. 청바지도 한쪽만 무릎까지 동동 걷어 올린 차림으로 검은색 비닐봉지에 담겨 있는 무엇을 내밀었다.

"이게 뭐야?"

"수…… 순대. 머…… 먹어. 수…… 술은 우리 집에 없어."

술 냄새를 물씬물씬 풍기며 비닐봉지를 들어 보이는 천득의 손등에는 돼지 피가 묻어있다. 와이셔츠 주머니 부분과 바지에도 피가 묻어있다.

"한잔 하자고?"

"보…… 보살하고, 엄마하고 소…… 소주 마실 거야. 순대도 먹고."

선화보살은 하품을 하며 일어섰다. 티셔츠를 입고 제단 아래 쳐져 있는 커튼을 들췄다. 제단 밑에는 손님들이 가지고 온 소주와 양주, 포도주 등이 어지럽게 섞여 있었다.

"또, 또 만져 줘."

선화보살이 이 홉들이 소주 두 병을 들고 일어서려는 순간이었다. 천득이가 갑자기 생각났다는 얼굴로 선화보살의 손을 잡아당겼다.

"뭘?"

"여…… 여기."

방문은 열려 있었고 복도에는 아무도 없었다. 복도 천장의 전등 불빛을 가릴 정도로 키가 큰 천득은 해죽 웃는 얼굴로 선화보살의 손을 잡아당겨서 묵직한 물건 위에 갖다 댔다.

"이…… 이놈이?"

선화보살은 놀란 얼굴로 두 눈을 동그랗게 뜨고 빈 복도의 앞뒤부터 살폈다. 천득어미가 쇼핑봉투를 붙이고 있을 방의 문은 닫혀 있었고 태평면옥의 방에서는 개구쟁이 형제들이 떠드는 소리가 들려올 뿐이었다.

"여기는 신성한 데라 안 되는 거여. 일루 들어가자."

선화보살은 방글라데시인들이 합숙하던 201호 방문을 열고 들어갔다. 썰렁하고 걸레 썩은 냄새가 풍기는 방에는 미처 챙겨가지 못한 그들의 옷가지가 행거와 방바닥에 어지럽게 널려있었다. 세면기 위에는 설거지를 하지 않은 그릇이 쌓여 있었고, 침대 위에는 때 묻은 이불과 베개가 어지럽게 널려 있었다.

"참말로 만져 줘?"

"응, 좋아…… 나, 좋아."

천득이가 급하다는 얼굴로 선화보살의 손을 끌어서 단단하게 서 있는 자신의 물건을 만지게 했다.

"어이구, 이놈이 별짓 다하네."

선화보살은 천득이네 방에서 장난삼아 만져보았을 때와는 확실하게 다른 감촉이 손끝으로 전해지는 것을 느끼며 진저리 치도록 몸을 떨었다.

"에구머니, 당나귀가 언지 이 방으로 따라 들어왔댜."

선화보살은 바지를 찢어 버릴 것처럼 일어서 있는 천득의 사타구니 부분을 응시하며 숨이 넘어가는 목소리로 속삭였다.

천득의 물건은 장대한 덩치에 어울릴 만큼 컸다. 천득은 한 손에 순대가 들어 있는 검은색 비닐봉지를 들고 자랑스럽게 아래를 내려다 봤다. '신의 조화일까' 선화보살은 바지를 찢어 버릴 것처럼 우뚝 서 있는 천득의 물건을 보고 싶었다. 단순히 보고 싶은 정도가 아니라 아작아작 씹어 먹고 싶을 정도로 목이 말랐다.

"어…… 얼른 만져 줘."

"그…… 그려."

천득이 먹을 것을 사달라고 보채는 아이처럼 하는 말에 선화보살은 정신이 번쩍 들었다.

'장군님의 계시겠지. 암! 장군님의 뜻이시고말고.'

덜덜 떨리는 손으로 천득의 허리띠를 풀었다. 천득이는 성기를 여자들에게 보여주면 호랑이에게 물려간다며 엉덩이를 뒤로 뺐다. 그러나 선화보살은 눈에 보이는 것이 없었다. 낑낑거리며 천득의 엄청난 덩치를 벽으로 밀어붙이고 바지 지퍼를 내렸다. 당나귀 물건만 한 것이 팬티를 뒤집어쓰고 용수철처럼 튀어 나왔다. 그녀는 침을 꿀떡 삼키면서 간신히 팬티를 벗겨냈다.

"기…… 기분 좋다. 또…… 또 만져 줘."

선화보살이 몇 번 쓰다듬어 주었을 뿐인데도, 천득은 첫 순정을 유감없이 쏟아냈다. 선화보살은 침대 위에서 시커멓게 때가 묻은 수건을 가져와 물건을 닦아줬다.

'전생에 당나귀였구먼.'

그녀의 희미한 기억에 의존하면 남자라는 동물은 용수를 쏟아내면 코를 골면서 잠을 자기 일쑤다. 그런데 천득의 물건은 말뚝을 쓰다듬은 것처럼 단단하게 서 있었다. 약간의 변화가 있었다면 천득의 작고 검은 눈이 게스름하게 풀렸다가 이내 반짝 빛을 냈다는 것뿐이었다.

"또…… 또 해줘."

천득은 두 번째도 힘들이지 않고 용수를 뿜어냈다. 세 번째는 두 번째보다 이삼 분 정도의 시간이 걸렸다. 네 번째는 천득이 순대를 먹고 있느라 시간이 더 걸렸다. 다섯 번째는 선화보살도 지치고 해서 천득이를 그 자리에 세워 두고 자기 방으로 갔다. 소주 한 병을 들고 와서 술 한잔을 마시면서 했더니 무려 오 분이나 걸렸다. 그렇게 해서 때 묻은 시커먼 수건 한 장을 완전히 물걸레로 만들어 놓고도 천득은 만족하지 않았다.

"이놈아! 팔 아파 죽겠어."

사실 선화보살은 팔이 아프지 않았다. 소주를 두 잔밖에 마시지 않는데도 온몸이 불덩이처럼 달아올라서 서 있을 수가 없었다. 천득을 침대에 눕게 했다. 그리고는 천장을 향해 곡사포처럼 서 있는 그놈을 쓰다듬으며 '아이구 팔이야! 아이구 팔이야!'라고 연이어 염불을 했다. 염불을 하는 목소리는 감격의 눈물에 흥건하게 젖어 있었다. 도저히 참을 수가 없어서 그녀는 눈물을 삼키며 벌렁 누웠다.

"악!"

201호에서 짤막한 비명이 터져 나왔다. 천득어미는 현철의 테이프를 카세트라디오에 삽입하다가 비명 소리를 들었다. 느릿하게 일어서서 복도를 살폈다. 복도에는 아무도 없었다. '내가 잘못 들었나?' 하는 생각에 새끼손가락으로 귀를 후비며 다시 쇼핑봉투에 풀칠을 하기 시작했다.

선화보살은 찢어져 버릴 것 같은 고통을 참느라 이를 악물고 고목나무 같은 천득의 등에 손톱을 박았다. 마치 드럼통을 껴안은 것처럼 벅찬 것은 참을 수가 있었다. 천득이 본능적으로 '음! 음!' 거릴 때마다 살을 찢어 버리는 것 같은 통증에 이를 악물었지만 정신은 아득한 수렁 속으로 빠져들었다.

스마일편의점에서 아르바이트로 근무하는 박소연은 무심코 출입문 쪽으로 시선을 돌렸다. 편의점 사장이자 점주인 김국태보다 거의 두 배 이상이나 덩치가 큰 천득이 무엇이 그리 좋은지 싱글벙글 웃으며 편의점 안으로 들어왔다. 천득의 양손에는 안에 무엇이 들어 있는지 모를 축 늘어진 검은색 비닐봉지 몇 개가 들려있다.

"이…… 이건 아가씨 꺼. 내…… 내가 아…… 아가씨가 예뻐서 주는 거여."

천득이 박소연에게 튀김닭 한 마리가 들어 있는 비닐봉지를 내밀었다.

"어머, 고마워요. 제가 그렇게 예뻐요?"

"으…… 응, 최…… 최고 예뻐."

천득이는 박소연의 얼굴에서 시선을 떼지 않고 어깨를 좌우로 흔들며 엄지손가락을 세워 보였다.

"이거 트럭에서 파는 전기구이 통닭이잖아요."

박소연은 비닐봉지를 벌렸다. 튀김 냄새가 코를 찌르면서 기름이 번져 있는 하얀 종이가 보였다. 천득의 손에는 아직도 닭 세 마리가 더 들려있었다.

"거…… 거북이 잡았어. 바다에서."

천득이는 좋아서 견딜 수 없다는 얼굴로 소리 없이 히죽히죽 웃으며 손가락으로 바다이야기를 가리켰다.

"저기서 돈을 땄다는 거예요?"

천득이는 얼른 주머니에서 만 원짜리 몇 장을 꺼냈다. 박소연은 천득이가 자랑하는 돈을 세어봤다. 모두 칠만 원이다.

"머…… 먹어! 마…… 맛있게 먹어. 내가 사온 치…… 치킨 먹어."

"이따 먹을 게요. 여기서 먹으면 냄새 나거든요."

천득이 치킨 한 조각을 박소연에게 내밀며 말하자 박소연이 곤란하다는 표정을 짓고 있는데 길 건너편의 아름다운나라꽃집 여자가 들어왔다.

"치…… 치킨 샀어. 하나 먹어."

천득은 아름다운나라꽃집 여자에게도 치킨 한 마리를 주며 신이
난 얼굴로 양발을 한 쪽씩 들었다 놓았다 하며 어깨를 좌우로 흔들
었다.

"딴 사람도 아니고 천득이한테 공짜로 닭을 얻어먹을 수는 없잖
아. 나도 로또 복권 하나 줄게. 그 대신 바다이야기는 가지 마. 아까
돈 바꿔 줄 때도 말했지만 거긴 천득이가 갈 곳은 못 된다구. 차라
리 로또 복권을 사. 이건 한 게임에 천 원밖에 안 되잖아. 천득이가
좋아하는 천 원짜리라고."

꽃집 여자는 천 원짜리 로또 복권을 사서 천득이에게 내밀었다.

"로…… 로또?"

천득이 이 종잇조각이 뭐냐는 얼굴로 박소연에게 물었다.

"아저씨. 앞으로는 고래 잡으러 가시지 말고 여기서 로또 복권을
사세요. 만약 당첨만 되면 고래를 하늘만큼 많이 잡을 수 있어요."

천득은 박소연의 말을 이해할 수 없다는 얼굴로 고개를 갸웃거리
며 혀로 입술을 핥았다.

"이걸 복권이라고 부르는 건데 한 장에 천 원이거든요. 이걸 텔
레비에서 일주일에 한 번씩 추첨을 한다고. 일등을 하면 집을 살 수
있어요. 아주 큰 집을……."

박소연이 손님 둘이 버리고 간 로또 복권을 흔들어 보이며 말했
다.

"어…… 엄마가 그랬어. 보…… 복권 이…… 일등하면, 아주

크…… 큰 집 사서 이사 가. 엄마하고 천득이하고 이사 가. 차 타고 이사 가."

천득은 튀김닭 봉지를 들고 구부정한 어깨가 들썩들썩거리도록 춤을 추면서 히죽히죽 웃었다.

변동시장 상인들 대다수는 태풍으로 너무 깊은 내상을 입었다. 근근이 어느 정도 저축을 해 두었던 상인들이나, 마을금고나 은행에서 대출받아 추석 대목 물건을 들여놓은 것이 치명적인 상처였다.

관청과 군인 봉사단체들이 하루도 빠짐없이 도와주어서 수해복구는 진작 마쳤지만 상인들의 얼굴은 그늘에서 벗어나지 못했다. 대낮부터 낮술을 마시는 상인들이 늘어났고, 손님들의 발길이 뜸한 파장 무렵이면 부부싸움을 하는 고함 소리가 일찍 불을 꺼 버린 어두운 시장 안을 공허하게 울렸다.

밤바람이 살갗을 소름 돋게 할 시간이면 남편과 진탕 싸움을 하다 얻어 터졌거나, 술에 취한 남편이 제풀에 곯아떨어지면 후반전이 시작되었다. 일찌감치 가게 문을 닫은 아낙들이 순댓국집이나 분식센터로 모여서 소주잔을 기울이며 신세타령으로 야금야금 밤을 씹어 먹었다.

변동시장 안에는 밤낮없이 총성 없는 전쟁이 벌어지고 있었지만 지대가 높은 큰길에 있는 바다이야기는 연일 호황을 누리고 있었다.

밖에서는 햇볕이 가을의 문턱에서 마지막 열기를 쏟아 내고 있는데 바다이야기 안에는 한밤중처럼 불을 밝히고 있었다. 게임하는 꾼들이 시간 감각을 느끼지 못하도록 유리벽을 두꺼운 판자로 모두 가려 버렸기 때문이었다. 형광등이 드문드문 어두컴컴하게 불을 밝히고 있는 실내의 천장에는 담배 연기가 자욱했다. 그 밑에는 '드르럭, 드르럭' 게임기가 돌아가는 소음에, 두런두런 정보를 주고받는 목소리, 종업원들이 바쁘게 오가며 심부름을 하는 목소리 등이 합쳐져 해 질 녘의 변동시장 못지않게 소란스러웠다.

"돈 있어?"

천득은 오대수 옆에 자리를 잡고 앉았다. 천득이는 오대수가 묻는 말에는 대답하지 않고 주머니에서 반으로 접은 만 원짜리를 열 장 정도 꺼냈다.

"돈 많네?"

오대수는 게임기 앞에서 수초 사이를 헤엄치고 다니는 물고기들을 바라보니 피가 뜨거워졌다. 바다이야기에 오기 전에는 오늘은 꼭 고래를 잡을 것 같은 설렘에 가슴이 두근거렸다. 그러나 언제부터인지 막상 게임기 앞에 앉으면 과연 오늘은 얼마나 잃을 것인지 하는 절망감이 설렘과 교차가 되면서 게임의 한도액을 정하는 습관이 생겼다. 매번 결심은 하지만 결정적인 순간에는 무너지고 마는 스스로와의 약속이었지만, 오늘은 오만 원을 밀어 넣어도 고래가 나오지 않으면 과감하게 일어서겠다고 다짐했다.

"어?"

천득이도 오대수를 따라서 만 원짜리 한 장을 밀어 넣었다. 게임 기가 돌아가는 모양을 잠시 동안 눈이 뚫어지게 바라보다가 하품을 길게 하며 일어섰다. 어슬렁거리는 걸음으로 돌아다니던 천득은 고 래를 잡았던 중년의 곱슬머리 남자 등 뒤에 섰다.

"여…… 여기서 도…… 돈 나와. 돈 나오는 구멍이란 말여."

곱슬머리는 엄청나게 굵은 손가락이 상품권 배출구를 가리키는 것을 보고 뒤를 돌아다봤다. 삼십 대 초중반으로 보이는 웬 거인이 자기 옆에 턱 버티고 서 있었다. 깜짝 놀라서 자신도 모르게 벌떡 일어나 뒤로 물러섰다. 천득은 청바지를 입고 맨발에 수제 샌들을 신었다. 와이셔츠 단추는 아래서부터 두 개만 잠갔고 벌어진 와이 셔츠 안으로 보이는 티셔츠 목 부분에는 꼬장꼬장 때가 묻어 있었 다. 툭 튀어나온 이마와 광대뼈, 들창코에 두툼한 입술이 무섭게 보 였다. 그러나 선해 보이는 작고 동그란 눈망울은 맛이 간 생선처럼 흐리멍덩했다. 덩치가 커서 무섭기는 했지만 눈을 보니 이유 없이 폭력을 행사할 사람은 아니라는 생각에 슬그머니 의자에 앉았다. 그때 모니터에서 쓰리 비가 터지면서 막대형 전구의 불빛이 경찰차 의 경광등처럼 번쩍번쩍거렸다.

"이백오십만 원이면 오천 원짜리 상품권이 몇 장인 줄 알기나 하 는지 모르겠군?"

곱슬머리 옆자리에 앉아있던 검은색 선글라스를 머리에 걸친 오십 대 남자가 천득의 얼굴을 유심히 바라보더니 대충 감이 잡힌다는 얼굴로 피식 웃었다.

"츠!"

천득이는 이백오십만 원의 가치가 어느 정도인지, 이백오십만 원이 되려면 상품권이 몇 장 나와야 하는지는 어림잡을 수도 없었다. 그러나 확실하게 알 수 있는 것은 상품권이 엄청나게 많이 나온다는 점이었다. 콧방귀를 뀌며 선글라스를 바라봤다.

"영 등신은 아닌 게구먼."

"드…… 등신, 나…… 나도 고래를 잡을 거란 말여."

"이 사람이 누구한테 등신이라고 하는 거여?"

검은색 선글라스는 얼굴이 시뻘겋게 달아올랐으나 천득의 덩치에 기가 죽어서 대들지는 못했다.

"야! 이 드…… 등신아! 고…… 고래 잡으러 온 것도 모르니까 등신이지."

천득이는 한심하다는 얼굴로 검은색 선글라스를 흘겨보고 나서 상품권이 쏟아지고 있는 투입구를 바라보았다.

"젠장, 내가 이런 데를 오지 말아야지 사람대접 받지. 이거야 원."

검은색 선글라스는 시뻘겋게 달아오른 얼굴로 천득을 쩨려보지도 못하고 게임기 핸들을 잡았다. 자동을 수동으로 바꿔 놓고 힘껏 핸들을 잡아당겼다. '덜컹!'거리며 모니터 안의 그림들이 빠르게 돌아간다.

아침 바람이 제법 서늘했다.

천득네 창문 밖에서 흐드러지게 피어 있던 망초들이 언제부터인지 보이지 않았다. 그 대신 그 자리에 파란 들국화가 여기저기 무더기로 서 있다.

오늘은 인쇄소에서 쇼핑봉투를 가지러 오는 날이다. 천득어미는 오늘 12만 원 정도의 돈이 들어올 것이라고 예상했다. 돈이 들어오면 쌀을 사고, 오랜만에 돼지고기도 좀 사야겠다고 생각하며 천득에게 돈이 있냐고 물었다.

"고…… 고래 잡아야지. 고…… 고래 잡아서, 지…… 집 사야지, 고래 잡아서…… 크…… 큰 집."

"그려, 우리 집 대주 뜻이 그렇다면 막을 수 없지. 하지만 손 좀 이리 내 봐라."

천득어미는 자라 만큼이나 큰 천득의 손바닥을 끌어당겼다. 자신의 손가락 두 개를 합한 것보다 큰 그의 새끼손가락에 자신의 쭈글쭈글한 손가락을 걸었다.

"약속하는 거여. 고래를 잡은 다음에는 절대로 거기는 출입을 하지 않겠다고 말여. 시장 사람들이 그라는데 거긴 안 갈수록 좋은 데랴."

"아…… 안 가! 고래 잡으면 절대 안 가!"

"그려, 엄마하고 약속한 걸 못 지키면 어떻게 되는지 알지?"

"호…… 호랭이가 물어가."

"누가 호랭이한테 물려갔지?"

"아부지."

"그려. 어머하고 약속 안 지키면 아부지처럼 호랭이한테 물려가
서 죽게 되는 거여. 그렇게 알고 나가 봐."

천득어미는 천득이가 약속을 지킬 것이라고 믿었다. 천득이는 얼
마 전부터 입기 시작한 조끼를 반팔 티셔츠 위에 걸쳤다.

복도에는 아침인데다가 화장실 문까지 닫혀 있어서 지린내는 풍
기지 않았다. 태평면옥 아이들이 살고 있는 방 안은 모두 학교에 간
뒤라서 조용했다. 복도는 어두운데 문밖으로 보이는 하늘은 푸르고
맑았다.

천득은 곧장 밖으로 나가지 않고 선화보살의 방문 앞에서 걸음을
멈췄다. 문 앞에는 선화보살이 신고 다니는 고무신과 운동화밖에
없다는 것을 확인한 천득은 무작정 문을 열었다.

"어이구, 부지런하기는. 어여 가 있어. 금방 갈 테니께."

선화보살은 늦은 아침 준비를 하고 있다가 갑자기 문을 여는 천
득을 보고 처음에는 깜짝 놀랐지만 이내 눈웃음을 치며 복도를 살
펴봤다. 복도에 아무도 없다는 것을 확인하고 귓속말로 속삭였다.

천득은 소리 없이 웃는 얼굴을 하고 201호로 들어갔다. 방글라데
시인들과 네팔인들이 살던 201호의 흔적은 선화보살이 대충 정리를
해 놓았다. 설거지를 하지 않은 식기와 취사도구는 마대 자루에 한

꺼번에 담아 방구석에 처박아 두었고 때 묻은 이불과 옷들도 구석으로 몰아 놓고 침대에는 슈퍼에서 파는 은박지 형태의 돗자리를 깔아 놨다.

천득이 허리띠를 풀고 청바지를 벗고 있는 사이에 선화보살이 들어 왔다. 그녀는 방문을 잠그자마자 침대 위로 냉큼 올라가서 티셔츠는 내버려 두고 화장실에서 볼일을 볼 때처럼 반바지만 끌어내렸다. 시장 쪽으로 나 있는 창문으로 아침 햇살이 빠져 들어와서 그녀의 은밀한 부분을 뽀얗게 비추었다.

천득이도 티셔츠와 조끼는 벗지 않았다. 셔츠를 가슴팍까지 끌어올리고 대포를 앞세워서 돌진해 갔다. 선화보살은 처음 천득을 받아들였을 때처럼 찢어지는 것 같은 고통에 부르르 떨다가 혼절해 버릴 정도의 통증은 느끼지 못했다. 그때는 사흘 동안 계단을 내려가지 못할 정도로 고생을 했었다. 그래서 아침은 굶고 점심과 저녁은 아래층에 있는 태평면옥과 분식센터에서 시켜 먹었다.

"장군님! 장군님!"

하늘에 계신 최영장군을 지상으로 모시려면 꽹과리를 두들기고 징을 울려야 했다. 샌님처럼 양반다리를 하고 얌전히 앉아 두들겨서 되는 것도 아니고 껑충껑충 춤을 추며 무아지경에 빠져 있어야 최영장군님이 오신다. 최영장군이 몸으로 접신할 때는 자신도 모르게 몸이 부르르 떨린다. 그때는 상체만 떨리는 것이 아니고 아래까지 떨리기 마련이다. 천득이도 항우장사를 닮아서 그녀의 온몸을 떨리게 만들었다. 그녀가 길들여지지 않았을 때는 그때마다 깜짝깜짝 놀라며 통증을 참아야 했다. 그러나 지금은 단련이 되어서 통증이 기분 좋게 다가와 숨이 차도 기분이 좋았다.

천하대신 아니시냐 지하대신 아니시냐!
으메 좋은 거, 어매 나 죽어!
우레주레는 벼락대신 금성으로 청룡대신 조선몸두 호구대신
아이구! 천득아! 무엇하다 이제 왔나!
마당 쓸다 이제 왔나! 또랑 치다 이제 왔나!
가슴에다 대천문을 열고 눈에는 야경 주고 귀에다가 열쇠 열어
으메! 좋은 거! 으메 천득아!
입에다가 옥천문을 열고 손에다가 사십갑자를 내려 주실 때…….

뜨겁게 밀려온 폭풍이 거칠게 회오리를 치고 나서 바짝 말라 있던 대지를 흠뻑 적셔 놓았다.
"딴 사람들한테는 이 방에서 있었던 일을 절대로 말하면 안 되는겨. 알겠지?"
선화보살이 온몸의 뼈마디를 빠짐없이 분해해서 샘물에 깨끗이 헹궈 다시 맞춰 넣은 기분으로 속삭였다.
"어…… 어…… 엄마한테 말 안 햐. 절대로 말 안 햐."
천득은 자랑스럽게 대답하며 선화보살에게 새끼손가락을 내밀어

보였다.

천득은 '웅웅웅' 콧노래를 부르며 밖으로 나갔다. 오늘 하루도 한낮은 지겹도록 더울 것 같았다. 시장에는 하루 장사 준비를 하느라 조용히 붐비고 있었다.

천득은 채소전에서 한참을 머물렀다. 손수레를 끌고 부지런히 채소들을 식당으로 배달해 주는 일, 차에서 채소전까지 배추자루를 옮겨주는 일, 어제 팔다 남은 배추의 시든 껍질을 벗겨 주는 일 등을 해 주고 말라비틀어진 오이 두 개를 얻어먹고 있는데 현대슈퍼에서 전화가 왔다.

현대슈퍼에서는 라면 2박스, 떡볶이, 식용유, 어묵 등을 손수레에 실어서 분식센터에 배달을 했다.

"좌우지간 먹성 하나는 끝내준다니까. 하긴 그 덩치 유지하려면 보통 남자들의 서너 배는 먹어야겠지. 김밥 한 줄 더 썰어 줄까?"

분식센터가 천득에게 라면과 김밥 한 줄을 내밀었다. 천득이 눈 깜짝할 사이에 먹어치우는 것을 보고 물었다.

천득은 망설이지도 않고 빈 접시를 내밀었다. 분식센터는 김밥 한 줄을 더 썰어 주고 안타깝다는 얼굴로 천득의 엉덩이를 주물렀다. 생고무 같기도 하고, 속을 탄탄하게 넣은 방석을 만지는 것 같은 감촉이 느껴졌다. 성욕은 일어나지 않지만 엉덩이를 그냥 바라보는 것보다는 만지는 것이 좋았다.

천득이는 잉꼬떡집, 원조떡집, 이조떡방에 들러서 이런저런 일을 거드는 사이에 10시가 됐다. 그동안 오이부터 시작해서 라면, 떡 등을 계속 먹어서 배는 든든했다.

그는 순댓국집으로 갔다. 오늘도 순댓국집 남자는 보이지 않았다. 순댓국집 여자는 검은색 바탕에 노란 해바라기가 듬성듬성 그려진 원피스 차림으로 천득에게 소주 한 병과 돼지 생간 한 접시를 내밀었다.

그녀는 천득이 술잔을 비우는 동안 핏물이 빨갛게 물든 도마 앞에서 쪽파를 썰고, 양파를 다졌다. 칼질을 할 때마다 한아름이나 되는 팔뚝이 출렁출렁거렸다. 그와 동시에 고무풍선처럼 부풀어 있는 젖가슴도 벌떡벌떡 파도를 탔다.

"오늘도 과일백화점 갈 생각여?"

"응."

"내 생각에는 과일백화점에서는 돈을 더 받아야 된다고 생각해. 여기서는 길어야 한 시간이지만, 거기는 서너 시간씩 있잖아. 그래서 하는 말인데 거기 가서는 만 원씩은 받으라고 알겠지?"

"드…… 등신, 천 원이여. 천 원씩 받는 거여."

천득이 바다이야기에 출입하기 전에는 순댓국집에서 시간을 보냈다. 점심 때나 저녁 때, 손님이 밀릴 때는 곧장 서빙을 잘해줬었다. 덩치가 커서 식탁과 식탁 사이를 돌아다니는 것이 불편하고, 손님들에게 위압감을 주기는 했지만 천 원이면 공짜나 다름없었다. 순댓국집 여자는 천득이 과일백화점에서 머무는 것이 불만이었다.

파를 썰다 말고 날이 새파랗게 서 있는 칼로 도마를 탁탁 치면서
야무지게 말했다.

"고…… 고래 잡아야 햐. 고래, 잡아서 집 사. 큰 집."

천득이는 입술에 묻은 돼지 피를 손등으로 닦으며 '헤' 하고 웃
었다.

"꼴에 바다이야기까지 들락거리는 모양이구먼. 시장 남자들 몇
명이 요즘 거기 푹 빠져 있다고 하던데. 거길 들락거리면 패가망신
한다구. 하긴, 내 남편도 못 거두는 등신 같은 년이 천득이 교육시
킨다는 말을 다른 사람이 듣는다면 시장 사람들이 덜 떨어진 년이
라고 손가락질하겠지."

순댓국집 여자가 도마 위에 썰어 놓은 파를 대야 쪽으로 떨어트
리며 말했다. 대꾸도 하지 않는 천득이를 곁눈질로 바라보았다. 고
릴라처럼 우람한 몸집은 어디에 내놔도 뒤질 것이 없었다.

'아무리 덩치가 크고 힘이 항우장사면 뭣해. 여자가 어떻게 생겼
는지도 모르는 등신인데……'

그녀는 남편한테 쏠렸던 울화가 천득이의 얼굴에서 멈췄다. 얼굴
은 별 볼 일 없었지만 여자를 다스릴 줄만 알았어도 남편 삼아 일
을 시키면 금상첨화다. 눈짓으로 천득을 가까이 불러서 엉덩이를
철썩 때렸다. 손바닥만 찌르르거리도록 아팠다.

견물생심

과일백화점 2층에는 병원이 있어서 저녁에 문병을 오는 손님들이 과일을 사기 위해 가게에 들르는 경우가 많았다. 퇴근하는 샐러리맨들도 주 고객이고, 밤이 늦어서는 얼큰하게 마신 취객들이 가족들에게 줄 사과와 포도, 바나나, 파인애플 같은 것을 사 갔다. 상대적으로 한낮에는 손님들이 드문 편이어서 졸리도록 한가했다.

오대수는 오징어를 질겅질겅 씹으며 천득의 맥주컵에 소주를 넘치도록 따라 주었다. 천득은 오징어 다리를 뚤뚤 말아 한꺼번에 씹으며 오대수가 따라 주는 술을 받았다. 술잔을 든 천득의 손이 흔들리면서 손가락으로 술이 흘렀다. 그는 맥주컵을 내려놓고 손가락의 술을 핥아 먹으며 히죽 웃었다.

"완샷이라는 거 알지? 완샷!"

"응, 와! 완샷!"

"너 완샷이 뭔 뜻인지 알기는 하는 거여?"

"와…… 완샷……."

"내 말 잘 들어 봐, 완샷이라는 말이 뭔 뜻인고 하면, 이 소주를 한꺼번에 입 안에 뭐 버리자는 말여. 무슨 말인지 알겠지?"

"와…… 완샷!"

천득이 뱅글뱅글 웃으며 술잔을 치켜들었다. 가득 따른 술이 출렁거리며 또 손바닥에 묻었다. 맥주컵을 내려놓고 다시 손바닥에 묻은 소주를 혀로 핥으며 헤헤 웃었다.

"어이구, 차라리 내가 등신이 되고 말지. 자! 완샷하는 거다."

"응, 완샷!"

오대수가 먼저 맥주컵을 단숨에 비워버렸다. 천득이는 오대수가 술잔을 비울 때까지 구경만 했다. 뒤늦게 오대수처럼 목울대를 꿈틀꿈틀거리며 천천히 잔을 비웠다.

"야, 천득아!"

"왜……."

"너 요즘 바다이야기에 고래 잡으러 안 가는 거 같더라? 너도 나처럼 부도났냐?"

오대수는 담배를 입에 물었다. 사과를 먹던 천득은 입술에 묻은 사과조각을 손등으로 닦으며 오대수를 멀거니 쳐다본다.

"내 말에 대답을 해야 담배를 주지. 요즘 바다이야기는 왜 안 가는지 말해 봐."

"보…… 복권 샀어."

천득은 생각만 해도 좋아 죽겠다는 얼굴로 뒷주머니에서 신문지에 싼 로또 복권을 펼쳐 보였다.

"어이구. 천득이도 꿈이 원대하시구면. 고래로는 만족을 못하시겠다, 이 말씀이신가?"

"사…… 사등해서…… 도…… 돈 받았어. 오…… 오만 원!"

"뭐? 너 같은 등신이 로또 복권 사등에 당첨이 됐었단 말여?"

한여름처럼 푹푹 찌는 날씨는 아니었지만 땡볕이 뜨거워서 낮술은 금방 올랐다. 오대수는 얼굴로 빨갛게 몰려오던 취기가 말갛게 달아나는 것 같았다. 고개를 번쩍 들고 빠르게 물었다.

"펴…… 편의점 아가씨가 돈 줬어, 오…… 오만 원 줬어. 이거…… 오, 오만 원여. 오만 원."

천득은 편의점을 손가락으로 가리키며 자랑스럽게 웃었다.

"그러니까 뭐야? 편의점에 있는 여자가 사등에 당첨이 된 걸 확인해 줬단 말이지."

"드, 등신, 사등하면 오만 원 주는 거여, 오만 원……."

"내 말 똑똑히 들어 봐. 천득이 네가 저 편의점에서 돈을 주고 로또 복권을 샀단 말이지?"

오대수가 믿을 수 없다는 얼굴로 물었다.

"응, 로…… 로또! 큰 집 살 수 있어."

천득이는 바지 뒷주머니에서 사각으로 착착 접은 신문지를 꺼냈다. 신문지를 펼쳐서 비닐봉투 안에 있는 천 원짜리 로또 복권을 자랑스럽게 내밀었다.

"허! 이 자식 봐라. 난 영 등신인줄 알았더니 재테크는 나보다 한 수 위네. 그럼 이 로또 복권에 당첨됐다는 말이지? 그것도 사등에?"

오대수는 놀랍다는 얼굴로 천득이 내민 로또 복권의 발행일자를 확인했다. 아직 추첨하지 않은 복권이 맞다는 것을 확인하고 혀를 찼다.

"응…… 오, 오만 원 줬어."

"이, 등신이 사등에 당첨이 된 것이 사실이긴 사실인 모양이군."

천득이가 비록 바보이기는 하지만 로또에 당첨되지 말라는 법은 없다. 당장 4등에 당첨되었다는 말만 들어봐도 천득이 얼마든지 로또에 당첨될 수 있다는 사실이 증명된 셈이다. 천득이의 셈 능력은 초등학교 1학년 수준으로, 숫자를 셀 수는 있었지만 읽을 줄은 모른다. 더구나 신문이나 인터넷에 로또 당첨 번호가 게재된다는 사실은 모르고 있을 것이다. 누구든지 먼저 확인하는 사람이 임자라는 말과 같았다. 편의점 직원도 4등에 당첨됐으니 교환을 해 준 것이지, 만약 1등에 당첨이 됐다면 어림서푼어치도 없는 짓일 것이다. 껌이나 한 통 주고 입을 싹 닦아버렸을 것이다. 오대수는 생각이 거기까지 미치자 오늘 천득이에게 술 한잔 사주길 잘했다는 생각이 들었다. 잔기침을 '큼큼' 하면서 천득이 얼굴을 가만히 바라보았다. 소주를 단숨에 비워 버린 천득은 빨갛게 달아오른 얼굴로 오징어 다리를 씹으며 손에 들고 있는 오징어 다리를 가만히 바라보고 있었다.

"천득아."

오대수가 천득의 우람한 손바닥을 끌어당겨 잡으며 부드럽게 불렀다. 천득은 고개를 숙이고 이로 물고 있는 오징어 다리를 끊어내느라 오대수를 바라보지 않았다.

'이걸 그냥! 아니지.'

오대수는 천득이가 정신이 번쩍 들만큼 따귀를 올려붙이려고 손을 치켜올리다가 이내 고개를 흔들었다. 지금은 그럴 때가 아니라는 생각에 양손으로 천득의 큰 얼굴을 잡아서 자신의 얼굴을 바라보게 한 다음 입을 열었다.

"너, 내가 좋냐? 아니면 저 앞에 있는 편의점에 근무하는 여직원이 좋냐?"

"다…… 좋아."

"야, 이 등신아. 저 여자가 너한테 술을 사 줬어, 아니면 사과나 포도를 줬어? 짜장면 한 그릇이라도 사 준 적 있어?"

오대수는 천득이처럼 덜떨어진 인간은 부드럽게 대해주면 올라타는 법이라고 생각했다. 평상에 앉아 있다가 벌떡 일어섰다. 비로소 천득이와 눈높이가 일직선이 됐다. 천득의 멱살을 단단히 움켜잡고 편의점 쪽을 손가락으로 가리키며 침이 튀기도록 물었다.

"어…… 없어."

"그럼, 누가 좋아? 짜장면하고 소주하고 사과를 준 내가 좋아? 아니면 우리 동네 살지도 않는 것은 물론이고 너한테 아무것도 사주지 않은 편의점 여자가 좋아?"

"보…… 복권 주니까 도…… 돈 줬어."

천득은 오대수가 잡은 멱살을 감히 뿌리칠 엄두도 내지 못했다. 그보다는 오대수의 주먹이 날아올지도 모른다는 두려움에 양손으로 얼굴을 가리고 더듬거렸다.

"어이그, 이걸 패버릴 수도 없고……."

오대수는 천득이를 한 대 때려 버린 후에 바나나를 한쪽 주면서 살살 달래야 할까 생각하며 천득이를 노려봤다. 하지만 주먹으로 해결할 문제가 아니라는 생각이 들어서 일단 천득의 멱살을 잡고 있던 손을 내렸다.

천득이는 오대수의 주먹이나 발길질이 언제 날아올지 몰라서 구석으로 물러나 앉았다. 오대수는 겁에 질린 곰처럼 구석에 쪼그려 앉아서 멀뚱멀뚱 자신을 바라보고 있는 천득이를 노려보는 시선을 거두지 않았다. 원래 행운이라는 것은 간절하게 기원할수록 뒷걸음을 치고, 우연히 다가올 때가 많다. 당장 바다이야기에서만 봐도 천득은 돈을 딸 때가 많다. 천득의 행운을 가로채려면 로또 복권을 사는 즉시 자신에게만 보고하게 만들어야 하는데 묘안이 얼른 떠오르지 않았다. 천득이는 뭘 믿고 그러는지는 모르지만 한번 똥고집을 부리기 시작하면 어느 누가 설득해도 말릴 수가 없었다.

"천득이 너 재미 좀 볼래?"

오대수는 오징어 몸통을 신경질적으로 찢으며 밖을 바라봤다. 그의 눈앞에 커피보따리를 든 여자가 나타났다. 은행 2층에 있는 정다방 엄 양이다. 넓적다리가 훤히 드러나도록 짧은 스커트를 입은 엄 양은 빨간색 하이힐을 신고 아스팔트 바닥을 또각또각 찍으며 걸어가고 있었다. 정다방 엄 양을 보는 순간 기가 막힌 묘안이 떠올랐다. 턱으로 엄 양을 가리키며 은근히 물었다.

"쟤…… 재미?"

"지금 요 앞을 지나가는 여자 봤지?"

"봐…… 봤어."

천득이 기대에 찬 눈빛으로 샐쭉 웃으며 대답했다.

"끝내주게 예쁘지?"

"예…… 예뻐!"

천득이 하얗게 웃는 얼굴로 고개를 끄덕였다.

"편의점에 근무하는 아가씨하고 아까 그 아가씨 중에 누가 더 예뻐?"

"다, 예뻐."

"야, 이 등신아! 다방 아가씨는 삐쩍 마르기는 했지만 젖이 더 크잖아. 엉덩이도 크고, 허리도 훨씬 가늘고 잘 빠졌잖아. 그럼 누가 더 예쁜 거야? 너 여자 젖가슴 만져 봤냐?"

"응."

"뭐라고 이 자식 이거 겉으로는 등신인 척하면서 뒤로는 호박씨

까고 다녔구먼. 어떤 여자 젖가슴 만져 봤어?"

"어…… 엄마."

천득은 아침마다 선화보살과 뜨거운 교합을 치뤘지만 애무 같은 것은 하지 않았다. 오직 동물적인 쾌감과 배설로 끝내버렸기 때문에 선화보살의 젖가슴은 만져보지 못했다.

"그러면 그렇지. 엄마 말고 아까 요 앞을 지나가는 다방 아가씨라든지 술집 여자 젖을 만져 봤어?"

오대수가 그럴 줄 알았다는 얼굴로 소리 죽여 웃고 나서 목소리를 낮추고 진지하게 물었다.

"여…… 여자, 젖 만지면 호랭이한테 물려가. 호랭이가 잡아가."

"곶감이 호랑이보다 무섭다는 말은 들어 봤어도, 여자 젖가슴을 만지면 호랑이한테 물려간다는 말은 머리털 나고 처음이네. 엄마가 그랬어? 여자들 젖 만지면 호랑이한테 물려간다고?"

"아…… 아부지, 여자 만져서 호랭이한테 물려갔어. 노…… 높은 산으로."

천득이 그렇지 않아도 아이처럼 동그란 눈동자를 더 동그랗게 뜨며 손을 내저었다.

"아부지가 호랑이한테 물려갔든, 삼촌이 물려갔든, 나하고는 상관이 없는 이야기고 너 여자하고 이걸로 해 봤냐?"

오대수가 천득의 지퍼 부분을 손가락 끝으로 툭툭 치며 은근히 물었다.

"마…… 만지면, 기…… 기분이 막 좋아."

천득이 그답지 않게 뒤통수를 긁으며 히죽 웃었다.

"짜식, 이거 영 등신인 줄 알았더니, 그건 할 줄 아는 모양이네. 지금부터 내가 하는 말 똑똑히 들어. 내 말만 잘 들으면 커피뿐만 아니라 이거 목욕도 시켜 준단 말이야. 알았지?"

오대수는 이번에는 천득의 물건을 슬쩍 만져 보았다. 덩치가 커서 그런지 물건의 감촉도 묵직했다. 침을 꿀꺽 삼키는 천득을 보니 제 딴에는 내색을 하지 않아서 그렇지, 성적 본능도 있는 것 같다고 생각했다.

"으…… 응."

천득이 몸을 배배 꼬며 손가락을 만지작거렸다.

"천득이 너 내 말 똑똑히 들어. 오늘 너를 홍콩 보내줄 테니까 앞으로는 복권은 네 맘대로 사도 좋지만, 추첨할 때는 편의점 여자한테 물어보지 말고 꼭 나한테 물어봐야 한다. 만약 약속 안 지키면 내 손에 죽는 줄 알어. 알았지?"

"응."

천득은 망설이지도 않고 자신 있게 대답했다. 오대수는 충견을 바라보는 눈빛으로 천득의 얼굴을 바라보며 휴대전화로 커피숍 전화번호를 누르기 시작했다.

천득은 침을 꿀꺽 삼키며 오대수가 맥주컵에 따라주는 소주를 물처럼 마셨다. 오대수가 오징어 머리를 쭉 찢어서 천득의 손바닥에 던졌다.

"너 주머니에 있는 돈 좀 꺼내 봐. 홍콩 보내줄 테니까."

오대수는 천득의 주머니를 뒤져서 오만 원을 꺼냈다. 그 중에 삼만 원을 제하고 이만 원은 다시 천득의 주머니에 넣어 주었다.

"내…… 내 돈 줘."

오징어 머리를 질겅질겅 씹느라 침을 흘리고 있던 천득이 굳은 얼굴로 손바닥을 내밀었다.

"그렇지 않아도 더워 죽겠는데 또 열 받게 만드네. 너 백조여관이 어딘지 알지? 내가 전화를 해 놨으니까 거길 가 봐. 거기 가면 돈을 줄 테니까 어서 가 봐."

오대수는 천득이 내미는 손바닥을 내려쳤다. 커다란 천득의 등을 떠밀어 과일백화점 밖으로 밀어냈다.

"내…… 돈, 줘?"

천득은 오징어 다리를 대충 씹다 꿀꺽 삼키며 편의점 옆으로 난 여관 골목을 바라보았다.

"그려. 백조여관에 가서 찬물에 시원하게 목욕하고 침대에 누워 있어. 그러면 쌈박하게 생긴 아가씨가 그 방으로 들어갈 거야. 그 다음에는 그 아가씨가 시키는 대로 가만히 있으면 되는 거야. 그러니 어서 가 봐. 끝나고 나서는 꼭 여기로 와서 나한테 보고해야 한다. 안 그러면 내 손에 죽을 줄 알아. 알겠지?"

오대수는 실실 웃는 얼굴로 문 앞까지 나가서 손을 흔들어 배웅을 했다.

여관 골목 안에 있는 백조여관은 멀지 않았다.

모처럼 하늘이 맑았다. 구름 한 점 없는 하늘 밑의 골목은 조용했다. 천득은 심부름을 가는 걸음으로 척척 바쁘게 걸어서 백조여관으로 갔다.

천득은 여관에 심부름을 몇 번 해 본 적은 있었다. 자신 있게 여관 안으로 들어가기는 했지만 심부름 온 것이 아니라서 무엇을 어떻게 해야 할지 몰랐다. 고개를 길게 빼고 텅 비어 있는 복도와 2층으로 올라가는 계단이며, 내실을 기웃거렸다.

"오래 살다 보니까 천득이가 우리 여관에 손님으로 올 때도 다 있구먼?"

오대수에게 전화를 받고 천득이를 기다리고 있던 변 사장이 내실 안에서 파리채를 들고 밖으로 나왔다.

"너 여자하고 자 봤냐?"

"자…… 자 봤어."

변 사장을 따라 2층으로 올라가던 천득이 망설이지 않고 대답했다.

"꼴에 남자 구실은 다 하고 다니는구먼. 어떤 여자하고 자 봤냐?"

"우…… 우리 엄마."

"젠장, 등신하고 입을 섞은 내가 등신이지. 내 말 똑똑히 들어,

여기가 목욕탕여. 여기 들어가서 옷을 홀딱 벗고 목욕을 하란 말여. 목욕을 하고 목이 마르면 냉장고 안에 있는 물하고 음료수 마셔. 공짜니까 다 마셔도 괜찮아. 그라고 얌전히 누워있으면 어떤 여자가 들어올 거여. 심심하면 여기 텔레비전 틀어 놓고 갈 테니까 텔레비나 보고……."

"테…… 텔레비 보면 내 돈, 돈 줘?"

"무슨 돈? 아! 그려, 엄 양이 돈 줄 모양이니까 침대에 누워서 있으면 돈 줄 거다."

오대수에게 자초지종을 들은 변 사장은 싱겁게 웃었다. 원래 늦게 배운 도둑이 밤 새는 줄 모른다고 천득이 여자를 알게 되면 시도 때도 없이 여관을 찾아올 것이라고 믿었다. 처음부터 확실하게 교육을 시켜 놔야 한다는 생각에 먼저 방으로 들어갔다. 시큼한 하수도 냄새가 풍기는 목욕탕 문을 열어 보였다. 냉장고 문을 열어서 생수와 음료수가 있는 곳을 천득에게 알려주고 친절하게 텔레비전까지 틀어 주었다.

"아…… 알았어."

"이 자식이 반말이 입에 뱄구먼. 알았어라니, 내 나이가 환갑이 지났어 임마. 내가 뭐라고 하면 '알겠습니다'라고 공손히 대답을 해야 하는 거여. 알겠지?"

"응."

"젠장, 쇠귀에 경 읽기지. 내가 시방 등신 앞에서 천자문 외고 있었잖여."

변 사장은 방 안을 두리번거리고 있는 천득을 내버려 두고는 밖으로 나갔다.

천득은 방문을 활짝 열어둔 채 옷을 훌렁훌렁 벗었다. 알몸으로 목욕탕 안으로 들어갔다. 목욕탕 문도 닫지 않고 샤워기 밑으로 들어가서 물을 틀었다. '응응응……' 콧노래를 부르며 머리카락에 비누칠을 듬뿍해서 박박 문지르기 시작했다.

천득은 샤워기가 있는 목욕탕에서 몸을 씻는 것은 처음이다. 찬물이 서늘했지만 '응응응' 콧노래를 부르고 비누칠까지 해가며 몸을 깨끗이 씻었다. 알몸으로 침대에 걸터앉았는데 소형 냉장고가 보였다. 쪼그려 앉아 냉장고 문을 연 천득이 음료수를 꺼내 침대에 걸터앉아 마시고 있는데, 복도에서 발자국 소리가 들려왔다. 그때서야 방문을 활짝 열어 두었다는 걸 알고는 손을 뻗었다. 방이 좁아서 침대에서 방문까지는 손만 뻗으면 닿을 거리다. 하지만 방문이 바깥으로 열려 있어서 문손잡이를 잡으려면 복도로 나갈 수밖에 없었다.

"누…… 누구예요!"

천득은 빈 복도를 울리는 여자 목소리에 고개를 돌렸다. 삼십 대 초반으로 보이는 여자가 차 보따리를 들고 오다가 놀란 얼굴로 입을 가리고 서 있었다.

"처…… 천득이."

천득은 실오라기 하나 걸치지 않은 알몸으로 자신의 중요부위를 가릴 생각도 하지 않고는 히죽 웃었다.

"오빠가 천득 씨에요?"

"드…… 등신, 나는 오빠가 아…… 아녀. 천득이여."

저녁마다 2차 손님들과 술을 마시고, 3차, 4차까지 뛰는 통에 살 찔 틈이 없어 삐쩍 마른 엄 양은 천득의 축 늘어진 물건에는 신경 쓸 겨를이 없었다. 자신의 몸보다 서너 배는 커 보이는 엄청난 덩치를 가진 천득이 사람처럼 보이지 않고 괴물처럼 보일 뿐이었다.

"계산은 끝냈구요. 바쁘니까 빨리 하시죠"

엄 양은 가까이서 천득을 바라보니 마담이 귀띔해준 말처럼 덩치만 컸지, 지적 수준은 초등학생처럼 보였다. 마담 말대로 천득이를 대충 상대해 주고 이웃에 있는 서울여관으로 빨리 가야겠다는 생각에 담배를 입에 물었다.

"도…… 돈 줘."

천득은 담배를 입에 물고 옷을 벗는 엄 양에게서 시선을 옮기지 않으며 먼저 이불 속으로 들어갔다. 손을 어디에 둘지 몰라서 양쪽 손가락을 벌려 손가락 끝 맞추기를 하며 침을 삼켰다.

"돈 받았다니까……."

엄 양은 나도 급하다는 얼굴로 피우던 담배를 비벼 끄고 이불 안으로 들어갔다. 이불 속으로 손을 뻗어서 천득의 물건을 쓰다듬어 보았다. 엄청나게 컸다. 슬며시 겁이 났지만 마음이 급했다. 얼른 처리해 주고 서울여관으로 가야겠다는 생각에 반듯하게 누우며 양 팔을 활짝 벌려서 천득을 끌어당겼다. 천득은 선화보살과는 또 다 른 기분이 들어서 흥흥 웃으며 가슴 안에 폭 싸이는 엄 양을 덮쳤 다.

"악!"

변 사장이 비명 소리를 듣고 2층으로 뛰어왔다. 천득이와 엄 양 이 함께 있는 방문을 조심스럽게 두드렸으나 반응이 없었다.

"어이, 천득아! 시방 그게 무슨 소리여?"

변 사장은 문에 귀를 붙이고 방 안의 동정을 살폈다. 엄 양의 목 소리는 들리지 않았다.

"이…… 일어나!"

그는 방 안에서 천득이 당황한 목소리로 누군가를 흔들고 있는 소리를 듣고 슬쩍 손잡이를 잡아당겼다.

"내…… 내가 안 때렸어."

침대 위에는 천득이 알몸으로 앉아서 걱정스러운 표정으로 엄 양 을 바라보고 있었다. 상체를 보니 엄 양도 옷을 벗은 것 같았다. 그 러나 축 늘어져 있는 그녀의 모습을 보니 뭔가 이상했다.

"내…… 내가 안 그랬단 말여."

천득은 침대에서 내려갔다. 변 사장은 마음속에 짚이는 것이 있 어 이불을 홱 잡아당겼다. 깜짝 놀라서 허둥거리며 휴대전화를 꺼 내 119를 눌렀다.

천득이 정다방 엄 양을 병원에 입원시켰다는 소문은 밤을 넘기기도 전에 변동시장 안으로 발 빠르게 파고들었다.

소문의 근원은 파리패션으로부터 시작됐다. 그녀는 산부인과에 들렀다가 119 구급차에 실려 오는 엄 양을 보게 됐다. 구급대원들의 들것에 실려온 그녀는 곧장 수술실로 들어갔다. 파리패션은 엄 양이 단순하게 어떤 사고를 당했거나, 급성 맹장에 걸려서 119 신세를 지는 것이라고 생각하며 대수롭지 않게 넘겨 버렸다.

파리패션은 산부인과 문을 나서려다가 폭풍처럼 달려 들어오는 정 마담과 부닥쳐 뒤로 나동그라지고 말았다. 정 마담은 나동그라진 파리패션을 쳐다보지도 않고 수술실 앞으로 달려갔다.

"어이구, 이년아! 아무리 바빠도 물건을 확인하고 했어야지, 척하면 삼척이라고 천득이 덩치가 여간 커? 장사 하루이틀해 보는 년도 아닌데, 사람이 크면 물건도 크다는 진리를 왜 몰라. 어이구, 이 한심한 것아!"

파리패션은 정 마담의 입에서 천득이 이름이 튀어나오는 순간 벌떡 일어섰다. 벤치에 앉은 마담이 가슴을 치며 탄식하는 말이 무슨 말인지 몰라서 혼란스러웠다. 엄 양이 다친 이유가 천득이 때문인 것 같은데, 천득이가 떠밀어서 다쳤는지, 때려서 다쳤는지 그 이유는 알 수 없었다. 사람을 떠밀어 놓고 사과를 하지 않은 정 마담에 대한 화는 어느 틈에 하얗게 녹아내렸다. 그 대신 천득이 도대체 무슨 역할을 했는지 너무 궁금해서 손바닥까지 간지러울 지경이었다. 아픈 엉덩이를 살살 문지르면서 정 마담을 지켜봤다.

그녀는 정 마담 옆에 찰싹 붙어 앉아서 도대체 천득이와 엄 양에게 무슨 일이 있었는지 미주알고주알 캐묻고 싶었다. 하지만 체면이라는 것이 있었고 많은 여자들이 보는 앞에서 다방 마담과 특별한 관계라도 되는 것처럼 얼굴을 맞대고 말을 섞기는 싫었다. 그렇다고 변동시장의 명물인 천득이 이름이 왜 엄 양과 함께 나오고 있는지 그 이유를 알기 전까지는 산부인과 문을 나서기는 싫었다.

천득이는 남자다. 그냥 남자가 아니고 변동시장 모든 여자들이 마음대로 엉덩이를 쓰다듬을 수도 있고, 순댓국집 여자처럼 슬쩍슬쩍 고샅도 건드려 볼 수 있는 남자다. 엄 양은 여자다. 편의점에서 아르바이트를 하는 여자도 아니고, 아침에 회사에 출근해서 저녁이면 퇴근하는 여자도 아니다. 이 남자, 저 남자에게 몸을 파는 여자다. 그런 여자가 천득이와 도대체 무슨 관계가 있기에 저리도 정 마담이 무릎을 치며 탄식을 하고 있는지 파리패션은 그 이유를 모르고는 단 한 발자국도 움직일 수 없었다. 그녀는 얼른 가서 가게 문을 열고 장사할 생각은 안 하고 벤치에 앉아서 엄 양의 수술이 끝나기만을 기다렸다.

그녀가 자판기에서 커피를 뽑아 홀짝홀짝 마시면서 마담의 눈치를 살피고 있는데 과일백화점의 오대수가 문을 박차고 헐레벌떡 달려왔다.

"마담! 사람이 왜 그래? 티켓을 끊었으면 됐지, 내가 돼지 접붙이는 놈도 아닌데, 여관방까지 따라 들어가서 접까지 붙여 줘야겠어? 엄 양이 처녀도 아니고, 한두 해 물장사한 것도 아니잖아. 그럼 사이즈가 저한테 맞는지 안 맞는지는 전문적인 기술자가 판단해 볼 문제지, 왜 내 책임이라는 거여!"

성난 멧돼지처럼 씩씩거리며 정 마담 앞으로 곧장 달려간 오대수는 다짜고짜 정 마담에게 삿대질을 했다.

"초등학교 일 학년 같은 놈 물건이 당나귀처럼 대단하다는 걸 오 사장은 알고 있었을 거잖여, 그럼 응당 무조건 무식하게 들이밀지 말고 살살 부드럽게 들이밀어야 한다고 교육을 시켰어야지. 암 생각 없이 그냥 보냈으니까 엄 양이 저 지경이 됐잖아."

"허! 초등학교 일 학년 덩치가 천득이 정도라면 나 같은 놈은 생기다 만 놈이겠네? 설령 천득이가 좀 모자라다고 쳐도, 엄 양은 생각하는 것이 멀쩡하잖아. 그리고 일단 천득이가 옷을 벗었을 거잖아. 옷을 벗었으면 두 눈으로 확인해 봤을 거잖아. 옷 입고 그 짓하는 놈 봤어?"

정다방 마담과 오대수의 대화가 점점 원초적인 문제로 파고 들 기미가 보이자 원무과장과 간호사들이 뛰어 나와 그들을 뜯어 말렸다. 그러나 파리패션이 이미 모든 상황을 간파한 후였다.

'어머나! 어머나! 어머나!'

그녀는 천득의 물건이 얼마나 대단하길래 엄 양이 상처를 입었는지는 궁금하지 않았다. 천득의 지능은 좀 모자랄지 모르지만 남자의 그것은 멀쩡하다는 것. 단순히 멀쩡한 정도가 아니다. 오대수의 말대로 기술자를 병원에 입원시킬 정도로 천득의 그것이 대단하다는 점이 너무나 엄청나서 자신이 언제 변동시장에 도착했는지도 모를 지경이었다.

"에이, 설마."

그녀가 제일 먼저 만난 여자는 순댓국집 여자였다. 비록 취중이기는 하지만 천득의 그것을 주무른 경험이 많은 순댓국집 여자는 파리패션의 말을 믿지 않았다.

파리패션은 '내 말을 못 믿겠으면 당장 산부인과로 가 보자. 지금쯤은 수술이 끝났을 것이다. 정다방 엄 양이라는 여자가 산부인과에 입원해 있는 모습을 직접 두 눈으로 확인하면 될 것 아니냐'며 입에 거품을 물었다.

"아! 내가 이해를 할 수 있어야 산부인과로 확인을 하러 가든지, 정형외과로 가든지 하지. 천득이가 엄 양이라는 다방 아가씨를 병원에 입원시켜 놨다면 그 뭐야, 다방 아가씨하고 길거리에서는 할 수는 없으니까 여관이나 모텔에서 불렀어야 하잖아. 천득이 혼자 모텔을 들어갈 수 있겠어? 설령 모텔에 들어갔다고 쳐. 아가씨를 부르려면 티켓이라는 걸 끊는 것이 순서잖아. 다방 출입도 안 하는 천득이가 다방 아가씨하고 송송 할라고 했다면 누가 믿겠어? 나만 못 믿는 것이 아니고 당사자인 천득이 본인도 안 믿을 걸?"

저녁장사 준비를 하려면 순댓국을 말을 순대와 머리고기, 내장을 부지런히 썰어 놓아야 했다. 순댓국집 여자는 부지런히 칼질을 하는 한편, 손님들이 오면 눈인사를 하느라 바빴다.

"평화정형외과의원 건물에 있는 과일백화점 있잖아. 과일백화점 사장이 붙여준 것 같애. 정다방 마담하고 과일백화점 사장하고 싸우는 걸 내 두 눈으로 직접 봤어. 내가 돼지 접을 붙이는 놈이냐……. 어이그, 그 다음 말은 가슴이 떨려서 말을 못하겠네."

"음머! 자기 말 들어 보니까 진짜네. 과일백화점 그 인간이 착한 천득이를 그 지경으로 만들었구먼."

순댓국집 여자는 비로소 파리패션이 하는 말을 믿었다. 이제 막 걸음마하는 아이 고추 만지듯, 주물렀던 그놈이 여자를 알고 있었다니, 시도 때도 없이 엉덩이를 때렸던 그놈이 여자를 알고 있었다고 생각하니까 웃어야 좋을지 울어야 좋을지 혼란스러웠다. 분명한 것은 혼자 알고 있기에는 너무나 엄청난 사건이라는 점이었다. 칼질을 하다 말고 멍한 표정으로 파리패션을 바라봤다.

남자 손님 두 명이 들어와서 순대 모둠 안주에 소주를 달라고 했다. 모둠 안주면 고기를 섞어 주는 분량이 정해져 있었다. 순대 몇 점에, 곱창과 간, 허파, 머리고기 등을 정해놓는 분량에 따라 썰어 주어야 한다. 하지만 그럴 경황이 없었다. 마치 우연히 남녀가 교합하고 있는 광경을 두 눈으로 생생하게 본 것처럼 가슴이 떨리고 얼굴이 화끈거려서 답답했다. 이 답답함을 풀어내려면 빨리 시장통닭집 여자에게 달려가서 파리패션에게 들은 말을 털어 놓는 수밖에 없었다. 순대를 대충 썰어서 손님들에게 내밀고는 시장통닭집으로 갔다.

"에이! 그 말이 진짜라면 나는 천득이하고 열 번도 더했을껴. 맨날 궁둥이를 쓰다듬어도 산에 올라가다 바위 쓰다듬는 기분밖에 안 들던걸 머. 천득이가 여자를 알고 있었다면 내가 제 엉덩이를 얼마나 쓰다듬어줬는데도 가만 있었겄어?"

"아녀, 과일백화점 오대수란 놈이 붙여 줬댜."

"붙여 주긴, 천득이가 황소여? 붙여 주게?"

"정다방에 근무하는 엄 양이라는 여자가 일일구 구급대에 실려와서 산부인과에서 수술받고 있는 걸 파리패션이 두 눈으로 똑똑히 봤다는겨. 원래 그 여자 신소리하는 성격이 아니잖아."

"진짜구먼. 이 일을 어떡한댜, 난 몰라."

순댓국집 여자는 파리패션에게 들은 이야기를 곧이곧대로 전해 주기에는 왠지 억울했다. 천득이와 엄 양이 그 짓을 하다가, 천득이 물건이 하도 커서 엄 양의 장이 파열되었다고 말했다.

시장통닭집 여자는 어두컴컴한 가게 안 방문턱에 걸터앉아서 혼이 빠진 얼굴로 구석에서 졸고 있는 수컷 고양이 네로를 바라봤다. 순댓국집 여자가 집에 손님이 있다며 동동걸음으로 걸어나가도 뭐라고 말을 걸지 않았다. 그녀는 문득 가게 밖으로 하늘을 바라봤다. 하늘에서 석가래만 한 천득의 물건이 내려오는 것 같은 환상에 젖어 있다가 깜짝 놀라며 일어섰다. 내가 이러고 있을 때가 아니라는 얼굴로 단걸음에 분식센터를 찾아갔다.

마침 분식집 여자는 저녁 나절이라서 라면 끓이랴, 김밥 썰랴, 쫄면 끓이랴, 떡볶이 만들랴, 1인 4역을 하느라 정신이 없었다.

"어머머! 천득이 물건이 그렇게 대단해? 다방년을 그 지경으로 만들어 놨다면, 천득이도 보통은 넘을껴. 우린 그것도 모르고 아무것도 모르는 등신인 줄 알았잖아."

분식센터는 상상하는 것만으로도 몸이 떨린다는 표정으로 쫄면 사리를 라면이 한참 끓고 있는 냄비에 집어넣고 말았다.

천득이에 대한 소문은 그동안 저녁마다 남편과 찧고, 처박고 싸우느라 삶의 감각을 잃어버렸던 변동시장 여자들에게 생기를 불어넣었다. 그러나 아프리카 초원의 풀들이 건기에 바짝 말라비틀어져 누렇게 떠 있다가 우기를 만난 것처럼 푸릇푸릇하게 생기가 도는 소문은 여자들 사이에서만 맴돌라는 법은 없었다.

요즈음은 경기가 너무 안 좋은데다가 지난 폭우 피해로 어느 집이나 부부 사이가 무미건조했다. 그래도 낮에는 서로 하루 종일 소 닭 쳐다보듯 지내다가도 이불 속에 들어가면 남녀 간의 소재를 일기예보 정보처럼 스스럼없이 주고받는 부부들이 있기 마련이다.

현대슈퍼가 그랬다. 낮에는 남편이 아내를 외상값 받으러 온 여자처럼 여기고, 아내는 남편을 태평면옥에서 짜장면 배달 온 남자처럼 여기다가도 밤에 이불 속으로 들어갔다 하면 상황은 달라졌다.

그들은 시장 안에서 일어난 시시콜콜한 이야기부터 부부지간의 은밀한 정보들까지 두런두런 주고받느라 밤새는 줄 몰랐다.

"뭐야? 천득이 그놈이 참말로 엄 양을 병원에 입원시켰단 말야?"

졸음이 가물가물 밀려오고 있던 현대슈퍼는 아내의 말에 갑자기 찬물을 뒤집어 쓴 얼굴로 벌떡 일어나 앉았다.

"그렇다니까요. 산부인과에서 정다방 마담하고, 과일백화점 오대수하고 대판 싸웠대요. 너 때문에 그랬니, 당신 때문에 그랬니 하고……."

"그래서! 당신은 그 뭐여? 엄 양이 부럽다는 거여 뭐여?"

현대슈퍼는 생각만 해도 몸이 진저리쳐진다는 표정으로 하는 아내의 말에 벌컥 화가 났다.

"어머머, 이이 좀 봐. 내가 왜 엄 양을 부러워해요? 난 그냥 분식센터가 한여름에 몸살 걸린 여자처럼 덜덜 떨리는 목소리로 말하길래, 그냥 당신한테……."

"좌우지간 여자들은 잠시도 놀려서는 안 돼. 잠자는 시간 빼놓고 일을 시켜야 엉뚱한데 신경 안 쓰지."

현대슈퍼는 한가하게 죄 없는 아내를 닦달하고 있을 때가 아니라고 판단했다.

이튿날 그는 설거지를 끝낸 아내가 슈퍼로 출근하자마자 무조건 밖으로 나갔다. 누구에게 이 소문을 전해야 온 시장 남자들에게 일파만파로 퍼져 나갈까 고민하다가 잉꼬떡집으로 향했다. 언젠가 천득을 쥐잡듯 패던 잉꼬떡집이라면 도시락을 싸 들고 다니면서 소문을 낼 것 같았다.

'아냐, 이런 일은 번영회 차원에서 대책을 세워야 해.'

막상 잉꼬떡집 근처에 도착해서는 마음이 바뀌었다. 그는 팔도건강원 쪽으로 방향을 돌렸다.

"허긴, 덩치가 우리보다 두 배 이상은 크잖아. 그럼 그것도 대단하겠지. 하지만 아무리 크다고 해도 설마 병원에 입원시킬 정도나 될까?"

팔도건강원은 염소 중탕을 하기 위해 살코기가 된 염소를 토막내고 있던 중이었다. 염소 뒷다리를 토막 내다 말고 강 건너 불구경하듯 말했다.

"박 사장, 지금 그 등신 물건 큰 것이 문제가 아녀. 그 등신이 법을 알겠어? 아니면 사리 판단을 할 줄 알겠어? 예의범절을 알겠어? 내일 모레면 뒷산에 나무하러 갈 양반인 청산상회 영감한테도 반말을 찍찍 내갈기는 놈이잖아. 막말로 돈 천 원만 주면 똥이라도 먹으라면 먹을 놈 아녀."

"뭐야? 그럼 마누라들이? 에이, 설마?"

팔도건강원은 칼질을 멈추고 잠시 생각하다가 이내 고개를 흔들며 다시 칼질을 시작했다.

"요새 여자들이 뭔 짓을 못햐. 노래방에서 남자 도우미도 부른다잖아. 묻지마 관광이라는 말 못 들어 봤어? 묻지마 관광 가려면 최소한 오만 원은 내야 한다고 하드만. 헌데 돈 천 원여. 단돈 천 원이란 말여. 요새는 아이스크림도 천 원짜리가 없어!"

현대슈퍼가 한심하다는 얼굴로 팔도건강원을 바라보고 있다가 침을 튀기며 말했다.

"위원장 말을 듣고 보니 심각하구먼. 입장을 바꿔서 변동시장에 천 원짜리 여자가 나타났다고 하면 가만히 있을 놈이 어디 있어? 채소전 늙은이도 천 원이라면 매일 하겠다고 덤벼들 걸."

팔도건강원은 비로소 사태의 심각성을 인식하고 칼을 집어던지며 의자에 털썩 주저앉았다.

변동시장 번영회 간부들은 점심시간에 맞춰 태평면옥에 모였다. 팔도건강원은 회원들의 의견은 물어보지도 않고 자신의 구미에 맞춰 점심메뉴를 짬뽕으로 통일을 시켰다. 짬뽕이 나오기 전에 입가심용으로 소주도 몇 병 주문했다.

"내, 이날 이 나이까지 살아오도록 무슨 홍수나 폭설 예방 대책위원회라든지, 범죄예방이나, 교통안전 예방 대책위원회 같은 것에 참석은 해 봤어도, 그 뭐여! 창피해서 말이 안 나오네……."

팽 회장이 단무지 한 개를 달게 씹어 먹고 나서 차마 민망해서 말을 못하겠다는 얼굴로 입을 열었다.

"참말로 천득이 그놈이 정다방 엄 양을 작살냈다는 것이 사실입니까?"

오늘 오후에 의용소방대장단 회의가 있어서 술을 마실 수 없다는 잉꼬떡집이 혀를 차며 팔도건강원에게 물었다.

"내 말을 못 믿겠으면 지금이라도 산부인과에 가 봐."

팔도건강원이 직접 물어 보라며 현대슈퍼를 바라봤다. 바통을 이어받은 현대슈퍼가 소주 한 잔을 달게 마시고 길게 트림을 했다.

"허! 엄 양, 난 그 여자 그렇게 안 봤는데."

"뭘 그렇게 안 봤다는 거여?"

팔도건강원이 잉꼬떡집에게 물었다.

"아, 얍삽하게 생긴 것이 그렇게 생각 없이 사는 줄 알았으면 진작 나도 백조여관에 가는 건데."

"의용소방대장, 아직 안 늦었으니까 어여 산부인과에 가 봐. 거기 누워 있으니까 일부러 힘들여서 누우라고 할 필요가 없겠네. 게다가 천득이가 길을 널찍하게 내놨응께 훨씬 쉬울 거여."

팽 회장이 어이없다는 얼굴로 잉꼬떡집을 바라보다가 팔도건강원에게 시선을 돌렸다. 팔도건강원은 지금 한가하게 농담이나 할 때가 아니라는 얼굴로 말했다.

주문한 짬뽕이 나왔다. 모두들 이른 아침을 먹고 장사 준비를 하랴, 배달하랴, 떡을 만들랴 바쁘게 시간을 보낸 뒤라서 잠자코 짬뽕 그릇을 비워갔다.

"천득이를 곰처럼 목에 사슬을 걸어서 데리고 다닐 수도 없는 노릇, 누구 사람을 붙여서 스물네 시간 감시를 할 수도 없는 노릇, 정다방 엄 양을 산부인과에 입원시켜 놨으니 유치장에 가두라고 고소를 할 수도 없는 노릇, 여자들을 죄다 불러서 천득이를 건드렸다가는 병원에 입원하는 일이 생길 테니 절대로 건들지 말라고 엄포를 놓을 수도 없는 노릇, 천득이를 조심하라고 시장 입구에다 현수막을 걸어 놓을 수도 없는 노릇.”

팽 회장은 면발을 모두 건져 먹은 후 국물만 남겨 놓고 소주잔을 비웠다. 수저로 건더기를 건져 먹다가 뜬금없이 혼잣말로 중얼거렸다.

“아! 천득이 같은 얼간이 때문에 고민하고 자시고 할 것도 없습니다. 어디 창고 같은 데로 불러다가 작신 두들겨 놓으면 됩니다. 앞으로는 시장 여자들이 바지 벗으라고 하면 당장 달려와서 신고하라고 말입니다. 여러분이 앞장서기 곤란하면 그 일은 내가 앞장서겠습니다.”

“소방대장 실력은 내 눈으로 똑똑히 봐서 인정할 수 있어. 하지만 이게 몽둥이찜질로 해결될 문제가 아냐. 우선 무슨 명목으로 몽둥이찜질을 할 거야? 떡집에서 떡을 훔쳐 먹은 것도 아니고, 제수씨를 아작내서 엄 양처럼 병원에 입원시킨 것도 아니잖아. 우린 엄연히 제삼자란 말일씨.”

“형님, 말을 듣고 보니 은근히 기분 나쁘네요. 내가 천득이가 형수씨를 병원에 입원시켰다고 말하면 좋겠어요?”

잉꼬떡집이 짬뽕 면발을 입에 문 채 두 눈을 동그랗게 뜨고 현대슈퍼가 하는 말을 들었다. 면발을 급하게 삼키느라 찔끔 나온 눈물을 닦을 새도 없이 그렁하게 눈물이 맺힌 얼굴로 쏘아 붙였다.

"아! 개떡같이 말을 해도 찰떡같이 알아들어야지. 내 말은 그게 아니잖아. 지난번에 천득이를 개작살시켜 놨어도 여전히 히죽히죽 웃으며 돌아다니잖아. 개를 작신 두들겨 팬다고 해도 개는 개지, 사람이 될 수는 없단 말이여."

"잉꼬떡집, 현대슈퍼가 하는 말 이상하게 듣지 마. 나도 현대슈퍼하고 생각이 가텨."

"회장님이야말로 이상하게 말씀하시네. 아까 서두에 회장님께서 말씀하셨잖유. 만 가지 방법이 없다고 말입니다. 그럼 별수 있습니까? 말귀를 못 알아듣는 서커스단의 곰도 몽둥이로 후들겨 패면 말을 알아듣는다잖아요. 놈이 아무리 등신이지만 사흘 도리로 끌어다 패면 훈련이 될 겁니다."

화를 참을 수 없었던 잉꼬떡집은 오후에 의용소방대장단 회의가 있다는 것을 알면서도, 팔도건강원 앞에 있던 소주병을 끌어다 자작으로 술을 따라 홀짝 비워 버렸다.

"허어! 잉꼬떡집, 한 잔 마시고 벌써 취했나. 회장님은 좀 건전한 방법을 생각하는 것이 좋으시다고 하시는 말씀이잖아. 천득이 혼자만 살고 있는 것이 아니고 그 어미도 두 눈 시퍼렇게 뜨고 살아있잖아. 막말로 천득이 어미가 경찰에 고발을 하면 잉꼬떡집이 책임지고 쇠고랑 찰 수 있어? 아니잖아. 그래서 하는 말인데, 내 생각에는 현재로서는 방법이 없어. 각자 집에 가서 마누라 교육을 단단히 시키는 수밖에 없는 거 가텨."

"박 사장은 견물생심이라는 말도 못 들어 봤나 보지?"

현대슈퍼가 도무지 대책이 안 선다는 얼굴로 팔도건강원을 바라봤다.

"난 첨부터 오늘 대책회의는 실효성이 없을 것이라고 생각했습니다. 집사람 단속할 필요도 없어요. 정다방 엄 양이 누굽니까? 직업적으로 그 짓을 하는 여자가 병원에 입원할 정도로 다쳤다는 걸 시장 여자들은 죄다 알고 있을 거 아닙니까? 천득이하고 붙어먹었다 하면 병원에 입원하게 되는 건 불에 물을 보듯 뻔한 이친데, 제정신이 있는 여자라면 누가 천득이 바지를 벗으라고 하겠어. 안 그려?"

짬뽕 국물을 후루룩 마신 팽 회장이 나서서 하는 말에 누구 하나 대꾸하는 사람이 없었다. 그들은 한두 잔 술에 벌겋게 달아오른 얼굴로 나무젓가락을 두 동강 내고 있거나, 이쑤시개로 이를 쑤시고, 테이블에 떨어진 짬뽕 국물을 휴지로 말없이 닦을 뿐이었다.

천득에 대한 소문은 변동시장을 따끈따끈하게 한 바퀴 돈 후, 저녁 무렵이 되자 청산상회 노파에게까지 흘러갔다. 천득이 밤마다 여자를 기절시켜 놓는다는, 심할 때는 하루에도 열 명의 여자와 관계를 맺는다는, 천득의 가공할 만한 힘은 모두 그의 물건에서 솟아난다는 소문이었다.

"변고야! 장차 변동시장에 엄청난 재앙이 몰려올 거여."

청산상회 노파는 배달을 갔다가 얼큰하게 취해서 돌아온 남편이 미워서 견딜 수가 없었다. 말라비틀어져 상품가치가 없는 가지로 남편의 등짝을 후려갈기며 어서 수금이나 해 오라며 내쫓았다. 그래도 분이 풀리지 않아서 악이 바짝 오른 청양고추를 잘근잘근 씹어 먹었다. 고추는 눈물이 질질 나도록 엄청나게 매웠다.

밤 열 시가 넘은 변동시장은 막판 철거 중인 재개발 단지처럼 매캐한 먼지 냄새를 풍기는 어둠 속으로 침몰했다. 늦게까지 장사를 하는 선술집이나, 주문이 들어온 떡집, 요즘 한참 제철인 포도를 늦은 시간까지 중탕하고 있는 팔도건강원과 불로장수원에서 빠져나오는 희미한 불빛이 시장 안을 더 음침한 분위기로 만들고 있었다.

순댓국집 안에는 여러 명의 여자들이 족발을 안주 삼아서 소주와 맥주를 섞어 마시고 있었다.

"천득이가 틀림없이 여기로 온다고 했단 말이지?"

파리패션이 자신의 팔목보다 굵은 돼지 뼈에 붙어 있는 살점을 뜯어 이빨로 씹으며 물었다.

"지금쯤 과일백화점에서 사장하고 술 마시고 있거나, 바다이야기에 가 있을 거야. 집에 들어가는 길에 들리면 순대를 싸 준다고 했으니까 틀림없이 올 거야."

순댓국집 여자는 다른 여자들과는 달리 아직도 소매가 없는 원피스를 걸치고 있었다. 요 며칠 남편은 아예 텐트를 가지고 나가서 저수지 옆에 살림을 차려놓고 낚시에 열광 중이었다. 그 덕분에 몸무게는 며칠 사이에 5킬로나 늘어서 125킬로가 되었다. 씨름꾼 못지않게 굵고 짧은 팔을 식탁 위에 올려놓고 있는 모습은 여자들의 우두머리처럼 보였다.

"난, 아무리 생각해 봐도 이유를 모르겠어. 그럼 그동안 그걸 하고 싶어서 어떻게 참았다는 거야? 집 안에서 살림만 하는 옹녀같은 마누라가 있는 것도 아니고, 다방 여자를 그 지경으로 만들어 놓을 지경이라면 변강쇠가 따로 없잖아."

"어이그, 통닭집은 하나만 알고 둘은 몰라. 그 물건의 용도를 알고 있었다면 그동안 많이 써 먹었을 거잖아. 천득이가 그 물건을 자주 사용했다면, 함부로 들이댔다가는 큰일이 난다는 것도 알았을 거라 이거지."

"그 말은 잉꼬떡집 말이 맞아. 그 물건이 오줌 누는 데만 사용하는 것으로 알고 있었으니까, 사고를 낸 거지. 다른 용도로도 사용할 수도 있다는 것을 알고 있었으면 다방 여자를 그 지경으로 만들어 놨겠어? 내 말의 요지는 천득이가 이번에 처음으로 그 물건의 용도를 알게 되었을 거란 점이야. 그 점은 확실해."

현대슈퍼 아내가 맥주를 섞지 않은 소주를 한 모금 마시고 나서 진저리를 쳤다.

"근데 다른 용도라는 것이 뭔 말여? 난 진짜로 그 뜻을 모르겠네?"

파리패션이 분식센터에게 제법 심각한 표정을 지으며 묻는 말에 여자들은 '깔깔깔' 웃음을 터트렸다.

"어머머, 저 여자 좀 봐."

"원래 저 여자 내숭은 변동에서 소문났잖아."

"그놈 용도가 딱 두 가지밖에 없잖아. 그런데 왜 내가 갑자기 가슴이 떨리는지 모르겠네."

"음머! 자기 혹시 병원신세 지고 싶은 거 아녀?"

여자들은 천득이를 기다리며 홀짝홀짝 잔을 비운 사이 적당하게 취해 갔다. 이구동성으로 한마디씩 하며 배꼽을 잡고 웃는 소리를 어두운 시장바닥으로 끈적끈적하게 흘려보냈다.

문이 열리는 소리가 나자 여자들은 일제히 입을 다물고 문쪽으로 시선을 돌렸다. 천득의 커다란 덩치가 어둠을 배경으로 문 앞에 턱 버티고 서 있었다. 천득은 그녀들이 짐작한 것처럼 과일백화점의 오대수와 술을 마셨는지 얼굴에 붉은 노을이 깔려 있었다.

"처…… 천득이 왔구먼."

순댓국집 여자가 평소와 다르게 갑자기 목이 마른 목소리로 중얼거리며 의자에서 일어났다.

"수…… 순대 줘. 어…… 엄마 갖다 줘. 우리 엄마."

"순대 줄 테니까 우선 들어와 봐."

시장통닭집 여자가 재빠르게 바깥의 동정을 살폈다. 조금 전까지

불이 켜져 있던 팔도건강원의 불도 꺼졌다. 술을 마셔서 시원하게 와 닿는 바람에 생선 썩는 냄새가 섞여 있었다.

"천득아, 뭐 한 가지만 물어 보자. 참말로 정다방 엄 양하고 백조 여관에서 그걸 한 거여?"

막상 천득이 가게 안으로 들어오자 여자들은 할 말이 없었다. 그녀들은 약속이나 한 것처럼 한 걸음씩 뒤로 물러났다. 약장수가 데리고 온 곰을 구경하는 표정을 지으며 자연스럽게 천득을 중심으로 원을 그리며 서서 서로의 눈치만 살폈다. 평소 천득이와 가장 많은 시간을 보내는 순댓국집 여자가 소주를 맥주컵에 넘치도록 따르고 다른 한 손에는 돼지머리 고기를 한 점 큼직하게 썰어 들고 와서 천득에게 은밀하게 물었다.

"그…… 그게 뭐여?"

천득은 술을 단숨에 마셔 버리고 나서 돼지머리 고기를 우적우적 씹었다. 여자들은 입안에 담긴 돼지머리 고기를 볼이 미어터지도록 씹고 있는 천득이 오늘따라 괴물같이 보였다. 그녀들은 침을 꼴깍 삼키거나, 가슴을 문지르거나, 입술을 핥으며 약속이나 한 것처럼 천득의 얼굴을 응시했다.

"그거?"

순댓국집 여자가 난처한 얼굴로 시장통닭집 여자에게 시선을 돌렸다.

"음…… 너는 남자잖아. 그…… 그리고 정다방 엄 양은 여자고,

여자가 뭔지는 알지?"

"등신, 어…… 엄마하고, 서…… 선화보살 여자여. 나…… 나는
남자고."

"그래, 바로 그거야. 여자하고 남자하고 옷을 홀랑 벗고……."

순댓국집 여자가 천득의 빈 술잔에 얼른 술을 따라주고는 뒤로
물러섰다.

"여…… 여자가 옷을 홀딱 벗으면…… 아…… 아파. 아파서 병…
… 병원. 병원 갔어."

천득은 목마른 사람처럼 소주를 단숨에 비워 버렸다. 돼지머리
고기를 우적우적 씹어 먹느라 고기 조각 몇 점이 그의 입 밖으로
튀어 나왔다.

"어…… 어디가 아파서, 병원에 간 거여?"

여자들은 천득의 말에 서로의 얼굴을 바라보며 마른침을 꿀꺽꿀
꺽 삼켰다. 시장통닭집 여자가 미묘하게 흐르는 침묵을 깨고 착 가
라앉은 목소리로 무겁게 물었다.

"여…… 여기 아파서."

천득이 망설이지도 않고 굵고 단단한 손가락으로 옆에 서 있는
순댓국집 여자의 아랫도리를 쿡 찔렀다.

"이…… 놈이?"

순댓국집 여자는 그렇지 않아도 몇 잔 마신 술에 얼굴이 붉게 달
아올라 있었던 참이었다. 천득의 손짓에 깜짝 놀라며 뒤로 멈칫 물

러섰다. 부끄러운 짓을 하다가 여자들에게 들키기라도 한 것처럼 얼굴을 빨갛게 물들이며 주먹을 쥐고 흔들어 보였다.

"너…… 너는 안 아팠어?"

파리패션이 침을 꿀꺽 소리가 나도록 삼키고 나서 더듬거리는 목소리로 물었다.

"드…… 등신, 나는 안 아파…… 좋아."

"어머머, 어쩌면 좋아! 잉꼬떡집, 지금 천득이가 하는 말 들어 봤어? 좋대잖아."

시장통닭집 여자가 두 손을 꽉 잡고 부르르 떨며 호들갑을 떨었다.

"너, 언제부터 그걸 좋아했는데?"

파리패션이 두 눈을 동그랗게 뜨고 물었다. 천득은 대답하지 않고 스스로 술만 따랐다.

"한번 만져 봐. 자기는 몇번 만져 봤다고 했잖아."

파리패션이 순댓국집 여자를 천득이 앞으로 떠밀며 속삭였다. 그 말에 다른 여자들도 순댓국집 여자를 쳐다보았다.

"어떻게 만져? 그때는 아무것도 모르는 줄 알고 만졌잖아."

"지금하고 그때하고 뭐가 달라?"

"그래, 시장통닭집 말이 맞아. 슬쩍 만져 봐."

"뭐가 그렇게 어렵다고 그래. 내가 한번 만져 보지 머."

분식센터가 잔기침을 하며 천득이 옆에 앉았다. 천득이는 분식센터를 바라보지도 않고 순댓국집 여자에게 순대를 더 달라고 말했다. 그 사이에 분식센터가 천득의 가랑이 사이를 슬쩍 만졌다. 천득이 깜짝 놀라며 시선을 돌렸다. 분식센터는 천득의 툭 튀어나온 이마가 자신의 얼굴을 덮칠지도 모른다는 생각에 깜짝 놀라 일어서서 뒤로 물러섰다.

"정말 굉장해?"

잉꼬떡집 아내가 물었다.

"모…… 몰라. 자기도 한번 만져 보면 알 거잖아."

분식센터가 질렸다는 얼굴로 맥주를 단숨에 비워 버리고 나서도 입이 마른 목소리로 말했다.

"난, 못 만지겠어. 괜히 만졌다가……."

"만졌다가?"

파리패션이 잉꼬떡집의 말꼬리를 물고 늘어졌다.

"아, 아무것도 아냐. 나 그만 집에 갈래."

잉꼬떡집 아내는 이 자리에 계속 있었다가는 무슨 일이 터질지 모른다는 생각에 고개를 흔들며 돌아섰다.

"수…… 순대 줘. 어…… 엄마 갖다 주게. 어…… 엄마 순대 좋아햐."

천득이 일어서자 순댓국집 여자는 화들짝 놀라며 얼른 도마가 있는 곳으로 갔다. 천득이 도마 앞으로 천천히 걸어가자 여자들이 그 뒤를 따랐다. 그녀들은 천득의 호위병이나 되는 것처럼 그를 빙 둘러싸고 숨을 죽였다. 천득은 여자들이 자신을 에워싸든 말든 검은색 비닐봉지를 챙겨 들고 순댓국집 여자가 순대 써는 모습을 지켜보고 있었다. 길쭉한 막창순대가 토막토막 나고 있었다.

동상이몽

"점 보러 오는 손님이구면."

순댓국집 여자는 선화보살에게 가기 전에 화장실 앞으로 갔다. 화장실 바닥에는 물기가 번들거렸다. 지린내에 코를 거머쥐는데 뒤에서 천득어미의 목소리가 들려왔다. 그녀는 대꾸하지 않고 화장실에서 나와 천득이네 방 앞으로 갔다.

창문 앞에 있는 책상에는 풀을 붙인 쇼핑봉투와 붙이지 않은 쇼핑봉투가 잔뜩 쌓여 있다. 천득어미는 과거에 병실 침대로 사용하던 철제 침대에 기대어 쇼핑봉투에 풀칠을 하고 있었다. 벽에 걸려 있는 천득이의 셔츠와 바지는 옷이 아니라 망토처럼 보였다.

"천득이 어머니는 냄새 안 나세요?"

"변소 문이 언지 열려 있었남?"

"천득이는 돈 벌고 있는 모양이네?"

"우리 천득이는 캄캄해져야 집으로 와."

순댓국집 여자는 천득어미의 말을 뒤로 하고 돌아섰다. 아무 생각 없이 사는 천득이가 부럽다는 생각이 들면서 자신도 모르게 한숨이 입 밖으로 새어 나왔다.

선화보살은 쿵쿵거리며 복도를 울리는 발자국 소리를 들었을 때 이미 그녀가 온 것을 알고 있었다. 그때부터 소원성취 양초에 불을 붙이고, 향불을 사르고, 정화수를 바치고 '비나이다, 비나이다, 최영장군님께 비나이다'라고 손바닥을 슥슥 문지르며 최영장군을 불렀다.

"요즈음은 밤이 부쩍 길게 느껴져. 날이 선선해서 그런지……."

순댓국집 여자는 손수건으로 이마의 땀을 닦으며 선화보살 방으로 들어갔다.

"몇 번이나 말해야 알아듣겠어? 첫 얼음이 얼면 돌아올 거라고 말여."

선화보살은 순댓국집 여자가 밥상 앞에 무거운 엉덩이를 내려놓자마자 혼내는 목소리로 말했다.

"애기 아빠가 집을 나갔다는 말은 아니잖아. 날 돌덩이 보듯 하니까 답답해서 온 거지."

"그놈의 살 좀 빼라구. 남편이 집에 들어오면 뭐해. 한 이불 덮고 자도 독수공방이 따로 없겠지. 그런 걸 두고 동상이몽이라고 하는 거여."

선화보살은 차마 살찐 돼지라는 말은 입 밖으로 내뱉지 못하고 손바닥 위에 있는 엽전을 찰찰 흔들었다.

"한 이불을 덮고 잔다고 모두 같은 꿈을 꾸라는 법은 없잖아. 하지만 나하고 같은 이불을 덮으면 더워서 잠을 못 잔다고 딴 이불을 덮고 잔단 말여."

"허어! 몇 번이나 말해야 알아듣겠어? 첫 얼음이 얼면 이불 속으로 들어온다고 했잖여."

"보살 말대로 남편이 내 이불 속으로 들어오면 참말로 순댓국을 끊을 모양이구먼. 난 내 몸을 잘 알아. 순댓국만 끊으면 한 달에 십 킬로는 넉넉하게 빠진다구."

"멀지 않아서 순댓국을 끊을 일이 생기겠구먼. 뭐, 남편이 집 안에 들어앉지 않아도……."

"그건 또 뭔 소리여?"

"좌우지간 순댓국은 조만간 끊게 될 터이니 두고 봐."

"보살이 무슨 방패를 좀 해 줘. 애기 아빠가 밖으로 나돌지 못하게 말여."

"내가 최영장군님한테 물어봐 줄 테니까 이삼일 있다가 들려."

선화보살은 오늘 방패를 해 주면 순댓국집이 당분간 출입하지 않을 것이라는 계산에 뜸을 들였다.

배가 부르도록 아침을 먹은 천득은 트림을 하며 곧장 일어섰다. 책상 위에 던져두었던 조끼를 걸치고 샌들 대신 운동화를 신었다.

"일찍일찍 댕겨."

천득어미는 밥상을 치우며 천득의 뒷모습을 바라봤다. 키가 커서 문에 머리가 닿을 정도였다. 한아름이나 되는 덩치는 변동시장은 물론이고 대한민국에서도 제일 클 것 같았다. 하지만 덩치가 작아도, 몸이 병약해도 손자를 볼 수 있을 정도로 똑똑한 것이 낫다는 생각이 들자 가슴이 저려왔다.

천득은 다른 날처럼 선화보살의 방에 노크를 하고 나서 201호에 들어갔다. 바지만 훌렁 벗어버리고 오른쪽 무릎 위에 왼쪽 다리를 얹고 흔들면서 '웅웅웅' 콧노래를 불렀다. 다른 날 같았으면 벌써 그림자처럼 소리 없이 들어왔을 선화보살이 들어오지 않았다.

그는 침대에서 일어나 앉았다. 키를 세우고 있는 물건을 물끄러미 바라보다가 뒤로 벌렁 누웠다. 손가락 끝 맞추기를 하고 있다가 하품을 하며 일어나서 바지를 주섬주섬 껴입기 시작했다.

"갑자기 단골한테서 전화가 와서 말여."

천득이 바지를 껴입을 때 선화보살이 문을 열고 들어왔다. 천득은 싱글벙글 웃는 얼굴로 바지를 다시 벗었다. 선화보살은 문부터 잠그고 나서 침대 위로 올라갔다. 천득이처럼 티셔츠는 벗지 않았고 바지 한쪽도 벗지 않았다.

한바탕 뜨거운 폭풍이 불고 난 후였다. 창문 밖 시장통에서는 누가 아침부터 싸우는지 상소리를 섞어 가며 고함을 지르는 소리가 들려왔다. 시장통이라는 것을 뻔히 알면서도 동해바다에서 금방 올라와 팔딱팔딱 뛰는 갈치 한 상자를 만 원에 판다는 확성기 소리도 들려왔다. 바지만 벗고 누워 있던 천득은 '웅웅웅'거리며 손가락 맞추기를 했다.

"천득아, 요새도 일을 해 주고 천 원씩 받냐?"

선화보살이 바지를 껴입고 침대에 걸터앉으며 속삭였다.

"응."

"오늘부터는 이천 원씩 받아라. 천 원짜리 두 개씩 받으란 말여."

"드⋯⋯ 등신, 천 원씩 받는 거여. 천 원."

"요새는 애들도 천 원짜리 한 장 주면 시시하다고 안 받아. 앞으로 참한 여자가 생기면 결혼도 할 사람이 언제까지 천 원짜리 한 장만 받을 셈여? 그랑께 내 말대로 오늘부터는 무조건 천 원짜리 두 개를 받으란 말여. 알겠지?"

선화보살은 천득이와 통정을 하지 않았을 때는 그가 천 원을 받든지, 종일 공짜로 일을 해 주든지 상관이 없었다. 하지만 서로 벗은 몸을 비비는 사이가 되고 나니 천득이 남처럼 보이지 않았다. 들판처럼 넓고 참나무처럼 단단한 그의 가슴을 쓰다듬으면서 속삭였다.

"드⋯⋯ 등신 같은 말만 골라서 하고 있네. 어⋯⋯ 어머가, 처 ⋯⋯ 천 원도 좋다고 했단 말여."

"내 말 똑똑히 들어. 오늘부터 이천 원씩 안 받으면 내일부터는 여길 안 만져 줄 거여. 그래도 좋아?"

211

"처…… 천 원짜리 두 개, 두 개씩 받으면 만져 줄 겨?"

"오늘 저녁에 집에 와서 나한테 말을 해 줘. 이천 원씩 얼마나 받았는지 확인하고 나서 생각해 볼 테니까."

"나…… 나는, 처…… 천 원짜리 두 장씩 받아. 맨날, 맨날."

"그려, 나도 그렇게 알고 있을 테니까 꼭 천 원짜리 두 장씩 받아야 한다."

선화보살은 늘 그랬던 것처럼 천득이와 한번 교합을 하고 나면 사우나탕에 들어갔다가 온 것처럼 온몸이 가벼웠다. 서둘러 천득의 옷을 입혀 주고 바깥 동정을 살폈다. 복도에 아무런 인기척이 없다는 것을 확인하고 샐쭉 웃으며 밖으로 나갔다.

천득도 몸이 가볍기는 마찬가지였다. 보통 남자 같았으면 한바탕 뜨겁게 육탄전을 치른 후라면 한숨 푹 자고 싶었을 것이다. 그러나 그 반대로 온몸에서 힘이 솟구쳤다. 과일백화점으로 가기 전에 시장을 한 바퀴 돌겠다는 생각으로 천천히 걸었다.

"어이, 천득이 여기 좀 와 봐."

오늘의 첫 손님은 잉꼬떡집이다. 그는 아침을 먹기 전에 의용소방대 비상훈련을 했다. 훈련을 끝내고 대원들과 순댓국집에서 아침을 먹으면서 소주로 반주를 했다. 벌겋게 달아오른 얼굴로 떡집 앞을 지나가는 천득을 불렀다.

"이 고사떡 한 박스하고 절편 한 박스, 세탁소 옆에 약초방 개업하는데 갖다 줘라. 수고비는 여기 있다."

잉꼬떡집은 천득을 가게 안으로 데리고 가서 먼저 천 원짜리 한 장을 내밀었다.

"두…… 두 장 줘. 오…… 오늘부터…… 두…… 두 장씩 받아야 햐."

"이 자식이 어제 먹은 술이 덜 깼나. 두 장이라면 이천 원을 달라는 거야, 뭐야! 여보, 당신도 들었어?"

잉꼬떡집이 자신의 귀를 믿지 못하겠다는 얼굴로 아내에게 물었다. 잉꼬떡집 아내가 바람떡 기계 앞에서 떡을 받아내다 말고 어디 천득의 말을 들어나 보자는 얼굴로 그에게 가까이 다가갔다.

"아……안 가. 이천 원 안 주면 안 가. 절대 안 가."

천득은 바람떡 기계 앞으로 갔다. 기계에서 똑똑 떨어지는 바람떡 서너 개를 집어서 한입에 털어 넣고 우물우물 씹었다.

"야, 이 자식아 안 가면 안 가는 거지. 떡은 왜 처먹어!"

잉꼬떡집은 수고비를 백 프로 인상한다는 말에 화가 났다. 소방대원들과 반주로 마신 술이 확 도는 것을 느끼며 손을 번쩍 치켜올렸다. 키가 큰 천득의 따귀를 올려붙일 수 없다는 걸 알고는 단화를 신은 발로 천득의 정강이를 차 버렸다.

천득이 아무리 덩치가 좋아도 구둣발로 정강이를 냅다 차 버리는 것은 견딜 수가 없었다. 씹던 떡을 뱉어 버릴 정도로 깜짝 놀라며 주저앉았다.

"너 이 새끼 또 한 번 말해 봐. 천 원이야, 이천 원이야."

"이…… 천 원."

천득이 발로 차인 부분을 어루만지면서도 손가락 두 개를 펴 보였다.

"이 새끼가 해장부터 열받게 만드네. 너 오늘 맛 좀 봐라! 은혜를 원수로 갚아도 유분수지. 등신 같은 놈이 불쌍해서 심부름이나 시키고 용돈이나 줄라고 했더니, 이게 고마운 줄은 모르고!"

잉꼬떡집은 그렇지 않아도 천득이를 혼내줄 기회를 노리고 있던 중이었다. '놈의 물건이 얼마나 대단하기에 엄 양이 병원에 입원을 했을까' 하는 질투심이 불처럼 타올라 떡을 만들 때 사용하는 홍두깨를 치켜들었다. 아내가 깜짝 놀라며 서둘러 홍두깨를 빼앗았다.

"너, 이년 지금 천득이 편드는 거여?"

잉꼬떡집은 더 화가 났다. 일단 천득이 놈부터 아작내고 나서 아내도 단단하게 교육을 시키겠다며 이를 갈았다. 그 틈에 천득이 바깥을 향해 뛰었다. 잉꼬떡집이 뛰어가서 천득의 허리띠를 양손으로 움켜잡았다. 천득은 감전이라도 된 것처럼 우뚝 멈췄다. 잉꼬떡집은 셔터 문을 내릴 때 사용하는 철근 갈고리를 찾아 들더니 그것으로 천득의 등을 후려갈겼다. 천득이 비명을 지르며 허리를 숙였다. 엉덩이도 후려갈겼다. 천득이 고통스럽게 주저앉았다. 그때부터 천득에게 발길질을 하기 시작했다.

천득의 비명 소리에 세탁소와 팔도건강원, 생선가게에서 남자들이 나왔다. 그러나 어느 누구 하나 잉꼬떡집을 말리려 들지 않았다.

그들은 새삼스러운 광경도 아니라는 얼굴로 팔짱을 낀 채 구경만
했다. 여자들만 발을 동동 구르면서 자기 남편의 옆구리를 쿡쿡 찌
르거나, 등짝을 때리면서 저러다 천득이 죽겠다고 안달을 했으나
남자들은 망부석처럼 꿈쩍하지 않았다.

"제발 그만해요!"

잉꼬떡집의 아내가 천득을 가로막으며 남편을 말렸다. 잉꼬떡집
은 숨이 차서 씩씩거리며 뒤로 물러섰다. 구경꾼들은 재미없다는
얼굴로 하품을 하거나, 거리에 침을 뱉으며 각자의 가게로 들어갔
다.

잉꼬떡집의 아내가 얼른 천 원짜리 두 장을 내밀었다. 천득은 그
때서야 옷의 먼지를 털면서 고통스럽게 일어섰다.

"여보, 일단 배달이 바쁘니까 이천 원 줘서 보냅시다. 담부터 안
시키면 되잖아요. 천득이, 이천 원 줄 테니까 어서 배달이나 해.
응?"

그녀는 누나나 되는 것처럼 천득의 엉덩이를 툭툭치며 부드럽게
말했다.

천득은 자신이 언제 개처럼 얻어맞았느냐는 얼굴을 하고는 떡 두
박스를 가볍게 껴안고 약초방 개업하는 곳으로 척척 걸어갔다.

"너, 나 좀 보자."

잉꼬떡집은 온몸을 동원해서 천득이를 때리다 보니 너무 힘들고
숨이 차서 헐떡거리며 마른침을 삼켰다. 일단 냉수부터 벌컥벌컥

마신 후에 아내의 손목을 홱 잡아채서 떡집 안으로 들어갔다. 구경꾼들은 '2회전이 시작되는가?' 하는 표정으로 뒤돌아섰으나 잉꼬떡집이 셔터를 드르륵 내리는 통에 다시 발길을 돌렸다.

"아이고! 이놈이 해장부터 사람 패네! 그래! 죽여라! 죽여!"

떡집 안에서 잉꼬떡집의 아내가 발악을 하는 목소리가 셔터 밖으로 새어 나왔으나 누구 하나 발길을 돌리지 않았다.

천득을 두 번째로 부른 곳은 청산상회다. 청산상회 남편은 순댓국집에 한잔하러 가 있는 중이다. 노파가 배추, 무, 양파 한 자루를 손수레에 넘치도록 실어주고 천득에게 천 원짜리를 내밀었다.

"오…… 오늘부터 이천 원 줘. 이…… 잉꼬떡집도 이천 원 줬어."

"인자 뭐라고 했노? 잉꼬떡집에서 심부름 값으로 이천 원을 줬다는 말이가?"

청산상회 노파가 잉꼬떡집 쪽을 노려보며 그냥 넘길 수는 없다는 얼굴로 물었다.

"응."

"그 집에서 이천 원을 받았으니까 우리 집에서도 이천 원을 받아야 된다. 그 말이냐?"

"응."

"그러면 관둬라. 아직 개시도 안 했는데 이천 원씩 줄 수는 없다."

청산상회 노파는 분을 참지 못하겠다는 얼굴로 휴대전화를 들었다. 남편을 빨리 오라고 해서 잉꼬떡집에 가서 따져보겠다는 생각으로 휴대전화 번호를 콱콱 찍어 눌렀다.

천득은 청산상회 노파가 화를 내든 말든 자신과는 상관없다는 얼굴로 개시도 하지 않은 오이 한 개를 집어 들었다. 오이 절반을 뚝 부러뜨리고는 아삭거리며 씹어 먹기 시작했다.

"야 이! 등신아! 배달을 안 해 줄라면 오이는 와 처먹노? 그게 네 꺼냐? 이리 안 내놔? 너 같은 등신한테 오이를 주느니, 차라리 지나가는 거지한테 적선하겠다."

청산상회 노파는 남편에게 전화를 거는 둥 마는 둥 팔짝 뛰면서 천득이 먹고 있는 오이를 낚아채려고 손을 뻗었다. 천득이 손을 슬쩍 위로 들자 노파도 팔짝 뛰어지만 오이에 손이 닿지 않았다. 천득은 히죽 웃으며 아이스크림을 먹는 것처럼 오이를 와삭와삭 씹어서 한 입에 털어 넣었다.

그날 저녁, 중앙상회에서는 긴급회의가 열렸다. 평상시 같았으면 8시에 회의를 하겠다고 통보하면, 사람들은 7시 50분부터 고속버스 타기 한참 전에 화장실에 가려는 사람들처럼 슬슬 걸어서 모이기 시작한다. 그러나 오늘은 사안이 사안인 만큼 8시가 되기 전에 참석할 사람은 모두 모였다.

"에, 오늘 갑자기 긴급회의를 열게 된 이유는 회장인 내가 말을 하지 않아도 모두 알고 있으리라 믿습니다. 우선 본격적인 회의에 들어가기 전에 오늘 처음으로 천득에게 백 프로 인상한 금액으로 수고비를 지불한 소방대장의 말씀이 있겠습니다."

팽 회장의 말이 끝나자마자 상인들은 웅성거리기 시작했다. 잉꼬떡집이 천득이 같은 등신 하나 똑바로 처리하지 못하고 덥석 이천 원을 줘서 일을 어렵게 만들었다, 열 번을 시키면 만 원, 백 번을 시키면 십만 원이 공짜로 날아가는데 누가 책임을 져야 하나, 겨울로 접어들면 가뜩이나 장사가 더 안 될 것이다, 불난 집에 부채질을 해도 유분수지 아무 생각 없이 수고비를 백 프로 인상시켜 놓으면 가게 문 닫으라는 말이냐, 명색이 소방대장이면 시장에 불날 때만 책임지지 말고, 상인들 권익을 위해서 앞장서야 할 거 아니냐는 등 소곤소곤거렸는데, 거의 잉꼬떡집을 원망하는 소리였다.

"아! 그렇게 돈이 아까우면 천득이를 안 시키면 될 거 아녀? 그리고 까놓고 말해서 내가 잘못한 것이 뭐요? 천득이가 만약 팔도건강원에 갔었으면 박 사장님이 이천 원을 지불했을 것이고, 이조떡방에 갔으면 거기서 이천 원을 냈을 거 아뇨. 그리고 내가 알기로 오늘 천득이한테 이천 원을 준 집이 우리 가게 한 군데만 있는 건 아닌 걸로 알고 있습니다. 내가 물귀신 작전을 쓴다는 말을 듣게 될 것 같아서 누구라고 일일이 말하지 않겠지만, 우리 집 빼놓고 아홉 군데서 이천 원씩 지불한 걸로 알고 있습니다. 그럼 그 집은 잘못이 없다는 겁니까? 그 집들은 다 잘못이 없고 나만 죽일 놈이냐 이거요."

잉꼬떡집은 오늘 화살이 자신에게 날아올 것을 대비해 순댓국집
에서 소주 한 병을 마시고 왔다. 재킷 소매까지 걷어붙이고 삿대질
까지 하면서 침을 튀겼다.

"천득이 금방 부자 되겠구먼. 오늘 잉꼬떡집을 포함해서 열 집을
돌았다면 가만히 앉아서 손도 안 대고 이만 원 벌었다는 말이 아
녀."

"근데, 도대체 등신 같은 천득이를 누가 쑤신 거여?"

"번영회 회원들은 절대 아녀. 제정신이 아닌 이상 멀쩡한 정신으
로 제 발등을 도끼로 찍을 회원이 있을 리 없지."

"혹시 여자들이?"

"여자들이라니?"

"에이, 정다방 엄 양 사건 몰라?"

"설마?"

"설마가 사람 잡는다는 말, 못 들어 봤어?"

구석에 앉은 두 명이 주고받는 말에 중앙상회에는 일제히 침묵이
감돌았다. 대화를 나눈 두 사람은 서로의 얼굴을 바라보며 약속이
나 한 것처럼 어깨를 으쓱거렸다.

"자! 자! 조용히 하시고 회장이 하는 말을 들어 주시기 바랍니다.
소방대장의 말을 들어 보니까 누구의 음모인지는 모르지만 천득이
가 제 수고비를 백 프로 인상하기로 작심한 것은 사실로 확인되었

습니다. 문제는 부담이 되더라도 앞으로 이천 원씩을 꼬박꼬박 지불을 해야 하느냐, 아니면 다른 방안을 모색해서 수고비를 원래대로 천 원씩으로 할 것인가를 결정하자는 것입니다. 본격적으로 회의를 하기 전에 총무님은 우선 박카스 사온 거부터 한 병씩 돌리지."

팽 회장의 말에 팔도건강원이 약국에서 사온 드링크를 사람들에게 한 병씩 돌리기 시작했다.

상인들이 또다시 웅성거리기 시작했다.

솔직히 톡 까놓고 얘기해서 이천 원도 싼 거 아니냐, 지금 뭔 개소리를 하고 있느냐? 당신 같으면 천 원짜리 물건을 이천 원에 사겠냐? 천득이한테 번영회 감투를 주면 어떻겠냐. 이를 테면 봉사부장 같은 직함을 주면서 수고비는 원래대로 천 원씩 받는 걸로 약속을 하는 거다. 그거 좋은 방법이다. 천득이를 부장님이라고 부른다고 해서, 천득이가 진짜로 부장님 되는 거 아니고 돈 천 원 아껴서 좋고…… 당신 미쳤어! 그렇지 않아도 천득이 때문에 꿈자리가 사나운데, 너도나도 천 부장님, 천 부장님이라고 부르면 여자들이 더 환장을 할 수도 있잖아, 진짜 부장인 줄 착각하고…….

팽 회장이 쌀가마니 위로 폴짝 뛰어올라갔다. 손뼉을 쳐서 주위를 집중시킨 후에 사적인 의견은 배제하고 공식적인 의견만 제시하라고 말했다.

"그놈을 끌어다 개처럼 두들겨서 초죽음을 시켜 놉시다. 자고로 매를 이겨내는 장사는 없다고 하지 않았소!"

대영상회 남자가 벌떡 일어섰다. 꽉 쥔 주먹을 부르르 떨면서 우렁차게 건의했다.

"천득이 그놈은 여간 매질을 해도 견뎌낼 놈입니다. 당장 오늘 아침에 잉꼬떡집에서 구경하지 않았습니까?"

"열댓 명이 힘을 합쳐서 몰매를 놓으면 석 달 열흘은 입원을 해야 할 겁니다."

"그동안 심부름은 누구한테 시킵니까?"

난전에서 과일을 파는 남자가 대영상회에게 물었다.

"지금 가정이 파탄나느냐 마느냐 하는 판국에 심부름이 문젭니까?"

천냥백화점이 과일장수를 한심하다는 표정으로 노려봤다.

"천득이 수고비를 이천 원으로 인상시키면 가정이 파탄날 정도로 집안 사정이 그렇게 심각합니까?"

"자, 자! 본론으로 돌아갑시다. 개인적인 이야기는 사석에서 하시고 공개된 회의석상에서는 공개된 안건에 한해서만 발언권이 주어진다는 원칙이 여기 서 있는 회장의 입장이라는 것을 밝혀두는 바입니다."

팽 회장이 가만히 들어 보니 구경만 하고 있다가는 회의 안건이 '마누라 조심'이 될 것 같았다. 나이 오십 줄에 접어든 병약한 아내가 이럴 때는 고맙다고 생각하며 박수를 '짝짝' 쳐서 시선을 집중시켰다.

"본론으로 돌아가자면 솔직히 그놈은 석 달 열흘 동안 병원에 입원했다가 나와도 이천 원 준다면 '헤!' 웃으며 반길 놈입니다. 하루종일 땅을 파 봐야 천 원짜리 한 장 나오지 않는다는 걸 직접 몸으로 느끼게 해 줘야 우리가 그동안 얼마나 친절하고 부드럽게 대해 주었는지 알게 될 것 같습니다."

"맞습니다. 천득이가 변동시장에 오기 전에도 아쉬운 것 없이 장사를 했지 않습니까? 당장 내일부터 천득이를 내칩시다."

"옳소! 내일부터 천득이한테 일을 시키다 들키면 벌금을 내도록 합시다."

"지금 말한 사람 누구여? 현대슈퍼 사장님이구먼. 말 잘했소 당장 내일부터 천득이한테 이천 원씩 주고 일을 시키다 발각이 되면 벌금을 십만 원씩 받는 걸로 합시다."

"변동시장 벌금 한계가 딱 십만 원이구먼. 지난번에 핸드폰 사주기 전에도 십만 원으로 정했잖아."

팽 회장의 말에 누군가 한숨 섞인 목소리로 중얼거렸으나 아무도 반응을 보이지 않았다. 서로의 얼굴을 쳐다보며 남모르게 한숨만 내쉴 뿐이었다.

새벽부터 안개가 변동시장을 점령했다. 청산상회 노파는 남편이 지난밤 과음 때문에 가게에 나오지 못해 혼자 도매시장으로 갔다.

경매를 본 채소를 리어카에 실어서 가게로 옮긴 후, 가격대별로 분류하고, 바구니에 옮겨 담고 있는데 전주식당에서 전화가 왔다.

"에이그, 내가 장사를 그만두든지 영감이 술을 끊든지 양단 간 결정을 해야지……."

청산상회 노파는 아무리 장사 준비가 바빠도 단골 거래처의 배달이 먼저라는 생각에 손수레에 배추를 담기 시작했다. 때마침 천득이가 무릎을 직각으로 꺾으며 척척 걸어오고 있는 모습이 보였다.

"이…… 이천 원여. 이천 원."

청산상회 노파는 손이 열 개라도 모자란 상황이라서 천득이를 불러세웠다. 천득이 손가락 두 개를 펼쳐 보이며 선금을 요구했다.

"그려, 메뚜기도 한철이라고, 너도 돈맛 좀 봐야겠지."

청산상회 노파는 투덜거리면서 천 원짜리 두 장을 천득이 손에 쥐어 주었다.

잉꼬떡집은 새벽부터 떡을 만든 후 일회용 커피를 마시다가 손수레를 끌고 가는 천득을 발견했다. 배추를 싣고 가는 것을 보니 청산상회에서 배달을 시킨 것 같았다. 천득이 성질에 천 원을 받고 배달하는 것은 아닐 것이라 생각에 회심의 미소를 지으며 팽 회장에게 곧바로 전화를 했다.

잉꼬떡집 전화를 받은 팽 회장은 자전거를 타고 한걸음에 청산상회로 달려갔다.

"천득이한테 배달시켰습니까?"

"배달시켰지. 칸데 와?"

청산상회 노파는 오이를 바구니에 다섯 개씩 나누어 담기에 바빠 팽 회장의 얼굴은 쳐다보지도 않았다.

"나이도 드신 분이 며칠 된 것도 아니고, 바로 어제 번영회의에서 약속한 규정을 어기면 저더러 도대체 어떻게 일을 하라는 말씀이십니까?"

"어제, 뭘 정했는데?"

"영감님께서 아무 말도 안 하던가요?"

"회의 끝나고 천냥백화점하고 한잔 빠느라 늦었다는 얘기를 하데."

청산상회 노파가 바빠 죽겠는데 왜 자꾸 말을 시키느냐는 얼굴로 팽 회장을 노려보며 일어섰다.

"그 말 말고, 오늘부터 천득이 일 시키면 벌금을 십만 원씩 내야 한다는 말은 안 하던가요?"

"그것 때문에 식전부터 댓바람에 달려왔다면 난 벌금 못 주니까 괜히 헛심 쓰지 말고 어서 가 봐. 마나님 몸도 편찮으신데 아침밥이라도 해 줘야, 하루라도 오래 살지."

청산상회 노파는 쭈글쭈글한 얼굴로 팽 회장을 노려보고 나서 하던 일을 계속하기 위해 오이 박스 앞에 쪼그려 앉았다.

"허어! 이 문제가 벌금을 내기 싫다고 해서 안 내고, 내고 싶다고 해서 내는 문제가 아니란 말입니다. 번영회에서 정한 약속을 개떡

같이 여긴다면, 시장 사람 모두가 앞으로는 이천 원씩 내야 한다는 걸 모릅니까?"

팽 회장이 뒷짐을 지고 턱 버티고 서서 훈계조로 말했다.

"팽 회장이 돈 줬나? 내 돈 줬는데 와 그리 말이 많노?"

청산상회 노파가 새로운 오이 박스를 밀봉한 테이프를 떼어내다 말고 일어서서 팽 회장 앞으로 바짝 다가갔다.

"나이 드셨다고 이런 식으로 나오시면 번영회 일을 어떻게 하라는 겁니까?"

"하기 싫으면 관두모 될꺼 아이가?"

"내 말은 그게 아니고 회의에서 결정한 사항을 왜 안 지키냐 이 말 아닙니까?"

팽 회장은 청산상회 노파가 자신과 동년배거나 나이가 서너 살 정도만 많았어도 멱살을 붙잡고 보기 좋게 귀뺨을 올려버리고 싶을 정도로 화가 났다. 하지만 그녀는 칠십이 넘은 노인이었기에 화를 참느라 부들부들 떨며 물었다.

"회장이나 하시는 분이 와 그리 머리가 안 돌아가노? 내가 회의에 참석했나? 내가 참석했어?"

"그야……."

팽 회장은 할 말이 없었다.

"그카모, 팽 회장이 나한테 와서 어제 회의 결과가 이렇게 저렇게 됐다고 말해 줬노?"

"아! 내 마누라도 아닌데, 왜 내가 그걸 말해줘요? 영감님이 회의에 참석했으면 당연히 그 결과를 말해줘야 하는 거 아닌가요?"

아침부터 팽 회장과 청산상회 노파의 언성이 높아지자 주변 상인들이 슬금슬금 모여 들었다. 대여섯 명은 팽 회장 뒤에 서서 그를 응원하는 얼굴로 눈을 반짝이며 바라보고 있거나, 어떤 이는 흥미로운 듯 웃음을 참으며 지켜봤다.

"팽 회장이 우리 집 안방에 누워 있는 화상한테 집에 가면 반드시 오늘 회의 결과를 말해주어야 한다고 당부라도 했노?"

"허! 이렇게 막무가내로 나오시면 곤란하죠?"

"곤란하면 집에 가서 밥이나 하셔. 마나님 배고프시겠어."

"젠장, 방귀 뀐 놈이 누가 방귀 꼈냐고 먼저 화를 내는 꼴이니……."

팽 회장은 더 이상 말싸움을 해 봤자 개망신 당하는 쪽은 자신이라는 생각이 들었다. 쪼글쪼글한 얼굴에 반짝이는 눈으로 자신을 노려보고 있는 청산상회 노파 앞에 침을 퉤 뱉어 버리고는 자전거에 올라탔다. 페달을 밟기 전에 구경꾼들을 바라봤다. 어제 회의에 참석한 인물들이 몇 명 보인다. 그런데도 그들은 말 한마디라도 돕지는 않고 개 닭 보듯 구경만 하고 있었다고 생각하니 더 화가 나서 힘껏 페달을 밟으며 앞으로 달려갔다.

스마일편의점 김국태는 요즘 들어 몸무게가 5킬로나 빠졌다. 박소연이 얼마 전에 정규직으로 취직해서 아르바이트를 그만두었는데 그 빈자리를 채울 직원을 아직 구하지 못한 것이 주요 원인이다. 요즘 편의점이 우후죽순으로 늘어나고 있는 추세라 아르바이트 직원을 쉽게 구할 것이라고는 판단하지 않았다. 더구나 신규 오픈점인 경우는 편의점 경력직원을 채용하기 위해서 주간 시급을 사천오백원까지 쳐 주는 곳이 있다는 소문도 돌고 있었다.

아르바이트 사이트에 구인 광고를 올렸더니 그동안 세 명에게서 전화가 왔다. 시급이 얼마인지, 저녁은 제공하는지, 휴일은 무급인지, 혹은 유급으로 처리하는지를 묻는 전화였다. 저녁은 제공할 수 있지만 아르바이트에 무슨 유급 휴가가 있냐고 물었더니, 상대방은 아무 말도 없이 전화를 뚝 끊었다. 너무 기분이 나빠서 재발신을 눌러 이런 개같은 경우는 어디서 배웠냐고 따져 볼까 하다가 그냥 참기로 했다.

아침 6시부터 근무를 하느라 몸이 파김치가 되어 있는데 교복 차림의 남자 고등학생 다섯 명과 여학생 두 명이 들어왔다. 남학생들은 모두 흙먼지가 허옇게 묻어 있거나 쫄쫄이 바지로 변형시킨 교복 바지를 입고 있었다. 빨갛거나 파란 원색의 캔버스화는 실제 발치수보다 모두 커 보였다. 교복스커트를 허벅지까지 말아 올린 여학생들도 남학생들처럼 빨간색 캔버스화를 신고 등에는 책이 한 권도 들어 있지 않아 보이는 납작한 책가방을 메고 있다.

벌떼처럼 뭉쳐 들어온 학생들이 약속이나 한 것처럼 흩어졌다.

컵라면 코너로 가는 학생이 있는가 하면 여학생들은 스낵 코너 앞으로 갔다. 냉장고 앞에서 음료수를 고르는 학생도 있고, 문구류 코너 앞으로 간 두 명은 공 시디가 들어 있는 깡통을 들고 이야기를 주고받았다.

김국태는 뉴욕 양키스 모자를 벗었다가 눌러썼다. 모자를 반듯하게 썼는지 차양과 모자챙과 테두리를 더듬으면서도 학생들에게서 시선을 떼지 않았다. 한눈에 봐도 학생들은 떼로 몰려다니면서 술이나 마시고 담배를 피우며 물건을 훔치는 불량학생들이었다. 긴장하고 있지 않았다가는 물건을 판매한 것보다 도둑맞는 물건이 더 많을 수도 있었다.

"야, 그만 가자."

학생들은 김국태의 시선만 교란시켜 놓고 물건은 사지 않았다. 냉장고에서 겨우 500ml 생수 한 병만 꺼낸 남학생이 큰 소리로 말했다.

"이것만 살 거야?"

떼로 몰려온 학생들 중 세 명이 카운터 앞으로 왔다. 김국태는 이럴 줄 알았다는 얼굴로 카운터 앞에 서 있는 세 명을 번갈아 쳐다보았다.

"아저씨 대박 웃긴다. 그럼 또 뭐 사야 하는데요?"

엉덩이가 유난히 튀어 나온 여학생이 양손으로 어깨에 메고 있는 가방끈을 만지작거리며 김국태를 빤히 쳐다봤다.

김국태는 여학생을 슬쩍 쳐다보았다. 얼굴은 귀엽고 예뻤지만 귀고리를 한 모습을 보니 공부는 뒷전인 학생 같이 보였다. 스캐너로 생수병의 바코드를 읽으면서 주류 코너 앞에 있는 두 명을 흘끗 바라봤다. 주류 코너에는 냉장고에 보관하지 않아도 되는 샴페인이나 양주를 비롯해서 국내 양주 몇 종과 임페리얼, 시바스리갈, 커티삭, 밸런타인 등이 진열되어 있었다. 그중에서 임페리얼 17년산은 십만 원이 넘는다는 생각이 번뜻 들었다. 포스단말기를 조작하다 말고 주류 코너 앞에 서 있는 학생들을 지켜봤다.

"우와, 이것 좀 봐. 도수가 사십 도나 되는데?"

"중국산 고량주는 칠십 도짜리도 있어. 그만 가자."

김국태는 주류 코너 앞에 서 있던 학생들이 등을 돌리는 순간 얼른 포스단말기 쪽으로 시선을 내렸다.

학생들은 서로 눈치를 주고받으며 밖으로 나갔다. 거리에는 햇살이 하얗게 내려앉고 있었다. 학생들은 오랜만에 외출을 하는 강아지들처럼 팔짝팔짝 뛰면서 여관 골목 안으로 들어갔다.

골목 안으로 사라져가고 있는 학생들을 바라본 김국태는 느낌이 좋지 않았다. 그들은 아이스크림을 한 개씩 사러 들어온 것도 아니다. 여러 명이 같이 마시려고 1.5리터짜리 음료라도 사 들고 나갔다면 이해할 수 있었다. 한참 더울 때는 혼자서도 두 병은 너끈하게 마실 수 있는 오백 원짜리 생수를 떼로 몰려와서 달랑 한 병만 사 들고 나간 것이 수상했다.

"다······ 담배 줘."

김국태가 카운터 밖으로 나가서 학생들이 머뭇거리던 주류 판매대를 점검하려고 할 때였다. 천득이 땀을 흘리며 들어왔다.

"무슨 담배?"

천득이가 카운터 위에 올려놓은 돈은 천 원짜리 두 장과 오백 원짜리 동전 하나였다. 50여 가지의 담배 종류 중에 이천오백 원짜리 담배는 많았다. 얼른 눈에 들어오는 것만 봐도 레종, 제스트, 루멘, 더원, 에쎄 등이다. 김국태는 일단 카운터 안으로 다시 들어갔다. 가만히 살펴보니까 담배 가격이 거의 이천오백 원이다. 고등학생들이 골목 안에서 사라지기 전에 없어진 물건을 확인해야 한다는 생각에 짜증 섞인 목소리로 물었다.

"다······ 담배 줘."

천득이가 뒤로 물러섰다. 마치 담배 이름을 알고 있기나 한 것처럼 천장에 매달려 있는 담배진열대를 쓰윽 쳐다보며 더듬거렸다.

"담배 이름을 말해, 담배 이름을!"

김국태는 마음이 급했다. 천득에게 신경질적으로 물으며 카운터 밖으로 나갔다. 학생들이 머물러 있던 자리 중에 주류 코너 쪽이 아무래도 불안했다.

주류 코너에 있는 와인과 샴페인 등을 살펴보다 양주 쪽으로 시선을 돌렸다. 양주는 종류별로 진열되어 있었는데 그중에 임페리얼 350㎖ 한 병이 빠졌다. 만약 판매가 되었다면 보충을 해 놓든지 안

쪽에 들어가 있는 술을 앞으로 내놓아야 했다. 깊게 생각해보나 마나 손을 탄 것이 분명했다.

"다…… 담배!"

천득이가 급하다는 얼굴로 말했다.

"가만있어!"

김국태는 천득이를 죽여 버릴 것처럼 노려보며 창고 안으로 뛰어들어갔다. 감시카메라와 연결되어 있는 모니터 스위치를 눌렀다. 총 4대의 카메라 중에 주류 코너 쪽의 카메라는 2번 카메라다. 계기판의 시간을 5분 전으로 조정하고 리플레이 버튼을 눌렀다.

4등분으로 분할되어 있는 화면 중에 2번을 확대하자 남학생 두 명의 모습이 나타났다. 그들은 카운터 쪽을 흘끗거리며 양주를 만지작거렸다. 그러다 어느 순간 한 명이 재빠르게 양주 한 병을 낚아채듯 꺼내서 가방에 쑤셔 넣었다. 이어서 옆 친구를 바라보며 히죽웃었다. 경찰에 신고해 봤자, 학생들이기 때문에 적극적으로 수사를 하지 않을 것이다. 손해를 보지 않으려면 학생들을 붙잡아서 회수를 하는 수밖에 없다고 생각했다.

"새끼들!"

김국태는 모니터 정지 버튼을 누를 새도 없이 창고 밖으로 뛰어나갔다. 담배진열대를 손가락으로 가리키고 있는 천득이는 쳐다보지도 않고 여관 골목 쪽의 문을 박차고 나갔다. 그러나 학생들의 모습은 보이지 않았고 노인 한 명이 강아지와 함께 느릿하게 걷고 있었다. 임페리얼 350㎖는 16만 원에 판매되고 있다. 졸지에 16만 원이 날개도 달지 않고 하늘로 날아가 버렸다는 생각이 드는 순간 너무 화가 나서 숨이 막혀 버릴 것 같았다.

"다…… 담배, 줘. 한 갑."

화가 나서 제 성질을 이기지 못한 김국태는 뉴욕 양키스 모자를 벗었다 쓰기를 반복했다. 천득이 김국태의 화난 표정은 아랑곳 하지 않고 실실 웃으며 담배진열대를 가리켰다.

"너, 너 때문에 십육만 원 날아갔어. 너 어떡할 거야?"

김국태는 천득이만 오지 않았다면 고등학생들을 잡았을지도 모른다는 생각이 번뜩 들었다. 하지만 천득이에게 손해배상을 물을 수도 없는 노릇이었다. 그렇다고 그냥 넘어가기에는 너무 분했다. 천득이에게 분풀이라도 해야 조금이라도 화가 풀릴 것 같았다.

"너, 이 새끼! 맛 좀 봐."

김국태가 팔짝 뛰면서 천득의 멱살을 잡았다. 천득이 몸을 움츠리면서 자신도 모르게 뒷걸음을 쳤다. 그 통에 김국태는 천득의 멱살을 잡은 손이 풀리면서 천득의 배를 타고 주르르 미끄러졌다.

김국태는 천득의 발등 위에 턱이 닿아서 다행히 무사했다. 만약 그가 몇 센티만 뒤로 밀려났으면 턱으로 시멘트 바닥을 그대로 찍을 뻔했다. 벌떡 일어서서 천득의 아랫배를 힘껏 내질렀다. 천득이 '억!' 하고 비명을 지르며 허리를 굽혔다. 천득이 허리를 꺾었을 때서야 김국태는 간신히 그의 뒷덜미를 움켜잡을 수가 있었다. 양손으로 천득의 뒷덜미를 움켜잡고 두 다리로 버티면서 천득을 창고 안으로 끌고 갔다.

"다…… 담배 사러 왔어. 한 갑 줘."

김국태가 창고 문을 걸어 잠그는 것을 본 천득은 두려운 얼굴로 뒷걸음치며 더듬거렸다. 김국태는 사방을 두리번거리다가 편의점 바닥을 청소하는 걸레 자루를 거꾸로 움켜잡았다. 사라진 임페리얼 가격 16만 원은 3개월에 한 번씩 하는 재고조사 때나 드러날 것이다. 그때가 되면 아르바이트 직원들의 실수로 밀어붙이면 그만이다. 돈이야 아르바이트 직원들에게 받아낼 수 있다지만 지금 화가 난 것은 별개의 문제다. 두려움에 떨고 있는 천득을 걸레 자루로 인정사정 봐주지 않고 마구잡이로 내갈기기 시작했다.

"너, 오늘은 운 좋은 줄 알아……."

김국태는 제풀에 지쳐서 땀을 뻘뻘 흘리며 벌겋게 달아오른 얼굴로 씩씩대며 거칠게 숨을 내쉬었다.

"다…… 담배 줘."

천득이 걸레자루를 피해서 상자 사이에 처박혀 있다가 먼지를 털며 일어서서 주눅 든 목소리로 말했다.

노심초사

순댓국집 남자는 다른 날과 다름없이 이른 아침에 낚시 가방을 챙겼다. 요즈음은 하루 이틀 걸러 비가 오는 날이 많아서 심심치 않게 월척을 낚았다. 오늘은 밤낚시까지 하고 내일 오후쯤에나 돌아올 예정이었다.

그는 낚시가방에 일인용 텐트며 침낭이 불룩하게 들어 있는 배낭까지 메고 순댓국집 안으로 들어갔다.

"오늘도 낚시 가는 모양이구먼."

순댓국집 안에는 밤을 거의 뜬 눈으로 새우며 일한 팔도건강원이 혼자 앉아서 순대국물을 안주 삼아 해장을 하고 있었다. 순댓국집 남자는 팔도건강원이 거는 말에 객쩍게 웃으며 가겟방에 배낭과 낚시 가방을 내려놓았다.

"낚시하러 가는 것이 아니고, 낚시터에 출근하는 거유."

순댓국집 여자가 순대를 썰면서 눈의 흰자위가 드러나도록 남편을 노려보며 말했다.

"천득이 소식 아는지 모르겠구먼."

순댓국집 여자가 현대슈퍼에 무언가를 사러 갔을 때였다. 팔도건 강원이 '쭉!' 소리가 나도록 술잔을 비우고 나서 순댓국집 남자에게 넌지시 말을 붙였다.

"천득이가 장가라도 간다는 거요?"

"정다방 엄 양이라는 아가씨 알어?"

"아니! 천득이 색시가 정다방 엄 양이란 말입니까? 허! 그년도 정상은 아니구먼. 몸매도 얍삽하고 얼굴은 반반하게 생겼는데 그렇게도 남자가 없을까?"

순댓국집 남자는 해 좋은 날에는 낚시터에서 시간을 보내고, 날 궂은 날에는 인터넷게임으로 시간을 보내느라 천득이가 변동시장 남자들에게 비상을 걸어 놓은 사실을 알지 못했다.

"내 참, 이래서 조선말은 끝까지 들어봐야 한다니께. 천득이가 그 여자를 건드려서 병원에 입원했다잖아. 물건이 얼마나 크길래, 직업적으로다 몸을 파는 여자가 병원에 입원을 했겄어."

"그 말이 진짜요?"

"허! 천득이가 변동시장 온 여자들을 건들고 다니고 있는지도 모르는데 팔자 좋게 강태공 놀음만 하고 있으니 내 말을 믿을 수가 있겠나?"

"변동시장 여자들을 죄다 건들어도 내 마누라는 안 건들 거유."

순댓국집 남자는 실실 웃으며 팔도건강원을 바라봤다.

"천득이가 엄 양을 건든 것은 약과여. 소문에 의하면 놈의 물건을 맛본 여자는 남편 알기를 토끼처럼 여긴다고 하더군. 누가 그라는데 천득이네가 시골에서 여기로 올라온 것도 그 아비가 물건을 잘못 놀려서 그렇다는구면."

"도시도 아니고 이웃사촌들이 사는 촌에서도 그랬다는 거요?"

"천득이 싹수가 수상해서 팽 회장님이 조용히 알아본 모양여. 천득이 아비라는 작자가 그 동네 이장집 여자부터 시작해서 갓 시집 온 새댁까지 한동네 여자들을 깡그리 아작을 냈다는겨. 동네 사람들이 단체로 고소를 했지만, 천득이 아비도 오리지널 등신이라서 구속도 안 되고 훈방 조치를 했다느만. 그래서 동네 사람들이 몽둥이 뜸질을 해서 아주 북망산천으로 보내 버렸다잖여……. 그것이 아니면 쪼글쪼글한 늙은이가 반편이 같은 자식을 데리고 왜 변동으로 이사를 왔겠어? 시골 인심이 썩었다고 하지만 도시 인심에 비해서는 아직 양반일 텐데 말여."

"진짜로 우리나라 법은 너무 좋아. 암만 등신이라고 그거까지는 등신이 아니잖아요. 변영회장은 암말 안 합니까? 우리도 멍석말이를 해서 천득이 놈을 아주 보내 버려야 되는 거 아닙니까? 도대체 이 나라 정의는 다 어디로 간 겁니까? 이래도 우리나라가 민주주의 나라라고 할 수 있습니까?"

순댓국집 남자는 갑자기 눈빛이 확 돌아버린 얼굴로 팔도건강원 앞에 있는 소주병을 끌어당겼다. 맥주컵에 소주를 콸콸 따라서 낚시터에서 수면에 떠 있는 찌를 노려보는 것처럼 두 눈을 부릅뜨고 마셨다. 불끈 쥔 주먹으로 테이블을 쾅 내려칠까 하다가 모서리를 움켜잡고 바드득 이를 갈았다.

"아! 번영회장이 아니고, 번영회장 할아비가 와도 증거가 있어? 증거가 없는데 무슨 수로 천득이를 변동시장에서 몰아낸단 말여? 어때! 역시 소주는 해장술이 최고여. 한잔 했더니 세상이 노랗네 그려. 일도 대충 마무리했겠다. 집에 가서 푹 자야겠구먼."

팔도건강원이 나간 후에 순댓국집 남자는 가게 문 앞에 턱 버티고 섰다. 소주를 단숨에 비워 버린 탓에 얼굴이 확확 달아올랐다. 밤을 꼬박 새운 노름꾼처럼 시뻘게진 눈으로 시장 안을 휘둘러보았다. 낯익은 얼굴들이 시선이 마주칠 때마다 힐끗 바라보고 비웃는 것처럼 보였다. 내가 지금 한가하게 낚시터에 앉아서 월척을 기다리고 있을 때가 아니라고 생각했다. 예전처럼 앞치마를 매고 장사 준비를 시작했다.

"어머, 웬일이래요? 내일은 해가 서쪽에서 뜨겠네."

순댓국집 여자는 선화보살의 말이 어쩌면 이렇게 족집게냐는 생각에 반색을 하며 좋아했지만 남편은 대꾸하지 않았다. 상대가 탤런트를 닮았거나, 하다못해 곰보째보라도 정신이 말짱한 놈이라면 몰라도 천득이다. 천득이 놈을 상대로 질투하고 있다는 인상을 풍기면 아내가 배꼽을 잡고 웃을 것이다. 자존심이 상해서 말도 못하고 뚱한 얼굴로 순대를 썰고, 족발의 살을 능숙하게 발라냈다.

오랜만에 그가 장사를 하니 아는 얼굴들이 그냥 지나치지 않았다. 생선가게 남자가 점심을 먹으러 와서 한잔 권했고, 청산상회 남편이 잔술을 먹으러 온 김에 한잔 샀고, 중앙상회 팽 회장이 트럭 운전사와 새참을 먹으러 왔다가 한잔 냈고, 가끔 불러서 낚시로 잡아온 붕어매운탕을 끓여서 같이 먹는 세탁소와도 한잔 하다 보니 저녁나절이 되자 얼큰하게 취했다.

내가 시방 먼 지랄을 하고 있는지 모르겠네.

순댓국집 남자는 얼큰하게 취해서 곰곰이 생각해 보니 인간 같지도 않은 천득이 때문에 온종일 속을 태웠다는 생각이 들었다. 무언가 화풀이를 해야 하는데 아내는 풍성한 덩치만큼이나 마음도 풍성해서, 하루 종일 '헤헤' 웃기만 할 뿐 좀처럼 화낼 틈을 주지 않았다.

"당신이 집에 있으니까 손님도 더 많은 것 같우."

순댓국집 여자는 내일이라도 시간을 봐서 선화보살에게 답례를 해야겠다고 생각했다. 행여 남편이 화가 나서 내일부터 다시 낚시터로 직행할까봐 노심초사하며 눈치만 살폈다. 남편은 뚱한 얼굴로 그녀의 말에 대꾸도 하지 않고 이쑤시개로 이만 쑤셨다.

"오늘 천득이가 올런지 모르겠네. 내일 아침에 순대 만들려면, 늦어도 열 시까지 오라는 말을 해 줘야 하는데……."

저녁 장사를 얼추 끝낸 순댓국집 여자는 가겟방 안으로 들어갔다. 평소와 다르게 거울을 바라보며 얼굴에 땀이 난 흔적을 닦았다. 거울 안으로 보이는 남편은 가겟방 문턱에 앉아서 밖을 내다보고 있었다. 매일 이렇게 장사를 하면 소원이 없을 것이라고 생각하며 혼잣말로 중얼거렸다.

"얼씨구! 천득이가 당신 남편이라도 되는 모양이지?"

순댓국집 남자는 '옳다거니, 낚시 바늘에 물려도 단단히 물렸구나'라는 생각에 대뜸 코웃음을 치며 가겟방 안으로 뛰어 들어갔다.

"맞다. 내일은 당신이 있으니까 천득이가 없어도 되겠네."

"야, 이 여자야! 도대체 천득이하고 뭔 일이 있었기에. 남편이 두 눈 시퍼렇게 뜨고 옆에서 지켜보고 있는데 천득이를 찾아?"

"어머머, 내가 언제 천득이를 찾았다고?"

"허! 이년이 아주 바람이 나도 단단히 났구먼. 아! 바로 내 코앞에서 지금 천득이를 찾았잖아."

"아, 순대 만들 때는 항상 천득이가 도와줬으니까 찾지. 내가 미쳤다고 천득이를 찾아요? 오라, 그러고 보니 오늘 낚시 안 간 이유가 다 있구먼. 그 등신 같은 천득이가 무서워서 낚시도 못 가고 옆에서 날 감시하려고……."

순댓국집 여자의 말이 끝나기도 전에 남자의 주먹이 먼저 그녀의 눈두덩을 향해 날아갔다. 순댓국집 여자는 왼쪽 눈에서 불이 번쩍하는 것 같은 충격에 휘청거렸다. 흐릿한 시야로 남편의 발이 날아오는 모습이 보였다. 그 발길질을 피하려면 얼른 옆으로 비켜야 한다는 생각에 드럼통 같은 몸을 재빠르게 옆으로 돌렸다. 그러나 육중한 몸의 다리가 서로 꼬이는 통에 옆으로 물러서지는 못하고 두 팔을 허공에서 허우적거리다가 남편을 껴안으며 나동그라지고 말았다.

"악!"

드럼통 같은 덩치에 눌린 남자의 짤막한 비명을 끝으로 가게 안에는 침묵이 감돌았다.

순댓국집 앞에 난데없이 119 구급차가 정차하자 구경꾼들이 삽시간에 모여 들었다. 시장통닭집 여자와 파리패션은 지체 없이 구경꾼들 틈을 헤집고 순댓국집 안으로 들어갔다.

순댓국집 가겟방 안에는 희한한 풍경이 연출되고 있었다. 아랫목에는 남자가 새파랗게 질린 얼굴로 숨도 내쉬지 못하고 연신 두 눈을 깜박깜박하며 고통스러워하고 있었다. 왼쪽 눈이 시퍼렇게 멍이 들고 부어오른 순댓국집 여자는 구석에서 훌쩍훌쩍 울고 있었다.

"어딜 다쳤습니까?"

119 구급대원들이 들것을 순댓국집 남자 옆에 놓으며 물었다.

"방바닥에 미끄러져서 허리를……."

순댓국집 여자가 훌쩍거리며 말꼬리를 흐렸다.

"일단 병원으로 동행하셔야죠?"

순댓국집 여자는 구급대원들을 따라 홀로 내려왔다. 그녀가 신발을 신고 있는 사이에 파리패션과 시장통닭집 여자가 바짝 다가갔다.

"어쩌다?"

시장통닭집 여자가 들것에 실려 가는 순댓국집 남자를 턱으로 가리키며 속삭였다.

"처…… 천득이 때문에…… 나를 때리다, 나하고 같이 넘어지는 통에……."

순댓국집 여자는 계속 훌쩍거리면서 구급대원들이 안내하는 대로 구급차에 올라탔다.

"어머! 어머! 어머!"

파리패션은 다리가 풀려서 서 있을 수가 없었다. 의자에 앉으면서 파랗게 질린 얼굴로 시장통닭집 여자를 바라봤다.

"천득이하고 뭘 어쨌길래 눈이 저 지경이 되었대?"

"몰라, 나한테 묻지 마. 자기가 생각해 보면 알 거잖아."

"그럼?"

시장통닭집 여자는 뒤늦게 뭔가 짐작되는 것이 있다는 표정을 짓고는 자신도 모르게 파리패션의 손을 꽉 움켜쥐고 부르르 떨었다.

순댓국집 남자는 평화정형외과에서 엑스레이를 찍었다. 의사는 심각할 정도는 아니지만 등뼈에 금이 가서 2주 정도는 입원을 해야 한다는 진단을 내렸다.

"죄송해요."

순댓국집 여자는 허리에 깁스를 하고 누워 있는 남편을 물끄러미 바라보았다. 퉁퉁 부어오른 눈에서 닭똥 같은 눈물이 주르르 흘렀다. 천득이 물건이 어떻게 생겼는지 구경이나 해 보고 얻어맞았다면 억울하지나 않았다. 허구한 날 낚시로 세월을 보내다가 천득이와의 관계를 의심하며 자신에게 주먹을 휘두른 것을 생각하면 남편의 얼굴을 보기도 싫었다. 하지만 이유야 어쨌든 자신의 육중한 몸무게로 남편의 등뼈를 다치게 한 것은 잘못이라는 생각에 고개를 숙였다.

"우…… 울 거 없어."

술이 덜 깬 순댓국집 남자는 그런대로 통증을 참을 수가 있었다. 침대에 눕자 졸음이 밀려와서 손을 내저으며 돌아누웠다.

"가게 때문에 가 봐야겠어요"

순댓국집 남자는 대답도 하지 않은 채 금방 코를 골기 시작했다. 그녀는 자신이 변동시장에서 제일 불행한 여자일 것이라는 생각에 훌쩍훌쩍 울면서 병실을 나섰다.

순댓국집 여자가 병실에 가 있는 동안 변동시장에는 팽팽한 긴장감이 감돌고 있었다. 순댓국집 여자가 천득이 때문에 남편에게 얻어 맞았다는 소문은 불과 한 시간이 채 넘기도 전에 알 만한 여자들은 모두 아는 기정사실이 되어 버리고 말았다.

"나…… 난 도무지 믿을 수가 없어, 그…… 그런 몸으로 어떻게 천득이하고 붙어먹을 배짱이 생겼는지 내 두 눈으로 직접 확인하기 전에는 도저히 믿지 못 하겠어."

현대슈퍼 아내는 분식센터로부터 소문을 전해 듣자마자 자신도 모르게 온몸을 부르르 떨었다. 그 떨림은 놀라움과 충격에서 파생된 것이 아니었다. 질투의 불꽃이 느닷없이 온몸을 덮어 버렸을 때의 분노에서 비롯되는 떨림이었다.

"나도 첨엔 그랬어. 하지만 천득이 때문에 다투다가 순댓국집 남편이 넘어져서 병원에 입원했다잖아. 순댓국집 여자는 남편한테 얻어맞아서 눈탱이가 밤탱이가 되어 버렸다잖아. 찔찔 짜면서 천득이 땜시 맞았다고 하는 말을 직접 요 귀로 똑똑히 들었대잖아. 그것도 혼자 들은 것이 아니고, 둘이서……."

분식센터가 자신의 귀를 손가락으로 가리키며 말하면서도 나도 너무 놀라서 아직은 완전히 믿을 수 없다는 표정을 지었다.

"하긴, 대기업 회장처럼 순댓국집은 마누라한테 맡겨 두고 매일 낚시로 소일하던 남자가 오늘은 장사를 했다는 것 자체가 무슨 낌새를 눈치챘으니까……."

"맞아! 바로 그거야. 어쩜! 어쩜 그럴 수가 있지? 나도 솔직히 긴가민가하는 심정이었는데, 그 말을 듣고 보니까 확실히 믿을 수 있겠네."

분식센터는 더 이상 말할 엄두도 나지 않는다는 얼굴로 고개를 살래살래 흔들며 밖으로 나갔다.

순댓국집 여자가 시장통에 나타나자 여기저기서 말을 전해들은 몇몇 여자들이 만사를 젖혀두고 순댓국집으로 뛰어갔다.

순댓국집 여자는 가게에 도착하자마자 소주병과 맥주컵을 들고 의자에 앉았다. 안주도 없이 맥주컵에 술을 따르다가 자신의 신세가 처량하고 한심스러워서 훌쩍거렸다.

"자기 괜찮아?"

누구보다 거리가 가까운 시장통닭집 여자는 순댓국집 여자의 시퍼렇게 멍이 든 얼굴은 바라보지 않고 아랫도리를 바라보며 물었다.

"안 괜찮지. 하지만 장사는 해야 하잖아."

"어머! 그런 몸으로 장사를 어떻게 하려고 그래?"

시장통닭집 여자가 건너편 의자에 앉으려다 깜짝 놀라 일어서며 물었다.

"시장 사람들 이미 다 알고 있을 텐데 이 정도 갖고 장사를 안 한다는 것도 우습잖아……."

"시장 사람들 알고 있는 거 하고, 몸 아픈 것 하고는 별개잖아. 정말 그 몸으로 장사를 할 수 있단 말야?"

시장통닭집 여자가 도저히 믿기지 않는다는 얼굴로 뒤로 물러섰다. 생각 같아서는 쪼그려 앉아 순댓국집 여자의 아랫도리를 보고 싶었다. 하지만 차마 그럴 수가 없어서 도저히 이해할 수 없다는 얼굴로 물었다.

"순대 좀 갖다 줄래?"

순댓국집 여자는 생각하면 생각할수록 자신의 신세가 너무 처량하고 불쌍해서 말하기도 싫었다. 자꾸만 흐르는 눈물을 닦아내며 울음을 삼켰다.

"마…… 많이 다쳤어?"

가게 안으로 들어온 파리패션은 여자가 숨 고를 틈도 없이 순댓국집 여자에게 물었다.

"최소한 이 주 이상은 입원을 해야 한다드만……."

순댓국집 여자는 눈물을 닦아내고 땅이 꺼져라 한숨을 내쉬며 힘없이 말했다.

"이 주일?"

순대를 썰던 시장통닭집 여자는 엄 양과 다르니까 2주 정도는 갈 거라는 생각에 놀랍지도 않다는 얼굴로 반문했다.

"그런데 그렇게 앉아 있어도 괜찮은 거야?"

파리패션이 정말 대단하다는 표정으로 순댓국집 여자에게 물었다. 현대슈퍼 아내는 가게에 들어가자마자 얼른 파리패션 옆에 붙어 섰다. 그녀는 마치 동물원 우리 안에 있는 색다른 짐승을 보는 눈빛으로 순댓국집 여자의 시퍼렇게 멍이 든 얼굴은 건성으로 바라본 뒤, 그녀의 아랫도리를 살폈다.

"아무 생각 없이 누워 자고 싶지만, 잠이 오겠어? 생각해 보면 다 내 잘못이잖아."

순댓국집 여자는 급하게 마신 술에 취기가 확 도는 것을 느끼며 흐르는 눈물을 닦으려고 테이블 위에 있는 휴지통을 끌어당겼다.

"자기 잘못이라는 것은 나도 인정하지만, 그렇게 앉아 있어도 정말 괜찮은 거야? 그러지 말고 얼른 방에 들어가서 누워 있어. 잘못하다가 더 큰 일이 벌어질 수도 있잖아."

파리패션이 얼른 휴지통에서 휴지를 뽑아 순댓국집 여자 손에 쥐어 주며 말했다. 현대슈퍼는 기가 막혀 말이 안 나온다는 얼굴로 파리패션을 바라보며 '어머머! 어머머!'를 연발했다.

"내 생각에도 완전히 나을 때까지 방에 누워 있는 것이 좋을 거 같아. 우리끼리라서 하는 말이지만, 정다방 미스 엄은 그래도 남자 경험이 많아서 삼 일만에 퇴원을 한 거잖아. 하지만, 자기는 안 그렇잖아……."

시장통닭집 여자는 순대접시를 테이블 위에 내려놓고 맞은편에 앉았다. 순댓국집 여자가 드럼통처럼 뚱뚱한 만큼 배짱도 대단하다는 생각에 부러움이 섞인 목소리로 말했다.

"여기서 정다방 미스 엄 이야기가 왜 나와?"

순댓국집 여자가 눈물을 닦다 말고 물었다.

"미스 엄이 사흘 동안 입원했다 퇴원했다는 거 자기는 모르고 있었어?"

파리패션이 이해할 수 없다는 표정으로 물었다.

"설마? 내가 천득이하고……."

순댓국집 여자는 천득이와 그 짓을 하는 생각만 해도 기분이 이상하게 울렁거려서 말을 잇지 못하고 시장통닭집 여자와 파리패션과 현대슈퍼 아내를 찬찬히 돌아다봤다.

"그럼 아냐?"

"자기 입으로 이 주일 동안 입원해 있어야 한다고 말했잖아!"

"어머머! 다들 미쳤어. 나는 남편이 허리를 다쳐서 이 주일 동안 입원해 있어야 한다는 말이었는데, 다들 처…… 천득이를 생각하고 있었어?"

순댓국집 여자가 떨리는 목소리로 하는 말에 현대슈퍼는 갑자기 다리의 힘이 모두 빠져 나가는 것 같아서 의자에 털썩 주저앉았다. 파리패션은 어이가 없다는 얼굴로 시장통닭집 여자를 바라봤다. 시장통닭집 여자는 자신도 모르게 안도의 한숨을 내쉬며 맥주컵을 끌어당겨 소주를 따르기 시작했다.

천득은 변동시장에서 일거리를 얻지 못했다. 그러나 일거리가 없다고 해서 시장 안을 돌아다니지 않는 것은 아니다. 아침이면 청산상회에 들려서 오이 한 개를 얻어먹는 것으로 시작해 천연덕스럽게 자주 심부름을 해 주는 가게에 무심하게 들어갔다. 건어물가게에서는 멸치를 집어먹으며 히죽 웃었다. 그러나 주인은 팔짱만 끼고 먼 산을 바라봤다. 한약재를 파는 가게에서는 천득이 제멋대로 감초를 집어먹어도 주인은 작두로 약재만 썰었다.

현대슈퍼는 천득이가 변동시장에 나타나기 전까지만 해도 일이 이렇게 힘든 줄은 몰랐다. 천득이가 나타난 후에는 음료수나 주류 박스를 정리하는 것은 물론이고, 창고정리에서 매장정리까지 힘쓰는 일은 모두 천득이를 불렀다. 그렇게 몇 개월 동안 쉽게 일했더니 음료수 박스 몇 개를 옮기는데도 이마에서 진땀이 배어 나왔다.

"아, 천득이를 시키면 간단한 일을 가지고, 뭔 고생이래요"

현대슈퍼 아내는 남편이 예전 같지 않게 힘들어 하는 모습을 보고 있으려니 짜증이 났다. 박스 안에서 음료수를 꺼내 판매대에 정리하고 있는 남편의 뒷모습을 흘겨보며 쏘아 붙였다.

"벌금이 십만 원여. 배보다 배꼽이 더 크단 말여."

"청산상회에서 벌금 냈대요?"

"그 할머니가 벌금을 내느니, 천득이가 검정고시 봐서 대학교 들어가는 것이 빠르지."

현대슈퍼는 장갑을 벗어서 이마에 흐르는 땀을 닦았다.

"그 양반은 번영회 회원 아니데요?"

"맞아! 누구는 벌금을 내고, 누구는 내지 말라는 법은 없지. 그걸 내가 왜 몰랐지?"

현대슈퍼는 아내의 말에 회심의 미소를 지으며 휴대전화를 꺼냈다. 아내에게 미소를 지어 보이며 천득에게 전화했다.

팔도건강원은 비 오듯 땀을 흘리며 펄펄 끓는 포도즙을 포장기 안에 쏟아 붓다가 현대슈퍼 자전거를 타고 가는 천득을 발견했다. 얼른 포도즙을 내려놓고 가게 앞으로 뛰어 나가서 천득을 불렀다.

"너 지금 어디 가는 거냐?"

"혀…… 현대슈퍼 배달."

"얼마 받고 가는 거냐?"

"드…… 등신, 이…… 이천 원이잖아."

"이게, 누구 보고 등신이랴? 그렇지 않아도 혼자 일 하느라 열불나 죽겠는데…… 아니지, 등신한테 화를 내 봐야 말짱 도루묵이지. 너 현대슈퍼 일 끝나는 대로 우리 가게로 와야 한다."

팔도건강원은 이천 원을 천득이 주머니에 넣어 주고 나니 갑자기 온몸에서 힘이 솟구치는 것을 느꼈다.

"천득아? 선금 줄 테니까 팔도건강원 갔다가 우리 가게로 와야 한다."

팔도건강원이 하는 말을 지켜보고 있던 생선가게 남자도 천득이 손에 이천 원을 쥐어 주며 노골적으로 부탁했다. 초등학교 식당에 동태를 납품해야 하는데 스무 상자나 되는 꽁꽁 언 동태를 분리하는 작업을 시킬 생각이었다.

천득의 수고비가 이천 원으로 정착되기까지는 3일밖에 걸리지 않았다. 상인들은 처음부터 천득이에게 이천 원을 주었던 것처럼 수고비가 오른 것을 당연하게 여기게 되었다. 천득이도 수입이 갑절로 늘었다고 싱글벙글 웃으며 좋아하거나, 더 열심히 일하려 하지는 않았다. 깜박 잊고 천 원을 주는 상인 앞에서 등신이라는 말만 연발하며 어서 이천 원을 내놓으라고 조를 뿐이었다.

순댓국집 여자 사건은 해프닝으로 끝났다. 하지만 남자들은 언제 어느 때에 유사한 사건이 다시 일어날지도 모른다는 생각에 천득을 경계의 눈빛으로 바라봤다. 여자들은 남편의 눈을 피해서 천득에게 예전처럼 아이스크림을 주거나 떡을 주고, 순대나 떡볶이를 주며 은근히 반겼다.

천득은 아무 일도 없었다는 얼굴로 시장을 두서너 바퀴 돌아도 부르는 사람이 없으면 큰길에 있는 과일백화점으로 갔다.

과일백화점 앞에는 오대수가 산지에서 직접 구입해 온 포도와 사과를 적재한 냉동탑차가 정차해 있었다.

천득은 냉동차의 문을 열고 안을 들여다봤다. 박스를 내리고 있던 오대수가 천득의 등을 툭 치며 턱으로 포도상자를 가리켰다. 천득이 잠자코 손바닥을 내밀었다.

"자식, 돈 계산은 나보다 낫군."

"이…… 이천 원?"

오대수가 천 원짜리 한 장을 내밀자 천득이 고개를 흔들었다.

"젠장, 천득이 수고비는 백 프로 인상됐는데 장사는 매상은 절반이나 줄어들었으니 못 살겠구먼."

오대수는 천득의 성질을 잘 알고 있었기에 투덜거리면서도 이천원을 내밀었다. 천득은 냉동탑차에서 포도 박스를 내려주는 것 외에도 현대슈퍼에 파인애플 2박스를 배달했고, 이것저것 정리도 해

주었다.

천득이 과일백화점 앞에서 폐기 직전에 있는 바나나 세 개를 얻어서 맛있게 먹고 있는데 아름다운나라꽃집 여자가 손가락을 까닥까닥하며 그를 불렀다.

꽃집 여자는 키가 자기보다 큰 행운목 화분에 '축 개업'이라는 띠를 달아 놓고 있었다. 천득에게 그것을 은행 옆에 있는 휴대전화 개업 가게에 배달해 달라고 주문했다.

천득은 화분을 가볍게 손수레에 얹고, 화분이 손수레에서 이탈하지 않도록 끈으로 대충 묶은 다음에 출발을 했다.

"어머! 천득 씨."

천득이 휴대전화 대리점에 행운목을 배달하고 돌아섰을 때였다. 커피를 배달하고 오던 엄 양이 반가운 얼굴로 천득의 앞을 가로막았다.

"천득 씨 시간 있어? 시간 있으면 나하고 재미 좀 볼까?"

"등신, 아…… 아파. 재미 보면 아파."

"그때는 내가 너무 만만하게 생각해서 아팠어. 오늘은 만반의 준비를 하고 갈 테니까 이따 한 시간 후에 백조여관으로 와, 그 대신 만 원짜리 석 장 들고 와야 해. 내 말 무슨 말인지 알겠어?"

엄 양은 천득이 때문에 사흘 동안이나 병원 신세를 졌다. 병원비는 둘째 치고 결근비가 하루에 삼십만 원씩 쳐서 구십만 원이나 미수 장부에 기재됐다. 천득이를 보기 전에는 병실에 누워서 '무식한 놈, 짐승, 괴물, 산적 같은 놈'이라고 욕을 했다. 그러나 막상 거대한 장신을 눈앞에서 다시 보게 되니 끔찍했던 통증이 짜릿한 기억으로 되살아나는 것을 느끼며 은밀하게 말했다.

"나…… 도…… 돈, 사…… 삼만 원 있어."

"잘됐네. 그럼 한 시간 후가 아니고 이따 백조여관에서 봐."

엄 양은 지나가는 사람들이 곁눈질을 하든 말든 한쪽 눈을 찡긋거리면서 솥뚜껑만 한 천득의 엉덩이를 툭툭 쳤다.

거리에는 가을비가 부슬부슬 내리고 있었다. 비가 오는 날은 장사가 되지 않는다. 장사가 되지 않으면 천득의 수입도 줄어든다. 천득에게는 수입이 줄어든 것과 엄 양을 만나는 일은 별개였다.

천득은 삼만 원을 모으게 되면, 그때가 오전이든, 점심때든, 저녁때든 가리지 않고 백조여관으로 달려갔다.

"천득이 왔구먼. 방에 가서 기다려."

백조여관 변 사장은 천득이 내미는 천 원짜리를 헤아려서 서른 장이 넘어도 아무렇지도 않은 얼굴로 입장시켰다. 그러나 천 원짜리가 한 장이라도 부족하면 부족한 금액을 손가락으로 알려주며 되돌려 보냈다.

천득이 엄 양과 자주 만나다 보니 수중에 있는 돈은 물론이고, 책상 서랍에 모아 두었던 돈까지 모두 엄 양에게 넘어갔다.

큰 키에 어깨는 구부정한 천득이가 우산을 쓰지 않고 척척 걸어가는데 현대슈퍼가 불렀다.

"바…… 바빠. 지…… 집에 가서 돈 가져와야 햐. 엄마한테."

천득은 걸음을 멈추고 허리를 구부정하게 숙여 집이 있는 방향을 손가락으로 가리키며 웃었다.

"저 등신, 요새는 배짱 장사네. 야, 이 등신아! 나도 너 같은 놈 일 시키기 싫으니까 하기 싫으면 그만둬."

"오늘 김 군도 휴가잖아. 바빠 죽겠는데 누굴 시킨다는 거예요? 천득아, 이리 와서 창고 정리 좀 해 줘라. 이 누나가 아이스크림하고 너 좋아하는 오렌지 넥타 줄게."

현대슈퍼가 허공에 주먹질을 해 보이고 있을 때였다. 뚱뚱한 그의 아내가 남편을 흘겨보며 천득을 살갑게 불렀다.

"바…… 바쁜데."

천득은 얼굴의 빗물을 손바닥으로 닦아내며 현대슈퍼 앞으로 걸어갔다.

"햐! 요 자식 봐라. 남자가 부르니까 바쁘다고 배짱부리고, 여자가 부르니까 못 이기는 척 들어오네."

"대여섯 살 먹은 어린애 같은 애한테 별소리를 다 하고 있구면. 그리고 천득이가 얼마나 착한데, 천득이는 법 없어도 살아갈 사람 이잖아요."

현대슈퍼는 아내의 말에 '대여섯 살 먹은 아가, 다 큰 여자를 그 지경으로 만들어 놔?'라는 말은 차마 하지 못하고 볼을 실룩거리며 천득이를 데리고 창고로 갔다.

"야, 이 자식아! 너 내가 하는 말은 말로 안 들려! 이 자식이 불쌍해서 인간적으로 대해줬더니 안 되겠네. 너 오늘 맛 좀 봐라."

창고 안에는 음료수와 술, 화장지, 세제 등과 지난 여름 수해 때 물에 젖어서 팔지 못하고 있던 그릇과 프라이팬들이 어지럽게 널려 있었다. 현대슈퍼는 창고 안으로 들어서는 천득이를 향해 플라스틱 쓰레기통을 던졌다. 천득이 용케 피하는 모습을 본 그는 더 화가 났다. 무언가 몽둥이 될 것을 찾다가 플라스틱 빗자루가 눈에 띄었다. 그것으로 천득이의 어깨와 등짝을 후려갈기기 시작했다. 천득은 맞지 않으려고 박스 사이에 숨어 들어가 얼굴을 무릎에 파묻고 등을 잔뜩 웅크렸다. 말벌 떼를 만난 곰처럼.

비까지 부슬부슬 내리는 탓에 태평면옥의 2층은 더욱 조용했다. 선화보살은 단골 만물상에서 사 가지고 온 부적을 사각으로 착착 접어서 골무 크기의 비닐케이스에 집어넣다가 *끄덕끄덕* 졸기 시작했다.

"우…… 우리 엄마, 어…… 엄마 어디 갔어?"

선화보살은 천득의 목소리에 마른입을 다시며 고개를 들었다. 우산을 쓰지 않고 왔는지 비에 젖은 조끼며 티셔츠가 몸에 찰싹 달라붙은 천득이가 자기 방을 손짓하며 더듬거리고 있었다.

"누구한테 맞았냐? 얼굴이 왜 그래?"

선화보살이 까치발을 하고 손을 번쩍 들어서 천득의 얼굴을 어루만지며 물었다. 얼굴에 긁힌 자국이 있고 옷에 발자국 흔적이 있는 것으로 봐서는 누구에게 개처럼 얻어맞은 것이 분명했다.

"혀…… 현대슈퍼가 때렸어."

"왜? 뭘 잘못했기에, 천득이처럼 착한 사람을 때렸어?"

"모…… 몰라. 나…… 난 착햐, 우…… 우리 엄마는?"

"그 머여, 아까 은행에 세금 내러 간다고 나가는 것 같던데…… 왜 찾아? 기운은 항우장사인 놈이 대낮부터 맞고 다니면서."

"드…… 등신, 현대슈퍼가 때리잖아. 때리니까 맞아야지. 나…… 바쁜데, 어…… 언제 와?"

"그야, 난 모르지. 네 엄마가 어디 몇 시까지 갔다가 오겠다고 나한테 보고하고 간 거는 아니잖여. 그건 그렇고 어린애처럼 비를 맞고 다니면 감기 걸리잖아. 요새 비는 산성비라서 몸에도 안 좋다는데……."

천득의 몸은 장대했다. 골격이 커서 눈을 똑바로 뜨고 있으면 위압감을 느낄 정도다. 선화보살은 한심하다는 얼굴로 벽에 걸려 있는 수건을 걷어서 복도로 나갔다. 천득의 머리카락과 얼굴에 묻어 있는 빗물을 닦아주었다. 엉덩이에 묻은 발자국 흔적을 닦아 줄 때는 묘하게 웃음이 나왔다.

"에이……."

천득이 불만스러운 얼굴로 출입구 쪽을 바라보았다.

"왜 그라능겨? 뭣 땜시 엄마를 찾능겨? 저녁 먹으려면 아직도 너 덧 시간은 남았는데?"

"애…… 애인한테…… 가…… 가야 하는데, 어…… 엄마가…… 없잖아."

"애인?"

선화보살은 애인이라는 말에 천득의 지퍼 부분을 내려다봤다.

이놈이 내가 모르는 사이에 여자가 생겼나?

손에 익숙한 지퍼 부분을 바라보다가 다시 천득의 얼굴을 바라보았다. 아무리 바보라지만 거의 아침마다 몸을 섞는 사이다. 선화보살은 그런 자신 앞에서 천연덕스럽게 애인을 찾는 천득이를 보니 '천생 등신이구나'라는 생각이 들면서도 기분이 좋지는 않았다.

"애…… 애인 마…… 만나면, 여관에, 도…… 돈 줘야 하능겨. 돈 안 주면 안 해줘."

"천득아, 여관에 가야 애인 만날 수 있는 거지?"

천득이 정다방 엄 양을 입원시켰다는 소문은 아직도 파랗게 살아서 무럭무럭 자라고 있는데 등잔 밑이 어둡다고 선화보살은 모르고 있었다. 돈을 달라는 천득의 말에 짚이는 것이 있어서 살갑게 물었다.

"응. 배…… 백조여관에 가능겨."

"백조여관에서 가면 뭐가 있는데?"

"오…… 옷 벗고…… 재미 봐. 어…… 엄 양하고"

선화보살은 입술 끝으로 싸늘하게 웃으며 손가락을 세워 천득의 입을 막았다. 천득어미가 집에 오려면 한 시간은 넉넉히 걸릴 것이다. 일단 출입문부터 잠그고 어리둥절한 표정을 짓고 있는 천득의 손을 잡고 201호로 끌고 들어갔다.

"야! 이놈아, 기껏 사람 사는 재미를 전수해 줬더니, 머…… 머 한다고?"

"우…… 우리끼리 하는 거 있잖아. 침대에 누워서 옷 벗고, 막 재미있게 하는 거."

"내가 호랑이 새끼를 키웠구먼. 옷 벗어. 내가 재미있게 해 줄 모양이니까."

"애…… 애인하고 해야 하는데……."

"야, 이 등신아. 내가 네 애인이여. 애인을 집에다 두고 벌써부터 바람피냐? 등신 같은 놈이."

"드…… 등신, 바람피우는 것이 아니고, 재미 보는 거여. 재미."

"주둥이 닥치고 가만있어 봐. 내가 돈 없어도 재미 보는 법을 갈켜 줄 팅께."

선화보살은 한시가 급했다. 마지못해 옷을 벗고 있는 천득이에게 달려들어 서둘러 바지를 끌어내렸다. 창문 밖으로 내리는 빗줄기는 제법 굵어졌다. '야, 이 죽일 놈아! 이 죽일 놈! 날 죽여 봐라! 날 죽여 봐라!' 숨찬 목소리로 헐떡이던 선화보살의 목소리가 뚝 끊어졌다. 빗소리가 강물처럼 복도로 흘러 들어왔다.

"처…… 천득아!"

선화보살의 기어들어가는 목소리가 빗소리를 타고 복도 밖으로 흘러 나왔다.

"재…… 재미있다. 또! 또 할까!"

"으메, 또 할 수 있능겨?"

"응."

"그려, 어여 해 봐."

천득이와 선화보살의 들뜬 목소리가 끝나기도 전에 누군가가 출입문을 탕! 탕! 두들기는 소리가 들려왔다. 천득이에게 빠져 있는 선화보살의 귀에는 그 소리가 들려오지 않았다. 천득은 아래층 태평면옥에 불이 나도 상관없었다.

"누가 대낮부터 문을 잠가 났댜! 귀찮게스리."

천득어미는 아무리 문을 두들겨도 반응이 없자 허리끈에 묶어 두었던 열쇠를 찾아 들었다.

'별일여! 선화보살도 이 집에 도둑이 들었다는 말을 한 적이 없었는데……'

천득어미는 습관처럼 열쇠를 들고 다녀서 다행이지, 꼼짝없이 빗속에서 누군가 문을 열어 주길 기다릴 뻔했다는 얼굴로 안으로 들어갔다.

'이기 먼 소리댜? 내가 잠깐 은행에 볼일을 보러 간 사이에 누가 이사를 왔는가?'

201호에서 웬 여자가 '날 죽여! 날 죽여!' 하고 매우 고통스럽게 헐떡이는 목소리가 새어 나왔다. 어떻게 들으면 선화보살이 경문을 암송하는 소리 같기도 하고, 또 다르게 들으면 누군가 열병에 걸려 끙끙 앓은 소리처럼 들리기도 했다.

'가만있어 봐!'

빗줄기가 잠시 잦아들었다. 천득어미는 201호 문에 귀를 찰싹 붙였다. 방에서 흘러나오는 소리는 아련한 추억 속에 내밀하게 감추어 놓은 소리이기도 했다. 지금은 너무 희미해져서 선명하게 재구성할 수 없는 추억이기도 했다. 그 추억은 천득어미가 젊은 시절에 남편을 기다리며 혼자 앉아 있을 때 생각이 나면 공연히 얼굴을 뜨겁게 만드는 추억이기도 했다. 뜨거운 질감을 가지고 있는 추억의 소리가 빈 방에서 숨 가쁘게 흘러나올 리가 없다는 생각에 숨을 죽였다.

"또 애인을 찾을겨?"

"응!"

"아이구, 등신아, 내가 뉘여? 내가 네 애인이잖여."

"응!"

"인제 여관에 가서 딴 여자 안 만날 거지."

"응. 도…… 돈 없으면 안 만나."

"어이구, 나 죽네. 어이구 내가 죽고 말지. 어이구 나 죽어!"

내림굿을 받을 여자가 신장대를 들고 흔들 때처럼 무아지경에 빠져 허덕대는 목소리의 주인공은 선화보살이 분명했다. 그 목소리에 접을 붙이고 있는 거친 목소리는 지금쯤 과일백화점이나 시장통 어디엔가 있어야 할 천득의 목소리였다.

'이것들이? 아녀······.'

그녀는 얼른 선화보살의 나이와 천득의 나이를 동시에 더듬어 봤다. 천득은 올해 서른 살이다. 선화보살은 마흔 다섯, 선화보살이 천득이보다 열다섯 살 많기는 했지만 꽹과리를 치고 징을 두들기는 일 이외에는 힘든 일을 하지 않아서 그런지 그다지 늙어 보이지는 않았다.

'그려, 선화보살도 언진가 그랬잖여. 천득이가 올해는 장가갈 운이 있다고 말여. 늙은 며느리면 어뗘. 천생연분이 따로 있나? 내가 북망산천 갔을 때 천득이 하루 세 끼 밥이나 지어주고 빨래나 해 입힐 줄 알면 됐지. 암! 그것만 해도 워딘데······.'

주름살이 밭고랑처럼 파인 천득어미의 갈색 얼굴로 엷은 홍조가 번져갔다. '흐흐' 하며 소리 없이 웃는 얼굴로 옮기는 발걸음은 마냥 가볍기만 했다.

우리 아들 장가간다네.

변동시장은 수해를 당한 뒤로 그나마 명맥을 유지하고 있던 손님들의 발길도 드물어졌다. 판매대에 진열되어 있는 상품들이 변변치 않다 보니 손님들 발길이 줄어드는 것은 당연했다. 살아있는 생물인 채소나, 생선, 정육점 정도만 가격이 싼 탓에 손님들이 유지되고 있을 정도였지 시장 안은 한산했다.

변동시장에는 거의 부부가 함께 장사를 한다. 가게에 파리가 날린다고 해서 아내에게 가게를 맡기고 남편은 공사판으로 떠나거나, 공장 같은 곳에 취직할 수도 없었다. 원래 장사매기로 뼈가 굵은 사람들이라서 종일 등짐을 지거나 땅을 팔 인내력이나 힘도 없고, 세상을 살 만큼 산 나이에 자존심 상하게 사장이나 선배 직원의 꾸지람을 들으면서 일을 할 바에는 하루 세끼 라면만 먹는 한이 있더라도 생업을 포기할 수는 없다고 생각하는 남자들이 많았다.

장사가 안 되면 부족한 것은 돈이고 남아도는 것은 시간이다. 시간이 남아돈다고 해서 평화정형외과에 입원해 있는 순댓국집 남자처럼 팔자 좋게 낚시나 다닐 수는 없는 노릇이고, 가까운 산에 등산으로 소일할 수도 없었다. 장사가 잘 되든 안 되든 간에 아주 장사를 접지 않을 바에는 시장바닥을 떠날 수 없는 것이 시장 상인들의 애환이었다.

아내와 함께 온종일 텔레비전에 코를 박는 것도 하루 이틀이다. 돈도 버는 재미가 있어야 쓰는 재미가 있는 법. 부모 잘 만나서 무한정 쓸 수 있는 돈이 있다 해도 나중에는 돈 쓰는 재미도 줄어드는 것처럼, 시간이 마냥 남아돌아 텔레비전만 매일 보다 보면 출연진이 그 나물에 그 밥처럼 느껴져서 감각이 무뎌진다. 나중에는 텔레비전 혼자 떠들거나 말거나 신경 쓰지 않게 되었다. 그러나 텔레비전 소리가 일상화되다 보니, 그 소리에 길들여진 사람들은 텔레비전이 켜져 있지 않으면 무언가를 잃어버린 것처럼 기분이 허전했다.

아침에 가게 문을 열자마자 텔레비전 전원스위치에 자연스럽게 손이 가고, 텔레비전이야 저 혼자 떠들든 말든 신경 쓰지 않고 물건을 정리하는 것이 습관화 되어 버렸다. 텔레비전을 켜 놓고 대화를 하다 보면 자신도 모르는 사이에 목청이 높아지게 마련이었다. '아' 다르고 '어' 다르다는 말만 있는 것은 아니다. 똑같은 말이라도 '야 이놈아!'라는 말을 작게 하면 정겹게 들리지만, 큰 목소리로 하면 욕으로 들렸다. 그렇게 목소리가 커지면 싸움으로 번지는 수가 많았다.

"내가 언제 화를 냈어?"

"허! 보통으로 말하는 목소리가 기차 화통을 삶아 먹은 사람처럼 그렇게 커유?"

"어이구, 내가 팔푼이하고 얘기하는 것보다 입에 쟈크를 채우는 것이 낫지."

"내가 팔푼이면 당신은 칠푼이겠네."

장사는 안 되겠다, 신경이 극도로 날카로워 있는 상황에서는 사소한 것도 부부싸움의 빌미가 되기도 했다. 싸움을 하지 않으려면 둘 중의 하나가 자리를 뜰 수밖에 없었다. 아내는 횅하니 나가버리는 남편을 붙잡아봤자 싸움만 커질 것이라는 생각에 찬바람을 일으키며 돌아앉아 멍하니 텔레비전을 바라보기 일쑤였다.

　날이면 날마다 무미건조한 날들이 계속되니 아내들은 짜증만 늘었다. 남편처럼 홧김에 나가서 술을 마실 수도 없고, 몇몇이 모여 단 하루만이라도 훌쩍 바닷가로 떠나서 진흙처럼 쌓여 있는 스트레스를 풀 수도 없었다. 그나마 풀 수 있는 방법이 가게 문을 닫은 후에 몇몇이 모여서 술잔을 기울이는 시간들이었다.

　남편들은 남편들대로 손이 심심하고 입이 심심해서 떡집에서 한 시간, 부동산 사무실에서 삼십 분, 팔도건강원에서 염소 중탕하는 비린내를 맡으며 시간을 보내다 보니 하루해가 고래힘줄처럼 질기기만 했다.

　천득어미는 천득이 선화보살을 언제 만나는지 문틈으로 은밀하게 지켜봤다. 천득은 아침에 밖으로 나가기 전에 선화보살의 방문을 열었다.

　'저놈이, 벼락 맞아 죽을라고 작정을 했나? 산신령님 앞에서…….'

　선화보살의 방은 신당을 겸하고 있다. 깜짝 놀라서 뛰어가려고 했더니 천득이는 선화보살에게 신호만 보내고 201호로 들어갔다. 그때서야 가슴을 쓸어내고 동정을 지켜봤다. 선화보살이 문밖으로 고개만 내밀고 주변을 요리조리 살펴본 후에 토끼처럼 201호로 뛰어들어갔다. 얼른 봐서 자세히 알 수는 없었지만 치마가 하체에 찰싹 달라붙는 걸로 봐서 속옷을 입지 않은 것처럼 보였다.

"어이구, 나 죽어!"

"어이구, 천득아, 나 죽어!"

선화보살이 방문을 잠그는 소리에 얼른 달려가서 문에 귀를 대봤다. 채 1분이 경과하기도 전에 선화보살의 숨 가쁜 소리가 문밖으로 흘러나왔다.

'이것들이 한두 번 하는 것이 아니구면.'

천득어미가 곰곰이 생각해 보니 천득이가 201호에 출입하기 시작한 것이 어제오늘은 아닌 것 같았다. 선화보살 역시 요즈음은 굿을 하고 나서 떡이나 과일, 돼지머리 삶은 것을 예전보다 더 푸짐하게 들고 왔다. 말 한마디라도 얼마나 나긋나긋하게 하는지 천득어미는 '이 여자가 요새 눈 먼 돈이 들어 왔나' 하고 생각할 정도였다.

금방이라도 한줄기 비를 뿌려댈 것처럼 하늘이 납작하게 엎드려 있는 날이다.

천득어미는 저녁이 되길 기다렸다. 천득이도 오늘은 일찍 들어오라는 그녀의 말에 날이 어둡기 전에 집으로 들어왔다. 그녀는 시장에서 까맣게 탄 식용유에 튀겨주는 통닭이 아니라 큰길가에 있는 프랜차이즈 치킨점에서 양념치킨 한 마리와 프라이드치킨 한 마리를 샀다. 맥주도 몇 병 준비해놓고 천득이에게 선화보살을 데려오라고 했다.

"내가 왜 불렀는지는 알겠지?"

"명색이 무당인 내가 그걸 모르겠어?"

선화보살은 개다리소반에 차려져 있는 푸짐한 치킨과 아직도 병 표면에서 냉기가 흐르는 맥주를 봤을 때부터 이미 짐작을 하고 있었다는 얼굴로 웃음을 흘렸다.

"내 한 몸 편하자고 하는 건 아녀. 당장 내가 내일 죽는다고 해도 보살한테 민폐를 끼치지 않을 만큼 저금도 해 놨구먼. 딱히 얼마라고 말을 할 수는 없지만 내가 사는 형편에 비해서는 결코 작다고 할 수는 없는 돈이여. 정부에서 주는 생활보조금 칠십만 원씩 나오는 걸 죄다 저금해 놨응께. 어디 가서 번듯한 전세방 한 칸 구할 돈은 된다고 봐. 그리고 천득이 자가 철이 좀 덜 들기는 했지만 저래 봬도 제 용돈은 지가 벌어 쓰고 있잖여. 그렇다고 덩치가 남만 못한 거도 아니고, 얼굴도 저만하면 장군감이지. 그래서 하는 말인데 말여……."

"둘이 합치라는 말이구먼."

선화보살은 언젠가는 이런 날이 올 줄 알았다는 얼굴로 천득이를 바라보았다. 천득은 한 손에는 양념치킨을 다른 손으로는 프라이드 치킨을 들고 번갈아가며 먹고 있었다. 인간이 동물처럼 본능이 추구하는 대로 살아간다면 천득은 모자랄 것 없는 남편감이었다. 삼신할머니는 인간에게 생각할 줄 아는 힘을 불어 넣어 주었다. 천득이는 동물적인 측면에서는 우수한 품종이지만 인간적인 측면으로 볼 때는 덜떨어진 남편감이다.

"단도직입적으로 대답해 줘서 내가 고맙구먼. 피차 세상을 살만큼 살아온 처징께 길게 말 안 하겠어. 내가 가만히 봉께 우리 천득이하고 보살하고 이백일 호에 자주 들락거리던 눈치더구먼. 언지까지 다 늙어 빠진 내 눈치를 봄서 살겨? 같이 늙어가는 주제에 말여."

천득어미는 선화보살의 잔에 거품이 넘치도록 맥주를 따랐다. 자신의 잔에도 맥주를 따르면서 선화보살의 눈치를 살폈다.

"천득이는 뭐래유?"

"천득이야 보살만 좋다고 하면 좋고 나쁘고가 어디 있겄어. 하지만 보살을 좋아하고 있는 건 틀림없는 거 가텨. 보살 방에 갔다 와서는 뭐가 그리 좋은지 싱글벙글거리면서 혼자 봐 주기는 아까울 정도로 좋아 죽는데 뭐."

"그람 이 술상이 정식으로 마시는 그 머셔, 합환준가 하는 그 술이구먼."

선화보살이 맥주 한 모금을 달게 마시고 나서 입술을 닦으며 말했다.

"그전에 한 가지 묻고 싶은 것이 있구먼. 나야, 저놈이 째보든, 곰보든, 정신이 멀쩡하든 반편이든 내질러 놓은 어미니까 천생 부모 노릇을 할 수밖에 없잖여. 근데 선화보살은 막말로 저놈하고 피 한 방울 안 섞인 남남이잖여."

"언제는 제가 사람들 눈치보고 살았남유. 문제는 장군님이 허락을 해 주셔야 하는데, 다행히 장군님께서 아직까지는 천득이가 싫다는 말씀을 안 하시고 계시니까 천생연분이 될 거 같다는 생각은 드네."

선화보살은 세상 물정이 훤한 남자보다는 천득이 같은 남자가 남편감으로는 제격이라고 생각했다. 얼굴 반반하고 세상 물정 훤한 남자가 무당의 남편으로 들어앉을 리도 없지만, 설령 신기가 있어서 박수무당이 남편으로 들어앉는다고 해도 언젠가 도망칠 것이었다. 천득이야 유치원생이나 초등학생 정도의 지능을 가지고 있으니 도망갈 염려도 없고, 기운이 좋으니 산에 기도하러 갈 때 짐꾼으로 이용해 먹기도 딱 좋고, 머리가 모자라서 모르는 것이 있으면 가르쳐 주면서 데리고 살기에는 딱 좋은 신랑감이었다.

"언젠가 선화보살이 그랬잖여. 우리 천득이도 장가갈 날이 오겠다고 말여. 그때부터 신령님이 천득이를 찍어 두었는지도 모르지."

"민망한 것이 한 가지 있구먼. 천득어미라고 부르기는 남남 같아서 그렇고, 형님이라고 부르면 촌수가 안 맞고, 언니라고 부르기에는 내가 너무 늙어 보이고, 시어머니라고 부르기는 민망하고, 암 말 안 하고 지내기에는 답답하고, 대관절 뭐라고 부르면 좋댜?"

선화보살은 사는 거야 한 건물에 살고 있으니 이사를 가고 오고 할 필요는 없지만 천득어미와의 호칭이 문제라는 생각에 넌지시 물었다.

"시방 그걸 말이라고 하는 거여? 아니면 터진 거시 주딩이라고 심심항께 한번 해 보는 말여? 사람들을 모아 놓고 식을 올리지는 않았지만 한 이불 덮고 장께 부부잖여. 그라고 천득이가 뉘여? 하나밖에 없는 내 자식이잖여. 당연히 어머님이라고 불러야지."

이제 천득어미에게 있어서 선화보살은 더 이상 신적인 존재가 아니었다. 자식 앞에 하루 세끼 밥을 해다 바치고, 철따라 옷을 해 입히고, 비록 생각이 짧기는 하지만 크고 작은 일을 상의하고 의논해야 할 천득의 여자다. 며느리 버릇은 처음부터 다잡아 놓지 않으면 후일이 피곤하다는 말을 들은 적이 있었기에 방바닥을 탕탕 소리가 나도록 두들겨 가며 입에서 침이 튀기도록 말했다.

"돈 들어가는 거 아닝께 어머님이라고 불러 주지 머. 그람 천득이는 뭐라고 부른댜? 부끄럽게 여보 당신 하기는 쑥스럽고, 이름을 부르자니 동생 데리고 사는 기분이 들고, '아여 날 좀 봐'라고 어정쩡하게 부르기에는 양념을 하고 간을 안 본 것처럼 밋밋하고……."

"그동안 암 생각 없이 혼자만 살아와서 그른지 생각하는 거시 워찌 늙은 나만큼도 못 하댜. 천득이가 우리 집 대주 아녀? 그짝에서 볼 때도 천득이가 앞으로는 대주잖여. 그냥 대주라고 부르면 되잖여. 남들이 들을 때는 그냥 '저 집 성주신을 모시는 대주를 부르는개비다' 하고 생각할 테고, 보살은 대주라는 말이 입에 뱄응께 어려울 것도 읎잖여."

"그려, 어머니는 어쩌면 그리도 생각이 빨라. 대주님이라고 부르면 되겠구먼. 대주님."

천득어미는 옆에 앉아 있는 천득을 바라보았다. 천득은 치킨을 먹느라 정신이 없었다.

"어머니?"

천득어미는 어머니라는 말에 가슴이 짜릿해지면서 주름진 눈가에 눈물이 그렁하게 맺혔다.

"왜? 어머니라고 부르람서?"

선화보살이 장난스럽게 물었다.

"그려, 내가 앞으로는 네 시어미여. 그리고 천득이는 대주고…… 천득아, 아여 어미 바라보고 바로 앉아서 내 말 좀 들어 봐라."

천득어미는 치킨을 게걸스럽게 먹고 있는 천득의 등을 어루만졌다. 겉으로 보는 천득은 덩치로 보나 얼굴로 보나 어디에 내보내도 부족할 것이 없었다. 머릿속에 든 것이 좀 없기는 했지만 부모만 잘 만났으면 다 늙어 빠진 무당에게 장가는 보내지 않았을 것이라는 생각에 눈물이 났다. 손등으로 눈물을 찍어 내고 나서 천득의 손을 잡아당겼다.

"오늘부터는 여기 앉아 있는 선화보살이 네 마누라여. 무슨 말인고 하면, 너는 인제 혼자가 아니고 선화보살한테 장가를 갔단 말여."

"자…… 장가가려면 겨, 결혼식을 해야지. 읍내 결혼식장에…… 사람들 많아. 구…… 국수 먹고, 떠…… 떡 먹고"

"어이구, 난 그런 것도 모르는 생판 등신인 줄 알았더니 별걸 다 알고 있네. 대주님, 오늘 밤은 우선 닭이나 자셔. 내일부터는 내가 맛있는 거 많이 해 드릴 팅께."

선화보살이 천득에게 닭다리를 권하면서 살갑게 말했다.

"드…… 등신, 선화보살 등신이구먼, 내…… 내 이름 천득이잖여. 천득이……."

천득은 입 안 가득 들어 있는 닭고기를 꿀꺽 삼키고는 선화보살을 손가락으로 가리키며 히죽 웃었다.

나이 마흔다섯의 새색시 선화보살은 청실홍실 이불은 아니더라도 새 캐시밀론이불과 담요, 신혼부부용 베개에서부터 살림살이 일습을 장만하겠다고 나섰다. 천득어미는 젊은 처녀 총각이 결혼하는 것도 아닌데 돈을 쓸 필요는 없다고 말렸지만, 선화보살이 자신은 재혼이지만 천득은 총각 장가가는 것 아니냐며 고집을 부리는 통에 웃음을 깨물며 못 이기는 척할 수밖에 없었다.

"천득이도 옷을 한 벌 해 줘야 하는데 원체 덩치가 커서 담에 해 주기로 하고 며느리 옷은 한 벌 샀구먼."

천득어미도 구경만 하고 있을 수는 없었다. 기성복이기는 했지만 선화보살의 치수에 맞는 한복에 꽃고무신까지 안겨 줬다.

201호에 신혼방이 차려지고 공식적인 첫날밤이 되었다. 잠잘 때가 되자 천득의 솥뚜껑만 한 손이 천득어미의 고사리 같은 손을 잡았다.

"어…… 어머도 우리하고 같이 자. 보…… 보살이, 새 이불하고, 두…… 둘이 자는 베개 샀어."

"장가간 남자는 항상 마누라하고만 한 이불을 덮고 자는 거여. 그랑께 엄마는 저 방에서 자고, 천득이는 이 방에서 마누라하고 자는 거여."

천득어미는 천득의 얼굴을 올려다보았다. 큼직큼직한 얼굴하며 앞산만 한 덩치를 가진 자식의 머릿속에는 철부지 아이가 앉아 있을 것이었다.

'천득이 아부지, 우리 천득이가 장가를 갔소. 늦손자를 볼란가 못 볼란가는 모르겠지만. 천득이를 장가 보냈응께 나는 죽어도 여한이 없구만유.'

그녀는 천득의 솥뚜껑만 한 손등을 쓰다듬는 동안 동네 사람들의 뭇매에 맞아 죽은 남편의 얼굴이 떠올랐다. 남편은 나이 마흔이 되도록 동네 꼬마 아이들에게도 '팔식아, 워디 가?'라는 말을 들을 정도로 모자란 구석이 있었다. 하지만 힘은 장사라 읍내에서 씨름대회를 열었다 하면 일등을 도맡아 놓고 했던 남편이었다. 동네 여자들이 환갑이 다 지난 노인을 달밤에 공동묘지로, 비 오는 날에는 동네 창고로, 햇볕 뜨거운 날에는 저수지 갈대숲으로, 남편이 읍내 장에 가고 없는 틈에 안방으로 부르지만 않았다면 지금까지도 살아있었을 것이었다. 달도 별도 없는 그믐날 비명횡사한 남편도 새신랑이 된 천득이를 축하해 줄 것이라는 생각이 들었다. 밭고랑 같은 주름살 사이로 샘물처럼 맑은 눈물을 흘리며 천득의 얼굴을 바라보았다.

"매…… 매일 마누라하고 자는 거여? 그럼 엄마하고는 언제 자는 거여?"

천득이 아이처럼 못내 서운하다는 얼굴로 물었다.

"나중에 어머님하고 자도 되지만 요새는 나하고 자야지. 명색이 신혼인데 벌써부터 각방 쓰면 되겠어?"

"그려, 나중에 한 번씩은 나하고 같이 자고, 우선은 마누라하고 같이 자는 거여."

천득어미는 천득이를 변동시장으로 데리고 올라오기 전에는 그를 혼자 떼어 놓은 적이 없었다. 그녀는 선화보살이 어련히 알아서 잘해 줄 거라고 믿으면서도 눈물을 글썽이며 일어나서 밖으로 나갔다.

선화보살은 천득이를 눈앞에 앉혀 놓고 두 가지를 당부했다. 첫 번째는 '대주님이 시장사람들에게 먼저 시비를 거는 일은 결단코 없을 것이니, 앞으로는 절대로 억울하게 맞고 다니지 말라. 잉꼬떡 집이든, 과일백화점 남자든, 현대슈퍼든 남자들이 대주님을 때리면 같이 때려라' 두 번째는 '수고비를 이천 원씩 받는 것은 아이들 용돈도 안 된다. 대주님도 장가를 갔으니 엄연히 어른이다. 어른이면 수고비를 만 원씩 받아야 한다'는 내용이었다.

“드…… 등신, 마…… 만 원 안 줘. 이…… 이천 원만 주는데?”

천득은 맞고 다니지 말라는 말에 대해서는 토를 달지 않았지만 선화보살이 만 원짜리 한 장과, 천 원짜리 두 장을 방바닥에 펼쳐 놓고 하는 말에는 뒤로 물러나 앉으며 고개를 흔들었다.

“대주님, 내 말 똑똑히 들어 봐, 여기 포도가 있잖아, 이거 달랑 두 알만 주는 것이 좋아. 한 송이 모두 주는 것이 좋아?”

“보…… 보살 등신 아녀? 이거 한 송이가 좋아.”

“등신하고 살아야 하니까 나도 등신이 되는 것 같구먼. 돈도 마찬가지여. 한 번에 이천 원 받는 거보다는 만 원 받는 것이 좋은 거여. 대주님, 정다방 엄 양이 천 원짜리 주면 좋아해, 아니면 만 원짜리 주면 좋아해?”

“서…… 선화보살 등신 아녀? 엄 양은 마…… 만 원짜리만 좋아해.”

“말끝마다 등신이라니까 참말로 등신이 된 거 같구먼. 내 말 잘 들어. 나도 만 원짜리를 좋아한단 말여. 그랑게 내일부터는 이천 원 주면 받지 말고, 반드시 만 원을 달라고 하란 말여. 무슨 말인지 알 겠지?”

선화보살이 이천 원을 바닥에 버렸다. 만 원짜리를 소중하게 반으로 접어서 입맞춤을 한 후 살갑게 말했다.

“마…… 만 원씩 받으면 재미있게 해 줄 거여?”

“그럼, 매일 재미있게 해 줄게. 하지만 이천 원씩 받아오면 옷 안

벗겨줄 거야. 알겠지?"

　선화보살은 재미라는 말에 금방 몸이 더워지는 것을 느끼며 당나
귀처럼 '히힝' 웃었다. 천득이도 히죽 웃으며 고개를 숙이고 손가락
맞추기를 했다.

소탐대실

오대수는 바나나를 판매한 돈을 손금고에 넣고 나서 길게 하품을 했다. 하품 끝에 나오는 눈물을 닦다가 가게 안으로 들어서는 천득이를 바라봤다. 천득이가 복권을 양손으로 들어 눈앞으로 치켜들고는 소리 없이 웃고 있다. 천득이 복권을 요리 쳐다보고 조리 쳐다보며 좋아하고 있는 모습을 본 그는 벽에 걸려 있는 달력을 바라봤다. 월요일이다. 로또 추첨일이 지났다는 것을 깜박 잊고 있었다.

"오…… 오천 원짜리 돼…… 됐다."

천득은 자랑스럽게 웃으며 손가락 다섯 개를 펴보였다.

"오천 원짜리라면 오등에 당첨이 됐다는 거여?"

오대수는 얼굴로 금방 피가 몰려드는 것을 느끼며 벌떡 일어섰다.

"응! 오…… 오등!"

천득이 구석으로 물러나 앉으며 더듬거렸다.

"너, 이 자식! 내가 복권 사면 어떻게 하라고 시켰어? 살 때는 네 맘대로 사도 좋지만 절대로 다른 사람한테 보여주지 말고 추첨할 때는 반드시 나한테만 보여주라는 말을 했어! 안 했어?"

"드…… 등신, 편의점에서 맞춰 주는 거잖아. 복권은."

"근데 어떤 새끼한테 복권을 보여 줬어?"

오대수가 까치발을 뛰며 천득의 멱살을 두 손으로 움켜잡았다. 여차하면 그대로 점프해서 머리로 천득의 턱을 들이박겠다는 눈빛으로 말했다.

"저…… 저 사람."

천득이 두려운 얼굴로 편의점을 가리켰다.

"편의점 사장 새끼한테 보여 줬단 말이지?"

오대수는 번뜩이는 눈빛으로 천득이 가리키는 곳을 노려봤다. 뉴욕 양키스 모자를 쓴 김국태가 매장 가운데 서서 처음 보는 여자에게 무언가를 설명하고 있는 모습이 보였다. 만약 일등에 당첨되었다면 천득이는 이 시간에 여기 있을 리가 없었다. 복권은 김국태가 가로챘을 것이고 천득에게는 소주에 알사탕이나 한 개 안겨 주었을 것이 틀림없다는 생각이 드는 순간 화가 머리끝까지 치밀어 올랐다.

"보…… 복권 보여줄게."

천득이 주머니에 집어넣었던 복권을 다시 꺼냈다. 이제라도 보여 줄 테니 멱살을 풀어 달라는 표정으로 오늘 구입한 복권을 보여줬다.

"이 등신 같은 새끼가 나를 갖고 놀리려고 작심을 했단 말이지……."

오대수는 천득이 내미는 복권을 보니 더욱 화가 치밀었다. 천득의 멱살을 잡고 있던 손을 풀고 복권을 확 낚아챘다. 복권을 박박 찢어 버리겠다는 얼굴을 하고는 양손으로 복권을 잡는 순간이었다.

"내…… 내…… 내 꺼다."

천득이 깜짝 놀란 얼굴로 달려들어 오대수의 양쪽 손목을 꽉 움켜잡았다.

"어! 이 새끼, 너 이 손 안 놔!"

오대수는 천득이 잡은 양쪽 손목을 움직일 수가 없었다. 마치 두꺼운 무쇠수갑을 찬 것처럼 꼼짝달싹도 할 수 없다는 것을 느끼는 순간 가슴이 철렁 내려앉았다.

'이 등신새끼가?'

그가 놀란 것도 잠깐이었다. 모자라도 한참 모자란 놈에게 본때를 보여 줘야 한다는 생각에 천득의 가슴을 어깨로 홱 밀어붙였다. 하지만 천득은 벽처럼 꿈쩍도 하지 않았다. 마치 벽에 세워 둔 매트를 어깨로 무심코 밀어붙였을 때 같았고 오히려 어깨가 아팠다.

"보…… 복권 내 놔!"

천득의 눈에는 복권밖에 보이지 않았다. 오대수의 손목을 비틀어 복권을 빼앗았다.

"아이구! 이 등신 새끼가 감히 내 팔을 비틀어?"

오대수는 손목이 부러져 버린 것 같았으나 통증을 추스를 틈이 없었다. 천득에게 맞았다는 소문이 나돌면 고개를 들고 다닐 수 없을 것이었다. 구석에 있는 대걸레를 움켜잡으며 홱 돌아섰다. 천득은 고개를 숙이고 복권을 신문지에 싸고 있었다. 득달같이 달려들어서 천득의 머리를 내려 갈기려고 대걸레를 치켜들었다. 그와 동시에 천득이 등을 돌렸다.

천득은 대걸레를 치켜든 오대수를 피한다는 것이 양손으로 홱 밀어붙인 꼴이 되었다. 오대수는 천득이 밀어붙이는 힘에 '어! 어! 어!' 하며 양팔을 허공에 바람개비처럼 돌리다가 건너편 벽에 쾅다당 부닥치고 나서 스르르 주저앉았다.

천득이는 오대수가 맥없이 주저앉는 모습을 가만히 바라보며 천천히 다가갔다. 발끝으로 오대수의 허벅지를 툭툭 찼다.

"자…… 잘못했다, 천득아!"

오대수는 천득을 올려다봤다. 천득의 덩치가 크다는 것을 알고 있었지만 바닥에 앉아서 올려다본 덩치는 거대한 거인처럼 우람했다. 천득이 엄청나게 큰 발을 들어 자신의 가슴을 한번 차올리기라도 했다가는 숨 쉴 새도 없이 저승으로 가 버릴 것 같았다. 무조건 천득을 달래서 이 위기를 벗어나는 수밖에 없다는 생각에 두 손으로 싹싹 빌었다.

"드…… 등신."

천득은 오대수가 싹싹 비는 모습이 귀엽다는 얼굴로 바라보다가 그의 따귀를 힘껏 갈겨 버렸다.

"악!"

오대수가 내지르는 비명 소리가 총소리처럼 거리로 퍼져 나갔다. 신입직원에게 포스단말기 사용법을 알려주고 있던 김국태는 난데없이 들려오는 비명 소리에 문 앞으로 뛰어 나갔다. 흐린 하늘 아래로 보이는 거리는 괴이하리만큼 조용했다. 과일백화점 안에서 천득이가 히죽히죽 웃으며 걸어 나오고 있는 모습만 보일 뿐이었다.

변동시장이 파장하면 처마 밑에 고여 있는 어둠은 유난히 깊고 짙어진다. 생활용품이나 부식, 의류가게는 문을 닫았고, 희미한 불빛을 거리에 쏟아 붓고 있는 가게들은 늦게까지 술손님을 받는 식당이나, 새로 들어온 물건을 뒤늦게 정리하고 있는 가게들이었다.

밤이 늦도록 장사를 하면 취한 취객들의 고성이 퍼져 나오기 마련인데 오늘은 어느 가게나 할 것 없이 제사를 지내고 있는 집처럼 조용했다. 어둠 속에서 징검다리처럼 드문드문 밝혀진 불빛을 밟으며 걸어가는 행인들의 발걸음 소리조차 변동시장의 고단한 침묵을 깨트리지 않으려는 듯 멀리 퍼져나가지 않았다.

순댓국집 안에는 파리똥이 까맣게 앉아 있는 형광등이 졸고 있었다. 순댓국집 여자는 육중한 엉덩이를 가겟방 문턱에 무겁게 올려놓고 벽 선반에 있는 텔레비전을 응시했다. 길게 하품을 하며 손님들을 바라봤다.

홀 안에는 내일 새벽이면 청과시장으로 채소를 사러 가야 하는 청산상회 남편과, 천 원짜리 물건을 파는 천냥백화점이 순대 모둠을 시켜놓고 소주를 마시고 있었다. 청산상회 남편은 나이가 칠십에 가까웠고 천냥백화점은 사십 대 초반이었는데 이 둘은 형님, 동생 하는 사이다.

천득은 출입문 쪽 의자에 앉아서 가끔가다 마른 입맛을 다시며 텔레비전을 뚫어져라 쳐다보고 있었다. 텔레비전에서는 여자 탤런트가 얼굴 가득 눈물이 번들거리도록 울면서 남자에게 사랑을 고백하고 있었으나 천득의 표정에는 변화가 없었다.

하마처럼 뚱뚱한 순댓국집 여자는 다시 길게 하품을 했다. 하품을 한 그녀는 습관처럼 손등으로 입을 쓱 닦고 나서 천득이를 노려봤다.

오늘은 내가 버르장머리를 고쳐 놓고 말 테니까 누가 이기나 보자.

천득이 앞에는 빈 소주병 한 개와 돼지머리 고기 몇 점이 있는 접시와 김치, 소금 접시가 있었다. 고깃점은 여느 손님들에게 파는 것과 비교하면 두 배는 넘어 보일 정도로 컸다. 부위도 돼지머리 중에서 제일 맛있는 귀다. 귀 부위는 기름기가 약간 섞여 고소하며, 고기 사이에 연골이 있어 오도독 씹혀서 소리까지 맛있다. 천득이는 소주를 더 달라는 뜻인지, 소주병은 비어 있었지만 안주는 남겨 놓았다. 다른 날 같았으면 소주 한 병 정도는 더 줄 수가 있다. 하지만 오늘은 소주 한 병을 더 주고 안 주고가 문제가 아니다. 천득이 오전에 순대를 만들 때 도와주었던 수고비로 만 원을 요구하고 있는 중이다. 만약 그 돈을 주게 되면 시장상인들에게 어떤 욕을 얻어먹게 될지 모를 일이었다. 그렇지 않아도 남편 때문에 천득이와 추문에 휘말렸었다. 다행히 해프닝으로 끝나고 말았지만, 남의 말하기 좋아하는 시장통닭집이나 분식센터, 파리패션 여자들이 모여서 얼마나 자신을 찧고 까불었을지를 생각하면 몇 날 며칠 동안 잠을 이룰 수 없었다.

"요새는 바다이야기도 안 간다고 하드니, 어디다 쓰려고 만 원씩이나 달라고 하는지 모르겠네."

어제 천득이에게 만 원을 준 것은 순전히 그놈의 인정 때문이었다. 순대를 만들고 나서 이천 원을 줬더니 고개를 흔들면서 만 원짜리를 내라고 손을 내밀었다. 천득이가 수고비를 500%씩이나 인상할 끔찍한 계획을 갖고 있다는 실낱같은 정보만 알았어도 돈 대신 국자로 등짝을 후려 갈겼을 것이었다. 그러나 수고비를 인상했을 것이라고는 꿈에도 생각하지도 않았다. 단순히 천득이 오늘은 만 원이 필요했을 것이라는 생각에 모처럼 선심 쓰는 기분으로 내줬다.

천득이는 고맙다는 말도 하지 않고 당연하다는 얼굴로 만 원짜리를 반으로 착 접어서 주머니에 넣었다.

천득이가 수고비를 만 원으로 올렸다는 사실을 알게 된 것은 오늘 오전에 순대를 만들고 나서 천득이에게 순댓국과 소주를 덤으로 안겨주었을 때였다.

"천득이 수고비 줬어?"

"왜?"

"천득이가 수고비를 만 원으로 올렸다는 소문은 들었어?"

시장통닭집 여자는 천득이가 옆에서 순댓국을 먹고 있는데도 목소리를 낮추지 않았다. 그녀는 천득의 등을 슬슬 쓰다듬으면서 자신의 말을 천득이도 듣고 순댓국집 여자도 들으라는 목소리로 말했다.

"어제 번영회 회장님도 만 원을 줬대. 그리고 또 누구더라? 맞아, 잉꼬떡집 여자도 불쌍한 사람도 돕는데, 천득이가 갑자기 돈 쓸 곳이 있어서 그럴 거라는 생각에 만 원을 줬다는 거여. 또 누가 만 원을 줬다고 하드라? 맞아, 팔도건강원도 모처럼 천득이가 부탁을 하는데 안 들어줄 수가 없어서 만 원을 줬다고 하대. 아! 변동시장 짠돌이 청산상회 남편도 만 원을 줬대."

일이 터진 것은 청산상회 남편이 전주식당에 배추를 배달시키고 난 다음에 벌어졌다고 한다.

"마…… 만 원, 오늘부터 만 원여. 그러니까 만 원 줘."

청산상회 남편은 여느 날처럼 천 원짜리 두 장을 꺼내 천득에게 내밀었다. 천득은 실실 웃으며 주머니에서 만 원짜리 몇 장을 꺼내 보였다.

"이놈이 점심 때 못 먹을 걸 처먹었나…… 누구 맘대로 수고비를 만 원씩 올린 거여? 어떤 정신 나간 작자가 너 같은 등신한테 일 시키고 만 원을 줬냐 말여? 내가 늙었다고 너까지 나를 무시하는 거여! 이 싸가지 없는 놈아!"

청산상회 남편은 기가 막혀 말이 나오지 않는다는 얼굴로 천득의 얼굴을 노려보다가 뒤로 몇 걸음 물러서서 대뜸 삿대질을 하며 팔짝팔짝 뛰었다.

"드…… 등신, 전부 다 마…… 만 원씩 줬단 말여."

"누가 너한테 일을 시키고 만 원을 줬어? 만약 변동시장 안에서 단 한 사람이라도 너한테 만 원을 줬다면 나는 십만 원을 주겠다. 당장 이름을 말해 봐."

"이…… 이건 순대, 이…… 이건 이, 잉꼬떡집……."

천득이는 일단 개봉하지 않은 상추 박스 앞으로 가서 손에 들고 있던 만 원짜리를 한 장 한 장씩 상추 박스 위에 올려놓으며 말했다.

"어이구, 두야. 이 사람들이 죄다 등신이 됐나?"

청산상회 남편은 천득이 거짓말을 하고 있을 것이라고는 생각하지 않았다. 일단 자기 입으로 뱉어 버린 말이 있었으니 딱히 할 말이 없었다. 붉으락푸르락해진 천득이 앞으로 만 원짜리를 날려버리고 곧장 팽 회장에게 달려갔다.

시장통닭집 여자는 신이 나서 청산상회 남편이 뛰어가는 흉내를 내 보이는가 하면, 팽 회장이 얼굴을 찡그리는 것까지 흉내 내며 말을 이어갔다. 청산상회 남편이 따지는 말에 팽 회장은 '나도 얼떨결에 당했다, 설마 천득이 같은 등신이 우리 같은 사람도 감히 상상할 수 없는 고단수 머리를 쓸 줄 알았나, 나도 놈이 수고비를 만 원으로 인상을 했다는 말을 듣고 내가 등신이 된 줄 알았다, 병든 마누라만 아니면 대번에 천득이 놈에게 달려가서 저 죽고 나 죽자는 식으로 칼부림을 하고 싶었다. 하지만 내가 등신짓을 해 놓고, 등신한테 달려가서 그 짓을 해 놓으면, 나만 상등신이 되고 만다는 생각이 들어서 대낮부터 소주를 두 병이나 깠다'라며 술 냄새를 푹푹 풍겼다.

"아니, 나야 대놓고 천득이한테 일을 시키는 입장이라서 만 원 정도는 줄 수도 있다고 치지만, 잉꼬떡집이나 회장님은 나하고 사정이 다르잖아. 그런데도 암 생각 없이 만 원을 줬단 말여? 이건 그냥 넘어갈 문제가 아니구먼. 당장 오늘 저녁에 임시 총회를 열어서 천득이를 시장에 출입금지시키든지 뭔 수를 써야겠구먼."

순댓국집 여자는 시장통닭집 여자의 말을 더 이상 들어줄 수가 없었다. 어린아이처럼 순진하기만 한 천득에게 뒤통수를 맞았다는 생각에 입에 거품을 물었다.

"그렇지 않아도 그 문제 때문에 임원들끼리 어제 저녁 때 태평면옥에서 짬뽕을 한 그릇씩 먹으며 회의를 한 모양이여. 그런데 어떻게 결론이 났느냐 하면, '지난번처럼 돈 천 원을 올리겠다는 것도 아니고 만 원씩 받겠다는 수작이면 천득이한테 일을 시키지 않는 것이 낫다. 요즘 같은 불경기에 돈 만 원 벌라면 허리가 휜다. 그러니 임시 총회를 열고 자시고 할 필요도 없이 앞으로는 천득이 놈 얼굴을 봐도 모르는 척할 정도로 인연을 끊어 버리자. 놈이 아무리 등신이래도 우리가 한마음 한뜻으로 외면하면 별수 있겠냐. 결국은 항복을 할 것이다'라고 결론을 내렸다고 하데."

"임시 회의를 하면 우리 집에서 할 것이지, 왜 태평면옥이래? 순댓국밥 한 그릇에 몇만 원씩 하는 것도 아닌데……."

순댓국집 여자는 시장통닭집 여자를 따라서 가게 밖으로 나갔다. 태평면옥 쪽을 흘겨보고 나서 가게로 들어가 천득에게 다가갔다. 천득이는 태평스럽게 순댓국을 먹고 있었다. 그 모습이 마치 자신을 비웃는 것 같아서 느닷없이 등짝을 후려갈겼다.

"아…… 아파!"

천득은 씩 웃고 나서 다시 순댓국을 먹었다. 순댓국집 여자는 천득이를 때려봐야 자기 손바닥만 아프다는 생각에 더 이상 때리지 않았다. 문제는 당장 천득이가 순댓국을 먹고 나면 만 원짜리를 내놓으라고 버틸 텐데 그렇게 되면 거절할 명분이 없다는 것이었다.

"드…… 등신 아녀? 어, 어제처럼, 마…… 만 원짜리 줘. 어…… 어제도 만 원 줬잖아."

걱정은 현실로 다가왔다. 그녀는 순댓국에 소주 한 병을 깨끗이 비운 천득에게 모른 척하고 이천 원을 내밀었다. 천득의 표정은 새삼스럽게 왜 이러시냐는 얼굴이었다. 그녀는 그때부터 천득을 설득

하기 시작했다.

　나는 수고비를 만 원으로 올렸다는 사실을 몰랐다. 어제는 천득이가 꼭 써야 할 곳이 있는 것 같아서 특별히 만 원을 준 것이다. 만약 수고비를 만 원씩 올려 받을 계획이었다면 일을 시키지도 않았을 것이다. 순댓국밥을 팔 때도 같은 이치가 적용이 된다. 손님들이 오천 원짜리인 줄 알고 먹었는데 이만 오천 원을 달라고 하면 어떤 멍청이가 '알겠습니다' 하고 이만 오천 원을 내밀겠냐.

　순댓국집 여자가 누누이 설명해도 천득은 소귀에 경 읽기 식으로 흐린 하늘만 바라보고 있었다.

　"좋아. 지금은 점심 장사를 해야 하니까 이따 장사 끝내고 저녁에 보자."

　순댓국집 여자는 자신이 돌부처 앞에서 사정하는 것이나 마찬가지라는 사실을 알아차리기까지는 오래 걸리지 않았다. 계속 설명해도 천득은 목걸이에 매단 휴대전화를 만지작거리고 있거나, 멀뚱멀뚱하게 천장을 바라보거나, 괜히 손가락만 만지작거리고 있었다. 잉꼬떡집이나 청산상회 남편, 팽 회장 같았으면 입 안의 침이 마르도록 설명을 해도 천득이 딴전만 피우고 있으면 천득의 귀뺨을 올려붙여도 백 번은 올려붙였을 것이었다. 그러나 여자의 몸으로 그럴 수는 없었다. 그래서 점심 장사도 해야겠으니, 시간 좀 벌어 보자는 생각으로 천득에게 저녁에 오라고 했더니 오후 여덟 시부터 와서 버티고 있는 중이었다.

"우리가 어렸을 때만 해도 부자와 가난한 사람들만 살았잖아. 그런데 요새는 판교에 아파트 입주권 산 사람하고, 못 산 사람하고 구분한다드만."

"누가 그라는데 입주권 한 장에 그 뭐여, 웃돈이 최소 일억에서 삼억까지 간다고 하대. 제기랄, 우리 같은 놈은 비가 오나 눈이 오나 하루도 빠짐없이 장사를 해도 한 달에 돈 백만 원 만져 보기가 어려운데, 어떤 놈들은 단 몇 시간 동안 일억을 벌었네, 이억을 벌었네, 춤을 추고 있응께 뭔 재미로 살었어."

"형님, 그러고 보면 변동에서 천득이가 제일 행복한 놈여. 나이가 찼다고 집 살 걱정을 하나, 장가갈 걱정을 하나, 해 뜨면 제 발이 움직이는 대로 돌아댕기다가 배고프면 아무 식당이나 들어가서 밥 얻어먹고, 해 지면 집구석에 들어가서 자빠져 자면 그만이니까 그만한 팔자가 어디 있겄어."

"천득아! 천하에서 가장 태평한 천득아! 술 한잔 더 할 텨?"

천냥백화점과 신세타령을 하고 있던 청산상회 남편이 천득이에게 술병을 들어 보였다.

"처…… 천득이 장가갔어. 집에 가면 마…… 마누라 있어. 내 마누라."

천득이가 기다렸다는 얼굴로 술잔을 받으며 자랑스럽게 자신의 가슴을 두드렸다.

"내가 벌써 취했을 리는 없고 이 등신이 지금 뭐라고 한겨? 요새는 천득이가 잊을 만하면 핵폭탄 같은 발언만 하는 통에 내 귀가 어떻게 된 것 같아. 쥔, 지금 천득이가 뭐라고 한 거여?"

청산상회 남편이 자신의 귀를 의심하며 순댓국집 여자를 바라봤다.

"글쎄요. 제가 듣기에는 장가를 갔다, 집에 가면 마누라가 있다라고 하는 거 같던데. 천득아, 지금 그 말이 뭔 말여? 천득이 네가 참말로 장가를 갔단 말여?"

순댓국집 여자가 육중한 몸을 일으켜 천득이가 앉은 식탁 앞으로 자리를 옮겨 앉으며 물었다.

"보…… 보살, 서…… 선화보살이 내 마누라여."

천득이가 소주 한 잔을 달게 비우고 나서 자랑스럽게 말했다.

"선화보살이라면?"

천냥백화점이 이건 또 뭔 뚱딴지 같은 말이냐는 표정으로 청산상회 남편을 바라봤다.

"천득이하고 한집에 사는 무당을 말하는 거 같은데…… 그 보살이라면 나이가 수월치 않을 걸. 내가 알기로는 그 보살의 나이가 마흔이 넘었는데 너하고 결혼을 했단 말여?"

"드…… 등신! 결혼한 것이 아니고, 자…… 장가갔단 말여. 내가 서…… 선화보살한테."

천득이가 손으로 순대를 집어먹으며 청산상회 남편에게 말했다.

"이 자식이 누구한테 등신이랴? 너 나한테 한 대 맞을래?"

청산상회 남편이 발끈하며 천득을 노려봤다.

"에이구, 등신이 하는 말에 성질부릴 때가 아니잖우. 너 그럼 선화보살하고 매일 같이 잠도 자겠네?"

순댓국집 여자가 손을 앞으로 뻗어서 천득의 손을 잡았다. 평소처럼 사람의 손가락이 아닌 어떤 동물을 잡는 기분은 들지 않았다. 선화보살의 가는 허리와 풍만한 엉덩이가 머릿속에 그려졌다. 천득을 견뎌내지 못했으면 결혼하지 않았을 것이라는 생각이 들면서 가슴이 떨렸다. 슬그머니 손을 놓으며 물었다.

"재…… 재미 봐. 이…… 이불 속에서, 나하고 보살하고, 두……둘이."

천득이 침을 꿀꺽 삼키면서 손바닥으로 자신의 가슴을 두들기며 말했다.

"어이구, 이놈 보게. 보살하고 둘이 재미를 본다는 말을 들어 보니 장가갔다는 말이 거짓말이 아니구먼. 내가 이러고 있을 때가 아니구먼. 천득이 장가가는데 축의금은 못 냈을망정 맥주 한잔 사야겠네."

천득이 하는 말에 귀를 기울이고 있던 청산상회 남편이 믿을 수 없다는 얼굴로 무릎을 쳤다.

맥주를 내놓고 순대를 써는 순댓국집 여자는 천득이 장가를 갔다는 말에 첫날밤을 맞는 새색시처럼 가슴이 두근거렸다. 그 떨림은 천득이가 정다방 엄 양을 병원에 입원시켰다는 소문을 들었을 때보다도 한층 강렬했다.

천냥백화점과 청산상회 남편이 비틀거리는 몸짓으로 가게 문을 나갔지만 천득은 움직이지 않았다. 그는 설거지를 하고 있는 순댓국집 여자와 텔레비전을 번갈아 보면서 가끔가다 한 번씩 쩝쩝 소리가 나도록 입맛을 다셨다.

"지…… 집에 안 가?"

설거지를 끝낸 순댓국집 여자는 앞치마에 손을 닦으며 문 밖의 동정을 살폈다. 남편은 허리를 다쳐서 평화정형외과의원에 팔자 좋게 누워있다. 벽시계가 11시를 가리키고 있는 것을 반증이라도 하듯이 쥐죽은 듯 조용한 시장 안에는 쓸쓸한 바람만 서성거리고 있었다. 천득이에게 말을 거는 그녀의 목소리가 갑자기 쉰 것 같이 나왔다.

"마…… 만 원 줘. 나, 집에 가고 싶어."

"도…… 돈 줄 테니까 잠깐 방으로 들어가 봐."

천득을 등지고 캄캄한 시장통을 응시하고 있던 순댓국집 여자가 마침내 모험을 결심했다는 얼굴로 천득을 가겟방 안으로 밀었다. 홀의 불을 끄고 나서도 다시 한 번 바깥 동정을 살핀 후에야 가겟방으로 들어갔다.

키가 큰 천득은 천장에 머리가 닿을 것 같았다. 그녀는 형광등 불빛을 가리고 있는 우람한 기둥 같은 천득을 아랫목에 앉으라고 했다. 천득이 엉거주춤 앉자 그 옆에 바짝 붙어 앉아서 대뜸 천득의 가랑이 사이에 손을 집어넣었다. 천득이 왜 그러냐는 얼굴로 바라보았다.

"좀 만져 봐도 되지?"

"보…… 보살이 바람피우지 말라고 했어. 바…… 바람피우면 호랭이한테 물려가."

천득이 뒤로 물러나 앉으며 곤란하다는 표정을 지었다.

"이건 바람피우는 것이 아니고, 그냥 만져 보는 거야. 그냥……."

순댓국집 여자는 잔뜩 목이 마른 목소리로 속삭이면서 천득의 물건을 주무르기 시작했다. 천득이가 씩 웃으며 순댓국집 여자를 밀어 눕혔다. '악!' 하는 순댓국집 여자의 비명 소리가 음산하고 어두운 시장으로 짤막하게 울려 퍼졌다. 불과 2분이 경과하기도 전이었다.

이튿날 순댓국집은 문을 열지 않았다. 남편에게 눈두덩을 얻어맞아 시퍼렇게 멍이 든 얼굴로도 순대를 썰었고, 피곤해서 입술이 터져도 순대를 만들고 돼지족발의 살을 발라내던 그녀였다.

"몸살이 났구먼. 난 가게 문을 안 열었기에 친정에 뭔 일이 있어서 친정에 갔는지 알았었는데……."

시장통닭집 여자는 천득이 늦게까지 순댓국집에 있었다는 사실을 알고 있었다. 웬만해서는 가게 문을 닫지 않는 순댓국집 여자가 구들장을 지고 누워 있는 모습을 보고는 고개를 갸웃거렸다.

"감기 기운이 있는데도 늦게까지 장사를 했더니…… 뼈마디가 모두 쑤셔서 도저히 가게 문을 못 열겠구먼."

"그럼 어여 병원에 가 봐."

"병원은 무슨…… 사나흘 푹 쉬면 괜찮아지겠지. 그렇게 알고 어여 가 봐. 가게에 손님이 와 있을지도 모르잖아."

"그려, 그려. 그럼 몸조리 잘 해."

때로는 여자의 직감이 신을 능가할 때도 있다. 시장통닭집 여자는 순댓국집 여자가 거짓말을 하고 있다는 생각이 드는 순간 몸이 부르르 떨렸다. 천득이 얼굴이 불쑥 떠올랐기 때문이었다.

순댓국집 여자는 만 사흘 동안 가게를 열지 않았다. 나흘째가 되는 날 평소보다 두 시간쯤 늦은 아홉 시에 문을 열었다. 돼지 잡뼈를 넣은 커다란 양은솥에 가스불을 붙이고, 냉장고에 넣어 두었던 순대, 내장고기, 족발 등을 꺼내서 소쿠리에 담았다. 가게 앞을 지나가는 사람들이 잘 보이도록 그것들을 판매대에 진열하고 순대 만들 준비를 했다.

"괜찮아?"

해산을 하고 몸조리를 제대로 못한 여자처럼 창백한 얼굴로 장사 준비를 하고 있는 그녀에게 시장통닭집 여자가 물었다.

"견딜만해."

순댓국집 여자는 애매하게 웃으며 전화기를 들었다. 청산상회에 전화해서 양파와 대파, 배추, 무, 당근 등을 주문하면서 시장통닭집 여자를 의식적으로 바라보지 않았다.

"웬만하면 하루 더 쉬지 않구선……."

시장통닭집 여자는 뒷걸음을 치며 순댓국집 여자의 뒷모습을 바라보았다. 살이 쑥 빠져 보였다. 얼핏 10킬로 정도는 빠져 보였기에 고개를 살래살래 흔들며 밖으로 나갔다.

이튿날 순댓국집 남자가 복대를 차고 퇴원을 했다.

그는 이튿날부터는 다시 낚시를 다니기 시작했다. 병원에서 천장을 바라보며 가만히 생각해 보니, 천득이가 아무리 등신이라도 남편을 깔아뭉개서 복대 신세를 지게 만들 정도로 우람한 아내를 여자로 보지는 않을 것이라는 판단이 들었기 때문이다.

분식센터는 순댓국집이 영업을 하지 않는 통에 지난 사흘 동안은 평소보다 배 이상의 매상을 올렸다.

분식센터는 이 기회에 단골을 확보할 욕심으로 된장찌개나 김치찌개, 순두부를 찾는 손님들에게는 반찬을 듬뿍 줬다. 떡볶이에 사용하는 고추장도 한 등급 높은 상품을 사용했고, 튀김기름도 B품이 아닌 깨끗한 정품만 사용했다. 그러나 순댓국집이 가게 문을 열자 노력을 한 보람도 없이 매상은 원래 수준으로 돌아갔다.

"허리가 아픈 사람 같지는 않아……."

분식센터는 손님이 뜸한 시간에 대나무 꼬챙이에 어묵을 끼우고 있었다. 시장통닭집 여자가 가게 안으로 슬슬 걸어 들어오면서 고개를 갸웃거렸다.

"순댓국집 말하는 거여? 그 여자, 처음에는 지독한 감기 몸살이라고 하더니, 나중에는 족발 담은 대야를 들다가 허리 삐끗했다고 하지 않았어?"

분식센터 여자는 순댓국집 여자에게는 아무런 유감이 없었다. 그런데도 말은 퉁명스럽게 흘러 나왔다. 순댓국집이 오늘도 문을 열지 않았으면 이 시간에도 손님이 있었을 것이라는 생각이 들어서였다.

"허리가 삐끗한 여자가 걸어 다니는 폼이 꼭……."

시장통닭집 여자는 차마 민망해서 말할 수가 없다는 얼굴로 조리대 앞으로 갔다. 커피믹스를 종이컵에 담아서 정수기 앞으로 갔다.

"뭔 말을 하고 싶기에 자기답지 않게 뜸을 들여?"

"괜히 입 잘못 놀렸다가 순댓국집한테 머리채 뜯길 일이 있어서 말 못하겠네."

시장통닭집 여자는 커피를 홀짝거리면서 분식센터 맞은편에 앉았다.

"말하기 싫으면 하지 마. 그렇지 않아도 장사가 어제만 못해서 마음이 심란해 죽겠는데 엉뚱한 일로 구설수에 오르고 싶지 않으니까."

"오늘 순댓국집 여자 걸어 다니는 모습 봤어?"

"몇 번이나 봤지."

"걸음걸이가 어땠어?"

"허리가 아직 덜 나아서 그런지 걷는 폼이 꼭 똥 마려운 강아지 끙끙거리는 것처럼 보이기는 하던데……."

"사실, 그저께 저녁에, 그러니까 순댓국집 여자가 문을 닫기 전날 말야. 천득이가 늦게까지 그 집에 있었거든."

시장통닭집 여자는 분식센터가 자신의 말에 관심 없다는 표정을 계속 짓고 있는 것을 보니 더 이상 참을 수가 없었다. 분식센터 귀에 입술을 붙이고 작은 목소리로 속삭였다.

"천득이가?"

어묵 꼬챙이는 끝이 뾰족하기 때문에 손바닥 크기의 어묵이 꼬챙이 중앙으로 절반 정도 들어갈 때까지만 꽂아야 했다. 분식센터는 천득이라는 말에 꼬챙이를 잡은 손에 힘을 주고 말았다. 그 통에 꼬챙이가 어묵을 대각선으로 뚫고 나가서 그녀의 손바닥을 찔렀다. '아야!' 하고 소리치며 피맺힌 손바닥을 바지에 문지르면서도 시장통닭집 여자에게서 시선을 돌리지 않았다.

"어머, 왜 그렇게 놀라?"

시장통닭집 여자가 이럴 줄 알았다는 얼굴로 반문했다.

"놀라긴 누가 놀랐다고 그래?"

분식센터는 피가 난 손가락을 혀로 핥아내고 문지르면서 입술을 삐죽거렸다.

"지금 자기 얼굴이 어떤지 알아? 거울 좀 봐. 카바레에 가서 외간 남자 품에 안겨서 블루스 추다가 남편한테 들킨 얼굴이라고."

"난 카바레가 어떻게 생겼는지 구경도 못한 사람이니까 어여 계속해 봐."

"이상하잖아. 천득이가 늦게까지 순댓국집에 있었다, 그 다음 날부터 가게 문을 닫았다, 자기 말대로 허리를 삐끗한 여자라면 복대를 찼을 거잖아. 그리고 걷는 자세도 임신한 여자처럼 허리를 받치고 걸어야 되잖아. 그런데 내가 볼 때는 꼭 치질 걸린 여자처럼 걷더라구…… 몸무게도 한 십 킬로는 빠진 거 같애. 단 사흘 만에."

시장통닭집 여자는 빈 종이컵을 차곡차곡 접으며 강 건너 불구경하듯이 말했다.

"사흘?"

분식센터는 사흘이라는 말에 정다방 엄 양이 생각났다.

"그래, 사흘."

시장통닭집 여자는 이제야 자기 말이 약발을 받는 모양이라고 생각하며 목소리를 줄였다.

"맞아! 자기 말을 듣고 보니 그랬던 것 같아. 그냥 치질도 아니고 악성 치질 걸린 여자처럼 어기적어기적하며 걸었던 것 같아."

분식센터는 바깥으로 시선을 돌렸다. 잠시 생각에 잠긴 표정을 짓다가 두 눈을 반짝이며 고개를 돌렸다.

"왜 그렇게 걸을까?"

시장통닭집 여자는 소문의 근원지를 분식센터 여자에게 돌리기 위해서 일부러 무심한 표정으로 물었다.

"글쎄……."

분식센터는 소문의 근원지 따위는 안중에도 없었다. 시장통닭집 여자가 말하고 싶어하는, 아니 속 시원하게 털어놓고 싶어하는 말이 무슨 말인지 직접 듣고 싶었다.

"요즈음은 장사가 너무 안 돼. 지난 말복에도 이백 마리를 못 채웠다면 말 다했지 뭐."

시장통닭집 여자는 분식센터가 말은 안 해도 속으로는 실눈을 뜨고 순댓국집 여자를 의심하고 있을 것이라고 믿었다. 능청을 떨고 있는 분식센터의 얼굴을 보니까 백날 앉아 있어 봐야 '혹시, 천득이하고 그 짓을 한 건지 모르겠네?'라는 말은 나오지 않을 것 같았다. 자신도 더 이상은 관심이 없다는 것을 보여주기 위해 짐짓 하품을 하며 일어섰다.

순댓국집 여자에 관한 소문은 두 시간 후에 현대슈퍼 아내의 귀까지 흘러들어갔다. 그 소문은 단순히 허리를 다친 여자 걸음걸이가 치질 걸린 여자처럼 팔자걸음으로 걷는다든지, 그저께 저녁 밤늦게까지 천득이가 순댓국집에 머물고 있었다는 내용이 아니었다.

"아! 글쎄, 아프기 전날 저녁에 천득이하고…… 너무 추잡한 말이라서 내 입으로 못하겠네. 글쎄…… 순댓국집 그 뚱뚱이가 천득이

하고 붙어먹었대잖아. 사흘 동안 가게 문을 못 열은 것도 천득이하고 붙어먹다가 다쳐서…… 어딜 다쳤냐고? 정다방 엄 양 입원했다는 말 못 들어 봤어?”

현대슈퍼 아내는 설탕 3킬로짜리를 사러 온 분식센터가 빠르게 속삭이는 귓속말에 얼굴이 빨개지면서 가슴이 두근두근했다. 때마침 은행에 갔던 남편이 슈퍼 안으로 들어오지 않았다면 꼭 물어보고 싶은 말이 있었다.

당나귀만하대?

적막강산

변동시장 안에서 천득이 수고비를 천 원씩 받던 시절은 전설 속에 묻혀 버리고 말았다. 이천 원씩 받던 시절도 기억에서 슬그머니 사라져 버렸고 이제는 천득에게 만 원을 줘야 무슨 일이든 시킬 수가 있었다. 이미 천 원의 달콤한 편안함에 중독되어 버린 상인들은 그 열 배에 해당하는 만 원씩을 지불하기에는 돈이 너무 아까웠다. 그렇다고 포기해 버리자니 몸이 무기력해지면서 자꾸만 슈퍼맨 같은 천득이 떠올랐다.

안락함과 돈 사이에서 갈등을 하던 상인들 중에 현대슈퍼가 그 해결 방안을 내놓았다. 천득이를 불러서 비교적 간단한 배달 일을 시킨 다음, 집으로 데리고 갔다. 천득에게 샌드페이퍼로 대문의 녹을 제거하는 것부터 시작해서 페인트칠까지 시켰다. 비록 전문가다운 솜씨는 아니었지만 만 원짜리 한 장으로는 어림도 없을 만큼의 일을 세 시간 만에 이룩하고 나니 스스로가 대견스러웠다. 회심의 미소를 지으며 캔맥주로 자축했다.

현대슈퍼를 재빠르게 벤치마킹한 사람은 잉꼬떡집이다.

학교 급식용으로 납품할 가래떡을 빼는 것으로 시작해 떡을 썰고 포장하여 배달시키고, 2차로 천득에게 떡집을 통째로 들어서 탈탈 털어낼 정도의 대청소를 시킨 후에야 만 원짜리 한 장을 던져 주었다.

천득이는 그래도 불평하지 않았다. 일을 하거나 심부름하는 것은 즐겁기만 했다. 이렇게 주는 쪽과 받는 쪽이 무언중에 합의를 하고 나니 천득의 수고비는 자연스럽게 만 원으로 정착됐다. 그러나 또 다른 문제가 버티고 있었다.

여자 문제였다. 남자들은 천득이 문제를 두고 공개적으로 대책회의를 할 수가 없었다. 회의를 공개적으로 했다가는 입이 앵무새처럼 가벼운 잉꼬떡집이 아내의 귀를 간질일 것이고, 결국은 변동시장 여자들 모두가 그 사실을 알게 될 것이었다. 그렇다고 강 건너 불구경하듯 팔짱만 끼고 있을 수는 없었다.

"순댓국집 여자가 천득이하고 기어이 일을 벌인 모양여?"

"에이, 천득이가 수시로 그 집을 드나든다는 건 알고 있지만 그건 순댓국 때문이잖여. 또 낭설이겠지."

"이번에는 진짜여, 그 집 남편만 그 사실을 모르고 있고, 변동시장 사람들이 죄다 알고 있다잖아."

"그 말이 진짜라면 지난번에 확실하게 잡아 놨어야 하는데 설잡아 놨구먼. 하지만 순댓국집 여자니까 천득이를 당해냈겠지. 우리 집 여편네는 지레 겁을 집어먹고 근처도 못 갈 거야."

"정다방 엄 양은 순댓국집 여자에 비교하면 열여덟 아가씨여."

"하긴, 듣고 보니 그렇군. 좌우지간 변고여. 변고……."

변동시장 남자들은 자고로 남자들은 물건이 커야 여자 앞에서 큰 소리 칠 수 있고, 여자들은 대물 앞에서는 고양이 앞의 쥐처럼 발발 긴다는 관념에 젖어 있었다. 그래서 겉으로는 순댓국집 여자를 비 아냥거렸지만 속으로는 정신 바짝 차리고도 사기를 당한 것처럼 편하지 않았다. 그러나 이렇다 할 대책이 서지 않아서 천득이를 부려 먹을 때마다 행여 감시의 눈초리를 늦추지 않았다.

천득이는 그 사실을 아는지 모르는지 여전히 변동시장을 휘젓고 돌아다녔다. 이 가게, 저 가게에서 일을 시킬지 모른다는 생각에 눈치를 보며 기웃거리는 것도 아니다. 수고비를 천 원씩 받을 때처럼 당당하게 가게에 들어가서 쉬고 싶으면 마음껏 앉아서 쉬고, 배가 고프면 떡이든, 호떡이든, 아이스크림이든 한 개만 달라고 손가락을 세웠다.

천득이는 아침부터 변동시장을 세 바퀴나 돌았지만 일을 한 건도 맡지 못했다. 소득이 있었다면 현대슈퍼 아내에게 아이스크림을 하나 얻어먹고, 분식센터에서 떡볶이 2인분, 잉꼬떡집에서 시루떡 한 장을 얻어먹은 것뿐이다.

천득은 과일백화점으로 가기 전에 순댓국집에 들렀다. 아직 점심 장사를 하기에는 이른 시간이었다.

"순댓국 한 그릇 말아 줄까?"

바쁘게 장사 준비를 하고 있던 순댓국집 여자가 천득을 반기며 물었다.

"소…… 소주도"

천득은 목에 매달고 있는 휴대전화를 만지작거리며 의자에 앉았다.

"오늘 일했어?"

"마…… 만 원이잖아. 만 원은 비싸."

"비싸면 이천 원씩 받으면 되잖아."

순댓국집 여자가 순대와 내장을 푸짐하게 담은 순댓국을 식탁 위에 내려놓으며 물었다.

"드…… 등신, 요새는 만 원씩 받는 거여."

천득은 한심하다는 얼굴로 순댓국집 여자를 쳐다보고 나서 소주부터 맥주잔에 가득 따랐다.

"하긴 요즘 돈 만 원도 큰돈이 아니지. 만 원짜리 들고 마트에 나가 봤자, 살 것도 없잖아."

순댓국집 여자는 혼잣말로 중얼거리며 쇠갈고리를 찾아 들었다. 족발을 삶는 스테인리스 통의 뚜껑을 열고 잘 익은 족발을 쇠갈고리로 꺼내서 소쿠리에 담기 시작했다.

그녀는 사흘을 앓아눕고 난 이후로 입맛은 그대로였지만 식욕은 현저하게 줄어들었다. 예전에는 하루 세끼를 꼬박 순댓국으로 챙겨 먹는 것도 부족해서, 순대를 써는 틈틈이 내장이며 머리고기의 맛있는 부분을 먹었다. 요즈음은 순댓국을 먹지 않는 것은 물론이고, 순대를 삶을 때 육수 맛도 보기 싫었다. 장사가 끝나고 시장통닭집 여자나 분식센터와 어울려 소주를 한잔씩 할 때도 예전처럼 순대를 먹거나 족발을 뜯지 않았다. 그 대신 오이를 고추장에 찍어 먹거나, 깍두기를 먹었다. 그 덕분에 몸무게는 거의 열흘 만에 15킬로나 빠져 버렸다.

"자기, 요즈음 다이어트 약 먹어?"

어제는 시장통닭집 여자가 눈에 보이도록 살이 빠진 순댓국집 여자에게 물었다.

"다이어트 약이 있다는 말은 많이 들어봤지만, 다이어트 약 먹고 살 빠졌다는 말은 못 들어 봤어. 그리고 설령 살이 빠진다고 해도 누구한테 잘 보이려고 살을 빼."

"내숭 떨지 말고 털어봐 봐. 헬스클럽에 다녀? 헬스클럽에 다녀도 그렇지. 그렇게 쉽게 살이 빠진다면 나도 좀 소개를 해 줘. 나도 이웃 잘 둔 덕분에 살 좀 빠져 보자."

"다이어트 약을 먹지는 않았지만, 예전보다 식욕이 막 동하지가 않아. 전에는 하루 세끼 밥은 기본이고 하루 종일 먹었잖아. 주전부리를 안 했더니 살이 빠지는 거 같애."

"갑자기 식욕이 없어졌단 말이지?"

시장통닭집 여자가 믿기지 않는다는 얼굴로 물었다. 순댓국집 여자는 더 이상 대답하지 않고 소주잔을 기울였다. '천득이 때문일까?' 하는 생각이 들었으나 이내 고개를 흔들었다. 처음에 온몸이 산산조각 나는 것 같았다. 그러나 시간이 흐르니 뜨거운 중탕에 들어가서 땀을 푹 뺀 것처럼 몸이 그렇게 가벼울 수 없었다.

천득은 오랜만에 순댓국집 점심 장사를 도와주었다. 순댓국집 여자가 시킨 것은 아니었고 천득이 스스로 알아서 해 준 것이라 수고비 만 원을 받지 않았다.

"내일 또 올 거지?"

점심 장사가 끝나고 나니 세 시를 가리켰다. 순댓국집 여자가 천득에게 살갑게 물었지만 천득은 순댓국을 먹는데 정신이 팔려 대답을 하지 않았다.

천득은 대낮부터 마신 술에 벌겋게 달아오른 얼굴로 척척 걸어서 편의점이 있는 큰길 쪽으로 향했다. 식료품가게와 생선가게, 팔도건강원, 이조떡방 앞을 천천히 걸어갔으나 부르는 이들은 없었다. 가끔 걸음을 멈추고 휴대전화에 귀를 대봤으나 신호도 오지 않았다.

"어! 또…… 또 왔네?"

곧장 과일백화점으로 가지 않고 스마일편의점으로 들어간 천득은 한동안 보이지 않던 박소연이 유니폼을 입고 서 있는 모습을 보고 커다란 얼굴에 어울리지 않게 손뼉을 치며 웃었다.

"그렇게 됐네요. 회사에 취직을 했었는데 알고 보니 다단계지 뭐예요."

박소연은 자조적인 미소를 지으며 천득을 바라봤다.

"로…… 로또 복권."

천득은 바지 뒷주머니에서 신문지 접은 것을 꺼냈다. 커다란 손으로 그 안에서 로또 복권을 조심스럽게 꺼내 박소연 앞으로 내밀었다.

"오늘은 당첨이 되지 않았네요."

"오…… 오등 없어?"

"예, 오등도 안 됐어요. 새로 한 장 사시겠어요?"

천득은 천 원짜리 복권 한 장을 땀에 젖은 신문지 조각에 소중하게 싸서 바지 뒷주머니에 넣었다.

"천득이 마침 잘 왔다. 편의점 앞에 있는 뽑기 기계 좀 문 쪽으로 옮기자."

창고 안에서 낮잠을 자고 있던 김국태가 하품을 하며 매장으로 나왔다. 막 밖으로 나가려는 천득이를 불러 세웠다.

유리로 된 인형 뽑기 기계는 골목 쪽으로 붙어 있었다. 천득은 김국태의 도움을 받지 않고도 뽑기 기계를 가볍게 밀어서 김국태가 원하는 장소까지 가져다 놓았다.

김국태는 만족한 얼굴로 천득이를 데리고 창고 안으로 들어갔다.

박소연은 비닐장갑을 끼고 온수기 옆으로 갔다. 컵라면을 먹고 간 손님이 스테인리스 테이블 위에 흘린 라면 부스러기와 스프 흘린 것이며 국물을 닦아냈다. 쓰레기통을 정리하고 있는데 손님이 들어왔다.

사십 대로 보이는 남자 손님은 바다이야기에서 꼬박 날밤을 샜는지 눈이 토끼처럼 빨갛게 충혈되어 있었다. 꺼칠꺼칠한 입술을 이로 문지르며 말보르 한 갑을 달라고 했다.

박소연이 빨간색 말보르를 진열장에서 꺼내는 사이, 그는 주머니에서 절반으로 접은 만 원짜리를 한 뭉치 꺼냈다.

"돈 많이 따셨나 봐요."

박소연이 보기에 남자는 꽃집에서 상품권을 돈으로 환불해 오는 중인 것 같았다.

"염병, 육백만 원 꼬나박고 겨우 한 마리 잡았어. 본전 뽑으려면 최소한 고래를 두 마리는 더 잡아야 하는데……"

남자는 말보르의 셀로판 용지를 이로 물어뜯으며 밖으로 나갔다.

밖으로 나갔던 남자는 다시 들어와 냉장고에서 팩 소주 한 개를 꺼내왔다.

"어! 여기서 마시면 안 되는데……"

박소연이 제지하며 카운터 밖으로 나오는 사이 남자는 소주를 비워버렸다. 그는 주머니에서 껌 하나를 꺼내 씹으며 바깥으로 나가 바다이야기 쪽으로 향했다.

햇빛이 거리를 환하게 물들이고 있었다. 건너편 병원 문 앞에는 환자 두 명이 나와 있었다. 휠체어에 앉아 있는 남자는 담배를 피우고 있었고, 깁스한 팔을 어깨에 메고 있는 남자는 권태로운 표정으로 편의점 쪽을 바라보고 있었다.

박소연은 그가 자신을 바라보고 있지는 않을 것이라고 생각하면서도 슬그머니 고개를 돌렸다. 골목 안에서는 이십 대 후반으로 보이는 여자가 한 손으로 들기에는 버거운 트렁크를 들고 나오고 있었다. 트렁크의 색깔이 원색적이다. 여자의 옷맵시며 화장한 얼굴을 자세히 보니 조선족 같았다. 골목 안에 있는 여관에서 생활하다가 다른 곳으로 이사를 가거나, 귀국하는 중일 것이라는 생각이 들었다.

창고 안에는 갖가지 박스가 잔뜩 쌓여 있었다. 같은 종류의 상품이 각각 다른 박스에 담겨져 있는 것도 있었고, 상품이 몇 개밖에 들어 있지 않은 박스들도 있었다. 그것들을 정리하고, 널려 있는 박스들을 한곳으로 차곡차곡 쌓다 보니 두 시간 정도가 금방 흘렀다.

"마…… 만 원으로 올랐어. 만 원 줘."

김국태는 천득에게 수고했다는 말도 하지 않고 이천 원을 내밀었다. 이마의 땀을 닦고 있던 천득이 고개를 흔들며 뒤로 물러섰다.

"만 원으로 올랐다니, 뭘 올랐단 말야?"

평소에 변동시장 사람들과 말을 섞을 기회가 흔치 않았던 김국태가 수고비가 만 원으로 인상되었다는 것을 알 턱이 없었다. 야구모자를 벗어 챙을 반듯하게 편 후 다시 쓰면서 물었다.

"드…… 등신, 마…… 만 원으로 올랐단 말여. 따…… 딴 사람들은 죄다 마, 만 원씩 줘."

"이 자식이 미쳤나. 너 같은 놈한테 누가 만 원을 줘. 받기 싫으면 관둬."

김국태는 어이가 없다는 얼굴로 천득에게 주려던 돈을 다시 주머니에 집어넣었다.

"마…… 만 원 줘야지."

김국태가 창고 문손잡이를 잡으려고 할 때였다. 천득이 김국태의 어깨를 거칠게 잡아당기며 말했다.

"이 자식이, 덜 맞았나. 그렇지 않아도 장사가 안 돼서 기분도 안 좋은 참인데 잘 됐다. 너 이 자식 오늘 나한테 맛 좀 봐라."

김국태는 거인 같은 천득이 자신의 어깨를 거칠게 잡아당기는 통에 휘청거렸다. 순간 가슴이 철렁 내려앉았으나 이내 상대가 천득이라는 생각에 무기가 될 만한 것을 찾아 두리번거렸다. 그때 직원들이 밥을 먹을 때 앉는 빵떡의자가 눈에 띄었다.

"도…… 돈 달라고 했잖아. 왜…… 왜 그랴."

김국태가 빵떡의자를 번쩍 치켜들고 천득의 가슴팍을 가격하려는 순간이었다. 천득이 빵떡의자를 움켜잡았다.

"이…… 이 자식이!"

김국태는 처음 보는 천득의 행동에 당황했다. 빵떡의자를 뺏기지 않으려고 두 발로 버티며 팔에 힘을 주었으나 꿈쩍도 하지 않았다.

"도…… 돈 달란 말여. 이…… 일을 시켰으면…… 도…… 돈을 줘야지."

김국태의 얼굴이 금방 새파랗게 질렸다. 천득이 빵떡의자를 잡아 당기자 김국태의 몸이 빵떡의자 따라 앞으로 밀려왔다. 천득은 김 국태의 얼굴을 손바닥으로 슬쩍 밀어 버렸다.

김국태가 '어어어!' 하며 양팔로 허공에 헤엄을 치는 듯 버둥거리 다가 벽 쪽으로 고꾸라졌다. 천득은 천천히 그에게로 다가가서 오 대수를 발로 찼을 때처럼 허벅지를 발끝으로 툭툭 치다가 옆구리를 퍽 소리가 나도록 차 버렸다. 김국태는 비명도 지르지 못하고 옆으 로 굴렀다. 천득은 큰 키를 굽혀서 김국태의 뒷덜미를 움켜잡고 가 볍게 일으켜 세웠다. 김국태의 멱살을 붙잡고 똑바로 세웠다.

"마…… 만 원 줘."

"미…… 미쳤어! 너 같은 등신한테 만 원……."

김국태의 말이 끝나기도 전에 천득의 솥뚜껑 같은 손바닥이 얼굴 을 후려갈겼다. 김국태의 고개가 홱 돌아가는가 싶더니 축 늘어졌 다.

"드…… 등신…… 마…… 만 원 줬으면 안 때리잖아."

천득은 축 늘어진 김국태의 멱살을 놓아 버렸다. 김국태는 비틀 비틀거리면서 벽을 붙잡으려고 했으나 눈앞이 아득해지는 것을 느 끼며 스르르 주저앉고 말았다. 눈앞에 거대한 덩치가 앞에 쪼그려

앉는 모습이 희미하게 보였다.

'드…… 등신한테 맞아 죽으면, 이놈은 정신병원으로 들어가면 그만이고 나만 개죽음 당하는 거지……'

천득의 힘은 가공할 만했다. 천득이 자신의 가슴팍을 짓눌러 버리면 숨소리도 크게 내지 못하고 죽을지도 모른다는 생각이 번뜩 들었다. 죽어봤자 천득이는 등신이다. 등신에게 맞아 죽으면 아내가 보상도 못 받는다는 생각에 주머니에 손을 넣었다. 어느새 얼굴에서 진땀이 주르르 흘러내리는 것을 느끼며 지갑을 꺼냈다. 천득이에게 지갑 안에 있는 돈을 꺼내주려고 했지만 팔이 움직여주지 않았다.

"마…… 만 원 줘."

천득이 지갑을 들었다. 지갑을 벌려서 만 원짜리 한 장을 꺼내면서 히죽 웃었다. 눈을 감고 있는 김국태의 뺨을 톡톡 쳐 보았다. 뺨을 치는 대로 고개만 흔들릴 뿐이지 눈을 뜨지 않았다. 천득은 그를 가만히 쳐다보다가 자기와는 아무 상관없다는 얼굴로 일어섰다.

"다 끝나셨나 봐요."

박소연이 창고에서 나오는 천득이에게 미소를 지어 보였다.

"으…… 응. 가…… 천득이 간다."

천득이는 활짝 웃는 얼굴로 그녀에게 손을 흔들어 보이며 천천히 편의점 밖으로 나갔다. 햇빛이 환했다.

과일백화점 오대수는 깜박깜박 졸고 앉아 있다가 시커먼 거인이 가게 안으로 들어서는 것을 보고 번쩍 눈을 떴다. 천득이가 히죽히 죽 웃으며 들어오고 있었다.

'어이구, 저 등신이 또 왜 오는 거야?'

그는 천득이에게 오지게 얻어 맞은 이후 천득이가 과일백화점에 오는 것이 싫었다. 천득은 세상을 바라보는 눈에만 생각이 없는 것이 아니다. 사람을 때릴 때도 생각 없이 때리는 놈이다. 언제 어느 때에 야수로 돌변해 사람을 개 패듯 팰지도 모를 일이다. 아예 상종을 안 하는 것이 좋다는 생각에 어제 천득에게 술 한잔을 사주며 제발 내일부터는 오지 말라고 사정했다.

"모…… 몰라, 내…… 내일 생각할 거여."

천득이의 대답은 모호했다. 천득은 오겠다는 건지, 안 오겠다는 건지 애매한 대답을 남기며 가게를 나갔다.

"천득아, 우리 오랜만에 고래 잡으러 갈까?"

오대수는 천득이가 특별한 일이 없는 한 가게 문을 닫을 때까지는 가지 않을 것이라고 믿었다. 예전 같으면 천득에게 일이나 심부름도 시키고, 심심하면 한 대씩 쥐어박는 맛에 천득이가 오기를 은근히 기다렸다. 그러나 지금은 수고비도 만 원으로 인상되어 눈앞에 있는 편의점에 심부름 보내는 것도 조심스러웠다. 천득이의 관심을 다른 곳으로 돌려야겠다는 생각에 만 원짜리 몇 장을 흔들어 보였다.

"고…… 고래?"

"고래 잡아서 치킨 사 먹으면 좋잖아."

"가…… 가자."

천득이 소리 없이 웃으면서 주머니에서 만 원짜리를 꺼내 보였다. 오대수는 집으로 전화를 해서 아내에게 빨리 가게로 나오라고 했다. 전화를 끊고 등신에게 쩔쩔 매고 있는 자신이 이 세상에서 제일 한심하다고 생각하며 가게 밖으로 보이는 하늘을 바라봤다. 바람은 제법 쌀쌀하다. 하늘은 오늘따라 티없이 맑았지만 머릿속이 실로 엉켜 있는 것 같아서 기분은 엉망이었다.

"고래 잡았어요?"

바다이야기로 들어간 오대수는 빈자리에 앉다가 무심코 옆자리를 바라보고 맥없이 웃었다. 이십 대 중반의 여자가 커피를 마시며 게임을 하고 있었다.

"어젯밤부터 돌렸는데 못 잡았어요. 하지만 금방 잡을 거 같은 필이 와요."

"두 대를 돌리나, 한 대를 돌리나 확률은 같을 걸."

오대수는 지폐투입구에 만 원짜리를 밀어 넣으면서 여자를 슬쩍 바라보았다. 스마일편의점에서 이틀 정도 근무했던 여자는 밤을 꼬박 새운 얼굴이다.

여자는 오대수의 말에 대꾸하지 않았다. 이미 다른 고수들에게 몇 번인가 들은 말이기도 했지만, 시간은 없고 짧은 시간 내에 고래를 잡으려면 게임기를 두 대나 돌릴 수밖에 없었다.

그녀는 금방 커피를 마셨는데도 또 목이 말랐다. 종업원을 불러서 이번에는 믹스커피가 아닌 블랙커피를 가져다 달라고 말했다. 종업원은 블랙커피는 준비되어 있지 않으니 다른 커피는 어떠냐고 물었다.

"요 앞 편의점에 가면 커피 팔잖아요."

여자는 돈을 잃은 것이 종업원의 탓이라도 되는 것처럼 신경질적으로 말했다.

"죄송합니다. 총알같이 뛰어 가서 사 오겠습니다."

종업원이 넉살을 부리자 여자는 더욱 화가 났다. 죄 없는 종업원의 뒷모습을 노려보며 장지갑에서 만 원짜리 열 장을 꺼냈다.

"아가씨, 내가 볼 때는 지금이라도 일어서는 것이 따는 거여."

옆자리에 앉아서 게임을 하고 있던 대머리 남자가 곁눈질로 그녀에게 충고했다. 그 말에 여자는 대답하지 않았다. 종업원이 가져온 낯익은 컵에 담긴 블랙커피를 아침과 점심 삼아 찔끔찔끔 마시며 모니터 안에서 유영하는 도미와 문어를 응시했다.

'딱 두 마리만, 아니 한 마리라도 잡아야 일어서지……'

고래를 연타로 두 마리 잡지 않는 이상, 본전을 찾는다는 것은 요원하기만 했다. 아쉬운 대로 한 마리만 잡아도 본전의 반은 찾는 것이니 대출 받은 돈의 절반은 갚을 수가 있었다. 유일한 희망은 고래, 그것도 연타를 잡는 길 뿐인데 모니터는 좀처럼 고래를 보여줄

조짐이 없었다.

여자가 바짝 마른 입술을 잘근잘근 씹고 있을 때였다. 천득이에게 재미를 붙여주고 자신은 간만 보고 가겠다던 오대수가 십만 원 정도를 잃었을 때이기도 했다.

"가…… 가오리다. 가오리 나왔다."

천득이는 오대수의 게임기와 다르게 만 원짜리 한 장만 집어넣었는데도 점수가 심심찮게 줄어들지 않았다. 눈송이처럼 내리는 메달들이 고기에 맞아 깨지면서 점수를 올려 주었다. 그래도 긴장한 얼굴로 손가락을 빨고 있는데 화면에 거북이가 나왔다. 천득이는 침을 꿀꺽 삼키며 고개를 갸웃거렸다. 이윽고 거북이가 사라지고 가오리가 나오자 만세를 부르며 의자에서 일어섰다.

천득은 우거지상을 쓰고 있는 오대수를 뒤로하고 바다이야기에서 나왔다. 김국태가 편의점에서 나오다 천득이와 눈이 마주치는 순간 화들짝 놀라며 다시 안으로 들어갔다. 천득은 박소연에게 손을 흔들어 보이며 아름다운나라꽃집으로 갔다.

거리는 눈이 부시도록 밝은데 꽃집 실내는 어두컴컴했다. 꽃집 여자는 작업대 앞에서 고객이 주문한 돌잔치 꽃바구니를 만들고 있었다. 천득이가 허리를 구부정하게 숙이고 들어오는 모습을 보고는 기다렸다는 얼굴로 하던 일을 멈췄다.

"사…… 상품권 바꿔줘. 가…… 가오리 나왔다. 가오리."

"요즈음은 바다이야기에 안 가는 걸로 알고 있는데?"

"드…… 등신, 오…… 오 사장이 가자고 했잖아. 고, 고래 잡으러 가자고 했단 말여."

천득이는 한심하다는 얼굴로 꽃집 여자를 바라보면서 상품권을 내밀었다.

"천득아, 한 가지만 물어 보자. 너 순댓국집 여자하고 재미 봤다는 소문이 돌던데 사실이냐?"

꽃집 여자는 상품권을 교환해 준 다음 꽃을 보관하는 냉장고에서 소주 한 병을 내놓았다. 문 앞으로 가서 '배달중'이라는 팻말을 걸어 놓고 문을 잠갔다. 천득이에게 소주를 따라 주면서 은근하게 물었다.

"재…… 재미 보면, 서…… 선화보살이 바람피우는 거라고 했거든. 바…… 바람피우면 호랭이한테 물려가서 죽어."

"이상하다. 그럼 암퇘지처럼 살이 디룩디룩하게 쪘던 순댓국집 여자는 살이 왜 빠지는데?"

"그…… 그걸 내가 어떻게 알아. 난 순댓국하고 에…… 엔조…… 엔조이…… 하여튼, 그걸 했는데, 비밀로 하기로 약속했어. 나하고 둘이 새끼손가락 걸고, 비밀을 지키기로 약속했단 말여."

천득은 숫자도 모르면서 정성을 들여서 돈을 두 번이나 헤아리는 척했다. 뜻밖의 횡재에 히죽히죽 웃으면서 꽃집 여자가 묻는 대로 숨김없이 대답했다.

"내가 잘못 들은 것은 아니구먼."

꽃집 여자는 갑자기 가슴이 덜컹 내려앉는 것을 느끼며 작업대 위에 있는 장미와 튤립, 안개꽃 등을 한쪽으로 밀어냈다. 이어서 천득의 허리띠를 풀었다. 축 늘어져 있는 그것은 얼른 보기에도 남편의 것보다는 훨씬 컸다. 그러나 엄 양을 병원에 입원시킬 정도로 대단해 보이지는 않았다. 병원에 입원시켰을 정도면 무언가가 있을 것이다. 까만색 앞치마와 스커트를 걷어 올리고 작업대에 발랑 누웠다.

꽃집 여자의 외마디 비명 소리는 부동산이나 과일백화점, 편의점, 평화정형외과 환자들은 듣지 못했다. 꽃집 여자의 찢어지는 비명 소리와 거의 동시에 팔딱팔딱 뛰는 고등어를 판다는 일 톤 트럭이 '빵!' 소리와 함께 펑크가 나며 주저앉았다. 쓸쓸한 바람이 서성거리는 거리는 너무 조용해서 적막강산이 따로 없었다.

천득어미는 선화보살이 들어오는 기척에 잠깐 고개를 돌렸다가 계속 쇼핑봉투에 풀칠을 했다. 선화보살은 외출을 했다가 귀가를 했는지 깨끗하게 다림질한 개량한복 차림이다.

"어머니한테 이런 말을 해야 할지, 말아야 할지 모르겠네……."

"천득이가 머리가 좀 모자라서 그렇지 사람 애를 먹이는 성질은 아니잖여."

"대주님 얘기가 아녀유."

"천득이 때문이 아니라면, 쌀 떨어졌다는 말은 아닐 테고, 오랜만에 시어머니하고 외식하자는 말도 아닐 테고, 삼계탕 끓여 났응께 저녁은 우리 집에 와서 먹자는 말도 아닐 테고, 뭔 근심거리가 있다면 신령님이 다 알아서 해 주니까 그것도 아닐 테고……."

"산부인과에 다녀오는 길유."

천득어미는 한꺼번에 풀칠한 쇼핑봉투를 자로 한 장씩 넘겨가며 접었다. 선화보살이 창문 밖으로 지나가는 상행선 기차를 바라보며 남의 이야기를 하듯 말했다.

"손님 중에 누가 애기를 낳기라도 한겨?"

"팔 개월 후면 애기를 난다고 하데유."

"누가?"

"누구긴 누구유. 어머니 며느리가 임신 두 달째니까 팔 개월 후에 애기를 낳지."

선화보살의 말에 천득어미는 감전이라도 된 것처럼 쇼핑봉투를 내려다보며 미동도 하지 않았다. 기차 소리가 멀어지고 어디서 날아왔는지 모를 까마귀 두 마리가 악쓰는 소리가 들려올 때서야 선화보살을 향해 시선을 돌렸다. 마른침만 꿀꺽꿀꺽 삼키며 선화보살을 바라봤다.

"왜요? 병원에 가서 지울까요?"

"지…… 지우긴, 누구 맘대로 지우는 거여?"

선화보살이 눈웃음을 치며 하는 말에 천득어미는 제정신이 돌아왔다. 눈물을 글썽거리면서 선화보살의 양손을 콱 움켜잡았다. 그

두 손을 끌어당겨서 자신의 얼굴에 마구 비비면서 쭈글쭈글한 얼굴에 눈물이 번들번들거리도록 소리 없이 울었다.

"고마워, 참말로 고맙네. 자네가 죽으라면 이 자리에서 입에 칼을 물고 칵 죽을 수도 있을 만큼 고맙구먼."

선화보살이 쑥스럽다는 얼굴로 손을 뺐다. 천득어미는 선화보살의 어깨를 끌어안고 '으앙, 으앙' 소리 내어 울기 시작했다.

"죄다 장군님이 보살핀 덕이죠, 뭐. 처음에 임신을 했다는 말을 듣고 이 나이에 무슨 추태냐는 생각에 지울까도 생각했슈. 하지만 임신을 했을 때야 장군님의 뜻이 있었을 것이라는 생각에 남들이 손가락질을 하든 말든 아이를 낳아서 열심히 키워야겠다는 생각이 들었슈."

천득어미는 한참 동안 감격의 눈물을 흘리고 나서도 아직 부족하다는 얼굴로 선화보살의 얼굴과 손을 쓰다듬었다. 선화보살이 천득어미의 손을 마주 잡으며 속에 담아 두었던 말을 털어 났다.

"그려, 생각 잘했구먼. 배 속에 들어 있는 아도 똑같은 생명이여. 살아있는 생명을, 그것도 신을 뫼시고 있는 자네가 그런 맘을 먹으면 안 되지. 배 속에 들어 있는 아는 분명 아들일껴. 천득이를 닮아서 엄청 건강한 자식을 낳을껴. 그람 천득이가 좀 부족한 면이 있더라도, 자식 크는 맛에 세상 시름 잊고 살아갈 수 있잖여. 참말로 생각 잘했구먼. 가만있어 보자. 시방 내가 이러고 있을 때가 아녀, 어여 천득이한테 전화를 해서 들어오라고 햐. 오늘 같은 날 그냥 있으면 쓰겠냐. 동네 사람들을 불러서 잔치는 못할망정 우리끼리라도 축하를 해 줘야지. 안 그러냐?"

천득어미의 말에 선화보살은 나이에 어울리지 않게 얼굴을 붉히며 휴대전화를 꺼내 들었다. 그러나 천득이는 전화를 받지 않았다.

"내일이라도 동사무소에 가서 혼인신고를 해야겠슈. 혼인신고도 안 하고 임신을 하니까 꼭, 아비 없는 애를 임신한 거 같아서⋯⋯."

"암, 당연히 해야지. 암, 해야 하고 말고."

천득어미는 천득이 결혼할 때보다 더 감격에 겨워서 엉엉 소리 내어 울고 싶었다. 하지만 며느리 앞이라는 생각에 닭똥 같은 눈물만 뚝뚝 흘리면서 주름진 손으로 선화보살의 손아귀가 아프도록 잡고 흔들었다.

변동시장 안에 있는 가게들은 어느 가게나 할 것 없이 비가 오면 더 어둡다 못해 음습했다. 상인들은 가겟방에 앉아서 건성으로 텔레비전을 보거나, 이웃 가게에 앉아서 자기 가게 쪽을 바라보며 잡담으로 시간을 보냈다.

시장통닭집은 가을로 접어들어서부터 지금까지 여름만큼은 장사가 되지 않았다. 비까지 내리는 날이면 하루에 통닭 열 마리만 나가도 잘 나가는 편이었다. 장사가 덜 된다고 해서 가게 문을 닫을 수도 없었고, 늦게 열거나 일찍 닫아서도 안 되었다. 장사가 안 되더라도 가게는 평상시처럼 열어 두어야 그나마 그 명맥을 유지할 수가 있다.

시장통닭집 여자는 가겟방에서 오전 내내 늘어지게 낮잠을 잤다. 그래서인지 오후에는 잠도 오지 않고 해서 가게에 나와 앉았다. 추적추적 내리는 비는 쉽게 그칠 것 같지는 않고, 장사는 안 되고, 입은 심심하고, 시간은 더디게 흘러가니까 청양고추를 듬뿍 집어넣은 얼큰한 순댓국에 가슴이 짜르르 울리는 소주 한잔이 생각났다. 대낮부터 여자 혼자 순댓국집에서 술잔을 기울이기는 낯 뜨거운 일이라고 생각에 수화기를 들었다.

장사가 안 되기는 파리패션도 마찬가지였고, 잉꼬떡집도 비슷했다. 시장통닭집 여자의 전화를 받은 파리패션은 가게 유리창에 자신의 휴대전화 번호를 적은 종이를 붙여 놓았다. 잉꼬떡집은 남편이 집에 있어서 부담 없이 떡집을 나섰다.

시장통닭집 여자는 냄비를 들고 가서 순댓국 한 그릇을 사 가지고 왔다. 거기다 청양고추를 썰어 넣고, 당면도 집어넣고, 김치도 썰어 넣었다. 순댓국을 휴대용 가스렌지 위에 올려놓자 본격적으로 술판이 시작됐다.

냄비가 거의 비어갈 무렵 순댓국집 여자가 돼지머리 고기와 순댓국물을 들고 왔다. 이미 얼큰하게 취한 여자들은 박수를 치며 순댓국집 여자를 반겼다.

"이따 장사 끝나고 한잔 더 하자구."

순댓국집은 비가 오면 장사가 더 잘된다. 손님을 핑계로 소주 한

잔만 비우고 가 버렸다.

"우린 파리만 날리고 있는데 순댓국집 혼자만 살판났구먼."

안주가 새로 생겼으니 술도 더 있어야 했다. 파리패션이 우산도 쓰지 않고 빗속을 걸어서 현대슈퍼에 갔다.

"대낮부터 한잔하는 모양이지?"

현대슈퍼 아내가 카운터에서 계산을 해 주며 물었다.

"이런 날은 장사도 안 되고 술 한잔이 간절하잖아. 통닭집에서 한잔하고 있는 중이야."

슈퍼 안에도 남편과 매장 직원 두 명이 한가하게 물건을 정리하고 있을 뿐 손님이 없었다. 파리패션이 매장을 돌아다보고 두 눈을 반짝이며 말했다.

"장사 안 되기는 여기나 거기나 마찬가지지 뭐. 어째 감기가 오려는지 몸이 으슬으슬한 것이……."

"같이 가."

현대슈퍼는 같이 가자는 파리패션의 말이 끝나자마자 기다렸다는 얼굴로 슈퍼 앞에서 무언가를 정리하고 있는 남편을 불렀다.

"통닭집에 얼큰하게 매운탕 끓여 놨거든요. 사장님도 같이 가시죠?"

파리패션이 현대슈퍼의 팔짱을 착 끼고 코맹맹이 목소리로 속삭이듯 말했다.

"지금 천득이 불러 놨으니까 빨리 와. 마당에 하수구가 또 막혔

는지 한강이라구."

현대슈퍼는 마땅치는 않지만 고혹적인 눈빛의 파리패션의 제안을 거절할 수는 없어서 화가 난 얼굴을 하고 카운터 안으로 들어갔다.

"순댓국은 살이 더 빠진 것 같아. 자기들은 그런 생각이 안 들어?"

현대슈퍼 아내가 합류하고 나자 술자리는 더욱 매끄러워졌다. 술잔이 오고 가는 횟수가 늘어나면서 여자들의 웃음도 헤퍼지기 시작했다. 시장통닭집 여자가 갑자기 웃음을 멈추고 은근한 목소리로 말했다.

"난 아무리 생각해도 모르겠어. 다이어트 약을 먹은 것도 아니고, 헬스클럽에 등록한 것도 아니고, 아침저녁으로 조깅을 하는 것도 아니고, 도무지 살이 빠질 이유가 없는데도 하루가 다르게 살이 빠지는 이유는 무슨 조화인지 모르겠어. 지금은 백 킬로도 안 나간다는 거야. 그게 말이나 된다고 생각해? 자기들은?"

시장통닭집 여자의 말이 끝나기가 무섭게 뚱뚱한 잉꼬떡집 아내가 작은 목소리로 눈을 번뜩이며 말했다.

"순댓국집처럼 살이 빠지려면 직접 경험을 해 보는 수밖에 없어."

시장통닭집 여자가 청양고추를 손으로 부러뜨려서 냄비에 넣으며 단정적으로 말했다.

"자긴 뭔가 알고 있는 거 같은데?"

"진짜 모르고 묻는 거야? 아니면 소문날 것 같으니까 한번 찔러 보는 거야?"

시장통닭집 여자가 목까지 시뻘게진 얼굴로 현대슈퍼 아내를 흘 겨보며 물었다.

"천득이하고 관계가 있는 거라면 대충 감이 잡히네."

파리패션은 웃음을 잘게 깨물며 시장통닭집 여자의 잔이 넘치도 록 술을 따랐다.

"설마……."

현대슈퍼는 파리패션이 굳이 말하지 않아도 짐작이 간다는 얼굴 로 말꼬리를 흐렸다.

"자기는 설마가 사람 잡는다는 말 못 들어본 모양이지? 근데 요 즘 이상한 소문 돌고 있는 거 자기들은 알고 있는지 모르겠네? 큰 길에 꽃집 있잖아. 아름다운나란가 하는 꽃집 말야. 그 꽃집도 사흘 동안 문을 닫았었대. 문제는 사흘 후에 꽃집 문을 열었는데 글쎄, 꽃집 여자 얼굴이 꼭 아이를 낳은 여자처럼 핼쑥하다지 뭐야. 그래 서 나도 마음속에 짚이는 것이 있어서 일부러 꽃집을 가봤거든. 과 일백화점에 가서 포도 한 송이 사 들고 지나가는 척하다가 슬쩍 꽃 집에 들어가 봤어. 그랬더니 소문대로 얼굴이 반쪽이더라. 어디 아 팠었냐고 물었더니, 그냥 여기저기가 아팠다고 하면서도 얼굴이 새 빨개지더라고 사람 아픈 것이 무슨 죄나 되는 것처럼 말야."

"그럼 그 여자도?"

파리패션의 말에 시장통닭집 여자가 술이 확 깬다는 얼굴로 주먹을 쥐고 물었다.

"그거야, 나도 모르지. 하지만 천득이가 시간만 있으면 노상 과일 백화점에 가서 살잖아. 꽃집이 바로 그 옆집인데 한두 번 갔겠어?"

"지금 자기들 무슨 이야기하고 있는 거야?"

잉꼬떡집은 뭔가 알 것 같기는 했지만 선명하게 그림이 그려지지 않는다는 얼굴로 물었다.

"무슨 얘기긴, 엄 양도 사흘 동안 병원에 입원을 했었고, 순댓국집도 사흘 동안 바깥 출입을 안 했고, 꽃집 여자도 사흘 동안 가게 문을 닫았었다는 얘기지."

현대슈퍼 아내는 이러다 변동시장 여자들 모두 천득이 맛을 봐도, 자기만 맛을 보지 못할 것 같았다. 무슨 수를 써야겠다고 생각하며 술잔을 홀짝 비웠다.

"그럼?"

잉꼬떡집 아내가 이제야 알겠다는 표정으로 회심의 미소를 지으며 반문했다. 그러나 시장통닭집 여자와 파리패션은 아무런 대꾸를 하지 않고 냄비만 휘저었다. 건더기는 하나도 보이지 않는다.

"하여튼 이 인간은 내가 어디 가서 단 한 시간을 앉아 있는 꼴을 못 봐준다니까."

이제 막 알딸딸하게 취기가 오른 현대슈퍼 아내에게로 남편의 연락이 왔다. 주문이 밀렸으니 빨리 오라는 전화였다. 이제 막 재미있어지는 판에 찬물을 뿌린다는 얼굴로 투덜거리며 통닭집을 나섰다. 빗줄기는 제법 굵어졌다. 다시 시장통닭집 안으로 들어가서 우산을 챙겨 들고 종종걸음을 하고 가게로 갔다.

"시방 천득이가 마당에서 하수구를 고치고 있거든? 천득이한테 절대로 음료수 주지마. 내가 한 개 줬으니까. 알았어?"

현대슈퍼는 아내의 얼굴을 빤히 바라봤다. 얼굴에 빨갛게 노을이 드리운 것을 보니 술을 몇 잔 정도 한 것 같았다. 여자가 대낮부터 술타령이냐며, 한마디 쏘아 붙이고 싶었지만 배달이 급했다. 오토바이에 음료 박스를 여러 개 싣고 묶으며 아내를 흘겨보고 나서 핸들을 잡았다.

"어디로 가는데요?"

현대슈퍼 아내는 남편이 하는 말에는 대답하지 않고 카운터 안으로 들어서며 물었다.

"경로당에 배달해 주고 학교에 가서 수금해 올게."

현대슈퍼는 우의를 입은 차림으로 빗속을 달려갔다.

"화…… 화장실."

현대슈퍼 아내가 대충 매상을 계산해 보고 있을 때였다. 창고 문이 열리면서 천득이 저벅저벅 걸어 들어와 더듬거렸다.

"화장실 거실 안에 있잖아? 아, 맞어. 거실 문이 잠겼지……."

안채의 거실문은 낮에는 잠가두는 편이다. 현대슈퍼 아내는 오늘

따라 천득이 남자로 보여서 공연히 가슴이 설레는 것을 느끼며 천득을 데리고 창고 안으로 들어갔다. 그녀는 안채 마당으로 통하는 문을 열고 나갔다.

"천득이도 기술자 다 됐네?"

마당에는 비가 제법 내리는데도 다른 날처럼 물이 고여 있지 않았다. 현대슈퍼 아내는 마당 한쪽에 있는 깨진 하수관을 바라보며 천득의 등을 툭툭 쳤다.

천득은 급하게 화장실 안으로 들어갔다. 문을 꼭 닫지 않아서 소변보는 소리가 유난히 크게 새어 나왔다. 거실에서 서성거리고 있던 현대슈퍼 아내는 괜히 가슴이 두근거려서 가만히 있을 수가 없었다. 냉장고 문을 열고 생수를 꺼내다가 가까이 다가오는 천득을 보고 흠칫 놀랐다.

"수, 술 줘."

천득은 문이 열려있는 냉장고 안의 소주를 손가락으로 가리켰다.

"그, 그려?"

현대슈퍼 아내는 평소와는 다르게 얼굴이 화끈 달아오르는 것을 느끼며 소주를 꺼내 들고 식탁 앞으로 갔다.

"천득아? 너 참말로 순댓국집 여자하고 재미 봤냐?"

"재…… 재미 안 봤어……. 에…… 엔조이."

천득은 현대슈퍼 아내가 맥주컵에 따라 준 소주를 단숨에 마셔버렸다. 안주로 내놓은 쥐포볶음은 바라보지도 않고 손바닥으로 입을 슥 문질렀다.

"그럼 꽃집 여자는?"

"꼬…… 꽃집 여자, 아파! 아파!"

"저…… 저런! 어…… 어디가 아프대?"

현대슈퍼 아내는 침이 하얗게 마르는 것을 느끼며 두 눈을 동그랗게 뜨고 물었다.

"여…… 여기!"

천득이 일어서서 현대슈퍼 아내 앞으로 갔다. 스커트를 입고 있는 아랫배 밑부분을 손가락으로 쿡 찔렀다. 순간 온몸의 기운이 한꺼번에 빠져나가는 것을 느끼며 천득의 손을 두 손으로 꽉 움켜잡았다. 다리의 힘이 풀려서 서 있을 수가 없었다. 천득의 손을 잡은 채 거실에 발랑 누웠다.

'악!' 하는 소리가 마당으로 새어 나온 것은 갑자기 소나기가 쏟아지기 시작할 때였다. 늦가을 비라고 믿어지지 않을 만큼 장대한 빗줄기가 쏟아졌지만 하수구를 완벽하게 뚫어 놓아서 물이 고이지 않았다.

'훌륭하군.'

억수같이 쏟아지는 비 때문에 수금을 포기하고 돌아온 현대슈퍼는 빗물이 시원하게 빨려 들어가고 있는 하수구를 바라보며 흡족한 미소를 지었다. 하지만 천득이 거실에서 나와 신발을 신는 모습을 본 순간, 누군가가 솜망치로 뒤통수를 휘갈기는 충격에 사로잡혔다.

자신도 모르는 사이에 빗속을 후다닥 파고들었다. 천득을 옆으로 밀쳐내고 신발을 벗을 새도 없이 거실 안으로 뛰어 올라갔다.

천득은 태연하게 하늘을 바라봤다. 컴컴한 하늘에서 마당을 뚫어 버릴 것처럼 요란한 빗줄기가 내리꽂히고 있었다. 우산을 찾아 쓸 생각도 하지 않고 마당으로 내려섰다. 막 한 걸음을 옮기려는 찰나에 현대슈퍼가 거실에서 뛰어 나와 뒷덜미를 움켜잡았다. 천득은 갑자기 뒷덜미를 잡히는 통에 비틀거리기는 했지만 넘어지지는 않았다. 오히려 현대슈퍼가 중심을 잡지 못해 마당으로 내동댕이쳐지는 꼴이 되고 말았다.

"때…… 때리지 마!"

졸지에 물에 빠진 생쥐 꼴이 된 현대슈퍼가 깨진 하수관을 번쩍 들어서 천득을 향해 내던졌다. 천득은 하수관에 배를 맞았지만 얼굴만 찡그릴 뿐 별다른 타격은 입지 않았다. 그는 육탄 공격으로 천득에게 달려들었다. 천득이 현대슈퍼를 양손으로 힘껏 밀어냈다. 현대슈퍼는 또다시 마당에 내동댕이쳐졌다. 이번에는 천득의 완력에 타격을 받아서 쉽게 일어설 수가 없었다. 젖 먹던 힘까지 써 가며 고통스럽게 일어서려고 힘을 썼지만 허리를 삐었는지 다리가 말을 들어주지 않았다. 그 사이에 천득은 척척 걸어서 대문을 나갔다.

비는 양동이로 물을 퍼붓듯 쏟아지고 있었다. 현대슈퍼는 억수같이 쏟아지는 비를 맞으며 이를 악물고 고통스럽게 간신히 거실로 기어 올라갔다. 아내는 어느 틈에 안방으로 들어갔는지 보이지 않았다. 놈은 괴물이다. 혼자 힘으로는 천득을 감당할 자신이 없었다. 경찰에 고소를 해 봤자 변동시장에서 웃음거리밖에 되지 않을 것이었다. 그렇다고 미친개에게 물린 셈치고 참고 살려니 복장이 터져 제명에 살 수 없을 것 같았다. 과부 심정은 과부가 안다고 순댓국집 남자를 불러서 복수할 방법을 찾는 수밖에 없다고 생각했다.

"여…… 여보세요!"

그는 천득이 놈이 이 빗속에서 또 어느 여자하고 붙어먹고 있을지 모를 일이라는 생각에 이를 바득바득 갈며 순댓국집 남자에게 전화를 걸었다. 순댓국집 남자는 오늘 비가 온다는 사실을 미리 알고 있었는지 다행히 전화를 받았다.

"처…… 천득이, 그놈이!"

현대슈퍼는 너무 화가 나서 눈물이 앞을 가리는 것을 느끼며 악을 쓰는 목소리로 말했다.

"천득이가 뭐요?"

"다…… 당신 마누라와 내 마누라를 아작내 버렸다구!"

"아작내다니? 내 마누라가 물건이요? 아작나게?"

"그…… 그놈 물건으로 아작 내버렸다니까……."

"천득이 물건이라면?"

"소문 못 들었어?"

"그럼, 그놈의 물건이 내 마누라를 아작내 버렸단 말야! 그놈 어딨어?"

"빠…… 빨리 우리 집으로 와."

현대슈퍼는 순댓국집 남자가 전화를 끊지도 않고 달려오는 소리를 들으며 천장을 향해 벌렁 누워서 헐떡거리며 고통스럽게 숨을 내쉬었다. 언제부터인지 그의 얼굴이 뜨겁도록 분노의 눈물이 철철 흐르고 있었다.

천득은 대각선으로 내려 갈기는 소나기 속을 바쁘지도 않은 한가한 표정으로 뚜벅뚜벅 걸어서 집으로 갔다. 몇몇이 빗속을 걸어가는 천득을 바라봤으나 멀거니 구경만 할 뿐 들어와서 우산을 쓰고 가라거나, 저러다 감기 걸리겠다며 혀를 차는 사람은 아무도 없었다.

태평면옥 2층으로 올라간 천득은 선화보살이 있는 신당 방문을 열었다. 선화보살은 보이지 않았다. 문을 거칠게 닫아 버리고 201호 문을 열었다.

"대주님, 오늘은 일찍 들어오시네? 비가 와서 부르는 사람들이 없지?"

열무김치를 담그고 있던 선화보살이 비에 흠뻑 젖은 천득의 모습이 처음은 아니라는 얼굴로 비닐장갑을 벗고 천천히 일어났다.

"도…… 돈 벌었어. 사…… 삼만 원."

천득은 방으로 들어갔다. 금방 방바닥에 빗물이 흥건하게 고였다. 주머니를 뒤져서 축축하게 젖은 만 원짜리 석 장을 꺼내 선화보살에게 내밀었다.

"거봐, 수고비를 만 원으로 올리니까 처음에는 모두 비싸다고 생각하지만 지금은 안 그렇잖아. 내 말이 맞지?"

선화보살이 샐쭉 웃으며 천득의 옷을 벗겨주기 시작했다. 덩치가 너무 커서 조끼 하나를 벗기는 데도 시간이 걸렸다.

"고…… 고래 잡는 것이, 조…… 좋아. 고래 잡으면 집 사. 큰 집 살 수 있어."

천득이 수건으로 머리를 닦으며 말했다.

"대주님, 내 말 잘 들어. 이 배 속에 들어 있는 아이가 누구 아이여?"

선화보살이 천득의 굵은 손가락을 잡아끌어 자신의 배를 만지게 하며 물었다.

"드…… 등신, 그것도 몰라. 내…… 내 자식이잖아."

천득이 윗도리를 다 벗은 뒤 청바지를 벗으며 소리 없이 웃었다.

"아이를 낳으면 누가 키워야 하는 거여? 대주님이 돈을 많이 벌어 와야 아기 옷도 사 주고, 맛있는 과자도 사 주고, 장난감도 사 주고 할 거 아녀. 근데 돈이 생길 때마다 바다이야기에 갖다 바치면 언제 돈을 모으겠어."

"드…… 등신, 로…… 로또 복권 사면 부…… 부자로 살 수 있다고 했어. 오, 오 사장이."

"로또 복권은 사도 괜찮아. 하지만 바다이야기에 가면 장군님이 벌주실 거야. 어머님이 뭐라고 하셨어? 장군님이 벌주시면 어떻게 된다고 하셨지?"

"드…… 등신, 호…… 호랭이가 물어간다고 했잖아."

"호랑이가 물어가는 것은 고추를 잘못 놀렸을 때잖아. 이 고추를 다른 여자에게 보여 주면 호랑이가 물어간단 말여. 내 말 무슨 뜻인지 알겠어?"

천득이 바지를 벗었다. 선화보살이 그의 몸에 찰싹 달라붙어 있는 팬티를 벗기다 말고 천득에게 다짐을 받으려는 목소리로 물었다.

"드…… 등신, 호랭이한테 안 물려가. 여자들이 아파, 아파서 울어."

"여자들이 아파서 울다니? 요즘도 엄 양인가 하는 그 여자를 만나서 바람피는 건 아니겠지?"

선화보살은 마른 팬티를 천득에게 주고는 집에서 입는 반바지와 티셔츠를 챙기다 말고 천득에게 시선을 돌렸다.

"바…… 바람은 안 펴. 꽃집 여자하고, 순댓국집 여자, 현대슈퍼 여자 아파! 아파서 울었어."

"무슨 말이야? 설마 그 여자들 앞에서 바지를 벗은 건 아니겠지?"

선화보살이 눈꼬리가 날카롭게 치켜 올라간 표정을 지으며 물었다.

"드…… 등신, 바지를 벗었으니까, 그…… 그 여자들이 아프잖아."

"어이구, 이 일을 어쩐다. 온 동네 여자들이 대주님을 넘보고 있구먼. 어이구, 어쩐다! 대주님, 내 말 똑똑히 들어 봐. 참말로 꽃집 여자하고, 그 뉘여, 뚱땡이 순댓국집 여자하고 현대슈퍼 여자 앞에서 바지를 벗었다는 말이지?"

"드…… 등신, 나는 좋아. 여자들은 아파! 많이 아파."

천득이 한심하다는 표정으로 말했다.

선화보살은 가슴이 철렁 내려앉았다. 까딱 잘못하면 천득이도 시아버지처럼 몰매를 맞아 죽을지도 모른다는 생각이 들자 온몸에 소름이 돋았다. 천득은 반바지에 티셔츠를 입고 방바닥에 벌렁 누웠다. '응응응' 노래를 부르며 손가락 맞추기를 시작했다. 천상 덩치만 큰 어린애였다.

'내가 지금 이러고 있을 때가 아니지.'

천득의 작고 선한 눈과 자신의 시선이 마주치는 순간, 다시 한번 소름이 좌악 끼쳐왔다. 천득어미를 만나서 이 엄청난 일을 어떻게 하면 좋을지 대책을 세워야 한다는 생각에 벌떡 일어섰다. 복도는 여전히 어둡고 시큼하고 텁텁한 냄새가 고여 있었다. 천득어미가 있는 곳으로 뛰어가려다 우뚝 멈췄다.

'그려! 대주님이 먼저 그 여자들을 유혹하지는 않았을 거잖어!'

선화보살은 이내 고개를 흔들며 신당이 꾸며져 있는 자기 방으로 뛰어 들어갔다. 손가락이 덜덜 떨리는 것을 느끼며 112를 눌렀다.

『금강』, 그 긴 여정 뒤에 오는 파란비

대하장편소설 『금강』(전15권)이 세상의 햇볕을 받은 지는 몇 개월 되지 않는다. 한 권이 아닌 열다섯 권이다. 집필 기간만 해도 12년 6개월이라는 세월이다. 이제 좀 쉴 때가 안 됐느냐는, 한 일이 년 정도는 아무 생각 없이 여행이나 다니면서 세월을 보내는 것이 좋지 않으냐고 주변 분들이 말씀을 건넨다.

좋은 말씀이다. 또 그렇게 하고 싶다. 새벽에 일어나자마자 컴퓨터 앞에서 컴퓨터 자판을 두들기지 않고 아침이 되길 기다리며 TV를 보거나 인터넷 검색을 하며 시간을 보내고 싶다. 하지만 나는 『금강』 5부가 서점에 깔린 그날도 글을 쓰고 있었다.

천성일까? 아집일까? 아니면 근성일까? 때로는 스스로에게 반문해보기도 한다. 결론은 그 어느 것도 아니다. 글을 쓰지 않고는 견딜 수가 없다는 것이 정답인 것 같다.

글을 써도 세월은 가고, 쓰지 않아도 세월은 간다. 그렇다면 글을 쓰면서 세월을 보내는 것이 좋지 않을까 하는 그것이 내 의식이다. 의식이라는 것은 과학처럼 검증이 불가능하다. 세상 사람들의 의식이 제각각이듯이, 내 의식은 작가는 깨어 있는 한 늘 글을 써야 한다는 것이다. 세상 사람들의 눈앞에 내리는 비는 색깔이 없지만 내 의식 안에 내리는 비는 바다를 닮은 파란색인 것이다.

『금강』은 아직 평단의 평을 받지 못한 상황이다. 15권이라는 방대한 분량 때문일 것이다. 조급증 걸린 작가처럼 다시『천득이』라는 장편소설을 내놓는다는 점이 부끄럽기는 하다. 그럼에도 불구하고『천득이』를 출간해야겠다는 생각을 굳힌 것은 스스로에게 채찍질을 하는 하나의 방법이 될 수 있다고 생각해서이다.

　『천득이』는『금강』을 집필하는 도중, TV를 시청하다 문득 모티브가 떠올라 빠르게 써 내려간 소설이다.『금강』 집필에만 오랜 세월 몰두해 있다 보니, 내 스스로가 과연 글을 잘 쓰고 있는 것인지, 필체가 녹슨 것은 아닌지, 혹은 타성에 빠져 있는 것은 아닐까 하는 고뇌의 결과가『천득이』인 것이다.

　결과는 대만족이다. 한 유력한 신문의 문학상 후보작에도 거론이 됐고, 어느 문학상을 받을 기회도 주어졌었다. 그 상을 포기하게 된 것은 행여『금강』에 누가 될지 모른다는 생각 때문이다. 이제『금강』을 위해 희생이 됐던『천득이』가 세상의 햇볕을 받을 순서가 된 것이다.

　이 책의 출간에 산파 역할을 한 글누림출판사의 최종숙 대표님과 이태곤 편집장에게 감사를 드린다. 늘 묵묵히 뒷바라지를 해주고 있는 아내 김복이 님에게 이 지면을 빌어 당신을 내 숨결처럼 사랑한다는 말을 전해주고 싶다. 더불어 씩씩하게 제 몫을 다 하고 있는 석영이와 용구, 예쁜 조카 동희에게도 파이팅을 하자고 외치고 싶다. 파이팅!

2015년 4월 어느 날
영동 우거에서